# IRIS
## Y LAS SEMILLAS MÁGICAS

# IRIS

## Y LAS SEMILLAS MÁGICAS

NICOLA SKINNER

HarperKids

Título original: *Bloom*

Editado por HarperCollins Ibérica, S.A., 2019
Núñez de Balboa, 56
28001 Madrid
www.harpercollinsiberica.com



Adaptación de cubierta: equipo HarperCollins Ibérica

Depósito legal: M-12594-2019
ISBN: 978-84-17222-46-8

Impresión en España

Este libro ha sido impreso con papel procedente de fuentes certificadas según el estándar FSC®, para asegurar una gestión responsable de los bosques.

*Para Ben, que hizo esto posible,*
*y para Polly, que lo empezó todo*

No es normal abrir un libro nuevo y que te adviertan de que es arriesgado. Pero si queréis saber la verdad, y nada más que la verdad, debo deciros que este libro encierra un peligro entre sus páginas.

Bueno, técnicamente hablando, podría encerrar un peligro entre sus páginas. Nadie ha logrado demostrar nada. Pero de todos modos, el peligro está ahí. Lo que significa que debéis leer esta advertencia con atención antes de pasar al capítulo 1.

Nadie está a salvo. Niñas. Niños. Madres. Padres. Hermanas. Hermanos. Tías. Tíos. Ni siquiera esos familiares lejanos que no sois capaces de recordar qué parentesco os une y a los que solo veis una vez al año. No, ni siquiera ellos.

Ahora estáis todos en la línea de fuego del destino.

Eso es porque, por desgracia, el mero hecho de tener este libro en las manos y tocar el papel os ha dejado (a vosotros y a todos vuestros conocidos) potencialmente expuestos a una sustancia que es, según los científicos, «altamente volátil, médicamente incontrolada e imposible de curar».

O, como me dijo en una ocasión un perplejo enfermero: «Nunca hemos visto nada igual, cielo».

Así que estad preparados.

A lo largo de los próximos días quizá experimentéis sensaciones extrañas. Quizá os preparéis un baño antes de iros a la cama, pero para bebéroslo, no para bañaros.

Quizá experimentéis dolores desconocidos en sitios extraños.

Y finalmente –no hay por qué alarmarse, en serio–, quizá os crezca... algo en el cuerpo.

¡Pero esperad! ¡No tiréis el libro horrorizados! ¡Volved! Las posibilidades de que os ocurra son muy bajas. Más o menos, una entre un millón, o un billón (o una entre cien; no se me dan demasiado bien los decimales). En serio, es muy poco probable que os ocurra algo, y, aunque así fuera, no hay ninguna necesidad de ir corriendo al baño a lavaros las manos.

Porque no es por vuestras manos por lo que debéis preocuparos.

Pero escuchad: intentad no preocuparos. Incluso en el caso de que estéis infectados, al menos no seréis los únicos. A nosotros también nos pasó. Aquí somos todos un poco raritos.

O, como diría mamá muy diplomáticamente: «Qué mayores nos hacemos, ¿verdad, Iris?».

Y sí, así es como me llamo. A mamá le fascinan las flores, las plantas y hierbas medicinales. Podría ser peor, supongo. También le encanta el perejil.

# CAPÍTULO 1

CUANDO LA PRENSA y los periodistas se enteraron de mi historia, escribieron un montón de mentiras. Las más gordas fueron:

1. *Procedía de un hogar desestructurado.*
2. *Mamá era una madre soltera horrible.*
3. *Con unos orígenes como los míos, no era de extrañar que hiciera lo que hice.*

Ninguna era cierta... Bueno, excepto que mamá sí es madre soltera. Pero ella no tiene la culpa de que mi padre nos abandonara cuando yo era un bebé. De todos modos, se me quedó grabada otra cosa: sí procedía de un hogar desestructurado.

Oh, no del tipo al que se refieren en términos como «Llevaba unos pantalones harapientos y me lavaba los dientes con azúcar». Pero nuestra casa sí parecía vieja y destartalada; siempre había algo estropeado.

Si alguna vez os hubierais pasado por allí, también os lo habría parecido. El tictac del reloj de la entrada os habría perseguido por toda la casa como si fuera chasqueando la lengua porque le desagradarais. El grifo de la cocina gotearía sin parar, como si llorara por algo. Si os hubierais sentado a ver la televisión, se habría ido el sonido a mitad del programa, como si se hubiera enfurruñado y no quisiera hablar a nadie nunca más. Jamás.

Había un reborde de moho alrededor de la bañera; las cortinas se descolgaban de los ganchos continuamente como en una desesperada misión de huida, y cada vez que utilizábamos la cisterna, las tuberías gruñían y rezongaban contra lo que las habíamos hecho tragar. Ah, sí, si visitarais nuestra casa, estaríais deseando marcharos de allí en cuestión de segundos. Os inventaríais alguna excusa inverosímil, como «¡Oh, acabo de acordarme..., le prometí a mamá que hoy iba a aspirar el tejado! ¡Tengo que irme!», y saldríais de allí a toda prisa.

Aparte de mi mejor amiga Neena, no mucha gente pasaba demasiado tiempo en nuestra casa.

Adivinad cómo se llamaba.

Villa Alegre.

Lo sé, ¿vale?

Pero a decir verdad. No me extrañaba que la gente quisiera salir corriendo de allí. Y no eran solo la humedad, el grifo y las tuberías protestonas. Era mucho más que todo eso. Era la sensación que producía la casa. Y estaba en todas partes.

Una melancolía tristona. Una seriedad gruñona. Una grisura oscura. Villa Alegre siempre parecía molesta y disgustada por algo, y apenas había nada que no resultase afectado por ese estado de ánimo. Lo invadía todo: desde el ajado sofá del salón hasta el mustio helecho de plástico de la entrada, que siempre parecía a punto de morir de sed ¡aunque no fuera una planta de verdad!

Y –lo peor de todo– a veces esa tristeza también empapaba a mamá. Oh, ella nunca lo expresaba, pero yo me daba cuenta. Estaba en ella cuando se sentaba a la mesa de la cocina con la mirada perdida. Estaba en ella cuando bajaba la escalera cada mañana arrastrando los pies. La miraba. Me miraba. Y en los inquietantes y escasos segundos que pasaban hasta que por fin sonreía, yo pensaba: «Está extendiéndose».

Pero ¿qué podía hacer yo para arreglar las cosas? Yo no era fontanera. Era la más bajita de toda la clase, así que no llegaba a los rieles de las cortinas. Y en lo relativo al televisor, el único método que conocía era el tradicional: «Dale un porrazo y reza».

En vez de todo eso, tenía una solución diferente. Consistía en seguir esta sencilla regla: «Portarme bien en el colegio y portarme bien en casa, además de hacer lo que me mandaban en los dos sitios».

Así que eso era lo que hacía.

Se me daba bien portarme bien.

Me portaba tan bien que mamá siempre se quedaba sin cajas de zapatos para guardar mis diplomas al Alumno más Sensato y al Campeón de las Normas.

Me portaba tan bien que los profesores en prácticas recurrían a mí para resolver cualquier duda sobre las reglas del Colegio Grittysnit. Como:

¿Se permite a los alumnos correr en el patio?

(Respuesta: Nunca. Solo se permite un trotecillo suave si están en peligro; por ejemplo, si los persigue un oso, y, aun así, deben contar con un permiso por escrito extendido con veintiocho días de antelación.)

¿Está permitido sonreír al señor Grittysnit, nuestro director?

(Respuesta: Nunca. Prefiere una mirada fugaz y una inclinación de cabeza como muestra de respeto.)

¿Siempre ha sido tan estricto y ha dado tantísimo miedo?

(Respuesta: Técnicamente, no es una pregunta sobre las reglas del colegio, pero ya que es usted nuevo, lo dejaré pasar por esta vez. Y sí.)

Me portaba tan bien que fui Estudiante del Año por segundo curso consecutivo.

Me portaba tan bien que mi sobrenombre en el colegio era Iris la Buena Chica. Bueno, había sido Iris la Buena Chica hasta a principios de cuarto, cuando Chrissie Valentini lo cambió ligeramente para convertirlo en Iris la Pelotillera. Pero no se lo dije a los profesores.

Así de bien me portaba.

Y cada vez que volvía a casa con nuevas muestras de mi buen comportamiento, mamá sonreía y me llamaba Iris la Buena Chica. Entonces aquel sentimiento de pena la abandonaba y se retiraba a los rincones de la casa.

Durante un rato.

# CAPÍTULO 2

PERO EL PRIMER día de clase de quinto de primaria hubo otra cosa que se rompió en mil pedazos. Una cosa que yo apreciaba mucho: mi vida.

Y todo por culpa del patio trasero.

Acababa de regresar del colegio. Mamá seguía trabajando, la muy suertuda, en el Mejor Trabajo del Mundo, y aún tardaría tres horas y media en llegar. Así que decidí relajarme limpiando la cocina, sacando brillo a los zapatos del colegio y haciendo los deberes, porque así era como yo funcionaba.

Debo decir que a mamá no le hacía mucha gracia que me quedara sola en casa, pero trabajaba todos los días a jornada completa y no volvía hasta las seis menos cuarto de la tarde. Solo podíamos permitirnos tres días de actividades extraescolares: miércoles, jueves y viernes. Los martes iba a casa de Neena al salir de clase (quien, durante un rato y dependiendo del programa de noticias que hubiera visto en televisión, era mi mejor amiga inocentona, mi compinche malvada, mi mejor amiga malvada o mi compinche inocentona).

En fin, el caso es que las tardes del lunes las pasaba sola en casa. Las mañanas de los lunes, mamá me decía:

–No quemes la casa y asegúrate de que haces los deberes.

Como si necesitara que me lo recordaran. ¿Quién sabía exactamente lo que Iris estaría haciendo en un momento determinado? ¿Quién había hecho el Extraordinario Horario de Iris?

Servidora; o sea, yo. Mi Extraordinario Horario jugaba un importante papel en mi buen comportamiento. Es muuuucho más fácil cumplir las reglas cuando tienes un horario con casillas organizadas con todas las tareas esperando que las marcaras como cumplidas.

Así que allí estaba yo aquella tarde de lunes. Limpiando la mesa de pegotes viscosos de mermelada. Vaciando el lavavajillas. Abriendo la puerta trasera para ventilar la cocina, que siempre olía a humedad.

Cuando terminé, ya eran las cuatro menos cinco. Solo disponía de unos escasos y preciados momentos de tiempo libre y sabía exactamente cómo pasarlos.

Abrí mi mochila y saqué la carta que nos habían repartido al terminar las clases aquel mismo día. Y esta vez no la leí por encima rodeada de compañeros ruidosos. Devoré cada una de sus palabras.

Decía así:

¿Siempre llevas los botones
de la americana relucientes?
¿Llevas a casa con regularidad informes
de Comportamiento Perfecto?
¿Podrías ser TÚ el ganador del concurso
del colegio para encontrar la
Estrella Grittysnit del Año?
Solo hay un modo de averiguarlo.

Inscríbete en el concurso
ESTRELLA GRITTYSNIT y ten la
oportunidad de coronarte LA ESTRELLA
GRITTYSNIT MÁS RUTILANTE
DE TODO EL COLEGIO Y Todocemento
a finales del primer trimestre.

Además ganarás otro premio: siete días de vacaciones para disfrutar en familia en el Complejo Vacacional PLAYA BRILLANTE en Portugal (cortesía de la agencia de viajes ¡NOS VAMOS!).

¡Unas vacaciones al sol en familia! Nunca había ido al extranjero, y mucho menos en avión. Mamá siempre decía que nuestro presupuesto era demasiado justo para poder permitírnoslo. Como si el presupuesto fuese un jersey incómodo.

En la carta, alguien –probablemente la señora Pinch, la secretaria del colegio– había dibujado cuatro cerillas tomando el sol en la playa. Estaban comiendo helados de cucurucho y sonreían.

Parecían muy felices.

Seguí leyendo:

La ESTRELLA GRITTYSNIT deberá poseer ese algo especial que la convierta en el ideal de alumno Grittysnit.

Contuve la respiración. ¿Qué?

Cada alumno será evaluado según su capacidad para cumplir las normas del colegio cada segundo del día.

Contuve un grito de júbilo. ¡Esa era yo!

Hice un rápido cálculo mental. Había sesenta niños en cada curso. Debía de competir contra otros 359 concursantes. ¿Competir? Tenía en mi haber seis años enteros de práctica obedeciendo las normas del colegio. Llevaba todas las de ganar. La mayoría de los alumnos de infantil y de los primeros cursos de primaria apenas eran capaces de atarse los cordones de los zapatos, por no hablar de controlar el pis o, ya que estamos, las filas.

Ganar aquellas vacaciones sería como quitarle un caramelo a un niño pequeño. Casi llegué a sentirme mal cuando empecé a reducir el número de rivales. «Así es la vida, chicos».

Lo más importante es recordar que
la Estrella Grittysnit deberá ser
la personificación del lema
de nuestro colegio.
BLINKIMUS BLONKIMUS FUDGEYMUS LATINMUS.
O, en español...

Ni siquiera me hizo falta leer la traducción. La sabía perfectamente. Al levantar la vista un instante, vi mi imagen reflejada en la ventana de la cocina. De pie y muy seria, tenía ante mí a una chica bajita, regordeta, pálida y pecosa, con el pelo (del color del queso cheddar desteñido) recogido de cualquier manera en una coleta. Me devolvió la mirada con seguridad, como diciendo: «¿El lema del colegio? Pínchame y verás cómo rezumo lema del colegio».

Recitamos las dos al unísono:

–Que la obediencia os forme. Que la conformidad os moldee. Que las normas os pulan.

El grifo de la cocina goteaba melancólico.

Seguí leyendo:

El afortunado ganador también disfrutará de otros privilegios especiales. Entre otros:

1. Ocupar su propia silla junto a la directiva durante las asambleas.
2. No tener que hacer cola en el comedor.
3. Una gran escarapela (del color gris reglamentario) en la que ponga:

¿Qué, aún queréis más? Ese es el problema de los niños de hoy en día; solo queréis recibir, recibir y recibir.

Que gane el mejor.
Y ahora, a hacer los deberes.

Vuestro director,
El señor Grittysnit

Aparté la vista de la carta e inspiré una bocanada de aire profunda y entrecortada. Sinceramente, la excitación en aquella cocina era mayúscula. Era mi destino. La niña de la ventana y yo nos miramos con solemnidad, como unidas por un pacto silencioso.

Sujetando la carta con tanto cuidado como si fuera de cristal, me acerqué a la nevera. Quería pegarla en la puerta con un imán para poder verla todos los días. Pero no iba a ser fácil buscarle un hueco. La nevera ya estaba forrada de facturas amarillentas, recetas viejas que mamá había recortado de revistas...

Y, por supuesto, aquella foto de nosotras dos en nuestras últimas vacaciones que nos habíamos hecho solo dos semanas antes. Estábamos en una playa pequeña y pedregosa, acurrucadas en una manta, bajo un cielo tan oscuro como las bolsas que tenía mamá en la parte inferior de los ojos.

Me quedé mirando la foto, recordando. Recordando cómo la caravana olía a la vida de otra gente en la que habíamos entrado por equivocación. Cómo mamá se había pasado la semana entera pidiéndome que no rompiera nada. Cómo había llovido durante seis días seguidos y luego, cuando subíamos al autobús para volver a Todocemento, había salido el sol.

Lo que, de alguna manera, lo había empeorado todo aún más.

Mamá se había pasado todo el viaje de vuelta –cinco horas– con la frente pegada a la ventanilla, mirando el cielo azul como si fuera la tarta de cumpleaños de otra persona y supiera que no iba a poder probarla.

Junto a la foto estaba el calendario del año siguiente. Vi que mamá ya había marcado las vacaciones de verano. CARAVANA, había escrito, con gruesas letras rojas. Sin signos de exclamación. Sin caritas sonrientes. Solo las letras color rojo oscuro, como si las hubiera arrancado de una herida del alma que jamás se cerraría.

En serio, parecían más una amenaza que una promesa de vacaciones.

Pero si ganaba el concurso de la Estrella Grittysnit, podríamos disfrutar de unas auténticas vacaciones en familia en un lugar soleado. En otro lugar. Mi deseo se convirtió en determinación. Lo único que tenía que hacer era ser perfecta durante las siguientes ocho semanas.

Estaba chupado.

Acababa de pegar la carta del señor Grittysnit sobre la foto, y sentía un inmenso alivio al ver desaparecer el gesto de preocupación de mamá, cuando...

¡BLAM! La puerta trasera se abrió de golpe.

Casi se me sale el corazón del susto. «¿Quién anda ahí?».

Pero no había nadie. Solo una ráfaga de viento y una puerta medio desprendida de los goznes. Seguramente no la había cerrado bien después de ventilar la cocina.

El viento se coló en la casa y pareció llenar la cocina con su furia. Me sentí como en una habitación llena de cólera invisible. Con las piernas temblándome como espaguetis recién cocidos, me acerqué a la puerta a trompicones, la cerré y obligué al viento a quedarse fuera.

Algo blanco aleteó sobre mi hombro.

Chillé y me agaché para esquivarlo.

«¿Se ha quedado una paloma atrapada en la cocina?».

Miré con más atención. No era una paloma blanca, todo patas y plumas. ¡Era la carta del señor Grittysnit! El viento la había arrancado de la puerta de la nevera y volaba como una loca por la cocina. Cuando salté para atraparla, se escabulló como si unas manos invisibles me la arrebataran. Solo pude captar una visión fugaz de las figuras hechas de cerillas planeando en el aire, con sus sonrisas convertidas en muecas congeladas, antes de seguir revoloteando y aleteando...

Para salir huyendo hacia el patio trasero.

# CAPÍTULO 3

Quería esa carta. Me serviría de acicate, como promesa de mejores tiempos. Respiré hondo y salí tras ella.

Pasé la vista rápidamente por el patio trasero. No tardé mucho. Todo parecía igual. Las dos sillas de plástico en las que nunca nos sentábamos. Las malas hierbas que se abrían paso entre las losas de hormigón. Y al fondo, el gran sauce llorón que daba sombra a nuestra casa.

Yo también lloraría si tuviera ese aspecto.

Su tronco gris estaba medio ahogado por brotes peludos de vegetación de un color rojo vivo que parecían forúnculos. Las ramas se arrastraban sobre el hormigón como si tuviera la cabeza agachada a causa de una gran tristeza. Hasta las hojas eran feas: negruzcas, marchitas y sin vida. La verdad es que el sauce no parecía tanto un okupa que creciera al fondo del jardín como un trol moribundo con una enfermedad cutánea. Mamá decía que estaba enfermo. Seguramente.

Pero ni rastro de la carta del señor Grittysnit. Estaba a punto de darla por perdida cuando me llamó la atención un aleteo al pie del sauce. De alguna manera se había quedado enganchada a una de las ramas marchitas. Pude distinguir las palabras «Cada alumno será evaluado» y uno de los dibujos de cerillas enganchado bajo un ramillete de hojas mustias. Me dio pena de la figurita. No eran las vacaciones de tu vida si te veías de pronto bajo un árbol enfermo en un jardín lleno de humedad.

–Me la llevo, muchas gracias.

Levanté la rama con cuidado, con miedo a contagiarme de su enfermedad, fuera la que fuera, y me incliné para recoger la carta.

¡FIUUUU! El aire recibió una descarga de energía eléctrica y vibró con una fuerza inusitada. Los sonidos del jardín se amplificaron hasta alcanzar un volumen insoportable. El susurro de las hojas muertas sobre mi cabeza se convirtió en un repiqueteo estruendoso. Una paloma zureó y sonó como una motosierra. Pero lo que más miedo daba eran los instantes de silencio entre un sonido y otro. Eran escalofriantes, fuertes e intensos.

Eran como...

ESTABA ESPÉRANDOTE.

Giré sobre mis talones. «¿Quién ha dicho eso?»

Mi corazón empezó a latir con tanta fuerza que apenas era capaz de oír otra cosa. Y sin embargo, no había nadie más en el patio trasero.

Un sudor frío me empapó la piel. Todo era real e irreal, demasiado ruidoso y demasiado mudo al mismo tiempo.

«Vamos, Iris, inspira, espira, despacio y con calma.» Logré tranquilizarme lo suficiente para intentar pensar. ¿Qué acababa de ocurrir? Solo me había inclinado para recoger aquella carta. ¿Me habría envenenado el sauce, habría enviado una enfermedad horrible a mi cerebro que había provocado que empezara a oír cosas raras? ¿O a lo mejor se me había bajado la sangre a la cabeza cuando me agaché? Quizá no había comido lo suficiente. Quizá debería entrar en la cocina e investigar cómo andábamos de bollos.

«Pero ¿qué es eso que se mueve a mis pies? ¿Ratas?»

¡Allí estaba de nuevo!

Sin embargo, al mirar a mi alrededor temblando de miedo, me di cuenta de que no había nada negro y en movimiento junto a mis pies.

El movimiento procedía de debajo de mis pies.

Como si hubiera... algo. Debajo del hormigón.

Girando.

Justo ahí debajo.

–¿Hola?

Mi voz sonó como la de un corderillo solitario balando en la montaña.

–¿Hay alguien ahí?

Las ventanas de la casa me miraron sin inmutarse.

Mi estómago se estremeció.

«¡CORRE!», me dije. «¡YA!»

Logré dar un paso para apartarme del árbol cuando la losa que tenía bajo los pies empezó a moverse arriba y abajo, como si algo enterrado allí mismo estuviera intentando quitarse de encima el hormigón... o a mí.

«¿Es un terremoto?»

Abrí la boca para gritar, pero no fui capaz de emitir ningún sonido. Jadeando, volví a mirar al suelo. Como una ramita cuando se rompe, la losa que tenía bajo mis pies se partió en dos limpiamente. La grieta adquirió impulso y se extendió por todo el enlosado del patio, desde el sauce hasta la puerta de la cocina. Rompió todas las losas con tanta facilidad como un cuchillo caliente al hundirlo en la mantequilla, dejando detrás una estela de hormigón desmenuzado.

Fue en torno al sauce donde más daño causó. El hormigón que rodeaba el tronco se había desintegrado formando un círculo limpio de losas rotas. Parecía como si estuviera intentando sonreír con una boca llena de dientes quebrados. Se me empezó a formar un grito en la garganta, desesperado por salir, cuando vi algo encajado en la losa resquebrajada bajo mis pies.

Y no pude apartar la mirada.

# CAPÍTULO 4

¿SABÉIS CUANDO JUGÁIS a encontrar huevos de Pascua y tenéis la corazonada de que va a haber uno en un lugar determinado antes de mirar? Tuve ese presentimiento. Como si alguien hubiera escondido un tesoro para que yo lo encontrara.

Y no solo eso, sino que llevaba ahí toda la vida. Esperándome.

Me sentí exhausta y muerta de miedo, tan agotada como un calcetín viejo que ha pasado demasiado tiempo en una centrifugadora. Pero me arrodillé y observé la losa de cerca. La cosa que había en la grieta era marrón y daba la impresión de ser de papel. Solo veía la parte superior, pero parecía una hoja.

Y eso era lo más curioso. Aunque la parte más sensata de mí estaba saltando incrédula –¿qué estaba haciendo, intentar rescatar una hoja que había caído ahí por azar cuando debería de estar dentro de casa para ponerme a cubierto del siguiente temblor?–, había otra parte que pensaba de modo diferente. Y esta última parecía estar ganando la batalla de la voluntad, porque ahí estaba yo, sofocada, sudorosa y obsesionada por meter los dedos en una montaña de hormigón agrietado para sacar aquella cosa.

Y entonces resplandeció.

Me quedé mirándola. Me froté los ojos. Pero no... ya no resplandecía. Sin embargo, durante un instante parecía viva...

De repente, mis deberes dejaron de tener importancia. Y mi horario. Ni siquiera me importó que se me hubieran manchado los pantalones del uniforme. Me agaché ansiosa por sacarla. Pero mis manos eran demasiado gruesas y estaba encajada al menos a quince centímetros de profundidad. Las yemas de mis dedos escarbaron como locas, pero solo lograban tocar aire.

Corrí a la cocina, abrí un cajón a toda prisa y revolví en su interior con manos temblorosas. Lo que necesitaba era algo estrecho y afilado para hundirlo en la grieta y pescar lo que había dentro. ¿Pinzas de barbacoa? No, no cabrían por el hueco. ¿Una cucharilla larga para remover cócteles? ¡Eso sí podía servir!

Regresé corriendo, me arrodillé junto a la losa y metí la cucharilla por la grieta. Cabía perfectamente, pero era demasiado corta. El sentimiento de frustración me puso al borde de las lágrimas. No era capaz de explicar por qué estaba tomándomelo tan en serio. Parecía víctima de un encantamiento.

Entré de nuevo a toda velocidad, abrí de un tirón el segundo cajón de la cocina y encontré una cartera de plástico llena de papeles y un rollo de papel film para alimentos. Ideal si querías proteger papeles con plástico; menos ideal si querías ensartar algo inexplicable que tu patio acababa de mostrarte.

«Olvídate de tu pequeña misión de rescate. Vuelve a tus actividades normales y recupera el tiempo perdido.»

Me acerqué a recoger la carta del señor Grittysnit de debajo del sauce y dirigí una última mirada a la grieta de la losa. Qué curioso. La cosa encajada en su interior parecía haberse... movido.

Vi asomar una esquina marrón. Ahora sería mucho más fácil tirar de ella y sacarla, pero ¿no estaba tan enterrada que ni siquiera había sido capaz de tocarla con las yemas de los dedos?

Llegados a aquel punto, podría haber hecho lo más sensato. Entrar en casa y llamar a los servicios de emergencia. Informar sobre un Objeto Con Aspecto de Papel Marrón No Identificado y que se ocuparan de él las autoridades. Alimentarme de adrenalina durante un par de semanas y después retomar mi vida normal.

Pero no lo hice.

Eso es algo con lo que tendré que vivir el resto de mi vida. Y en potencia, aunque sea muy improbable, también vosotros. Pero dejad que os dé un consejo, solo para vuestra tranquilidad. Si este libro os cambia de alguna manera, puede que al principio me echéis la culpa a mí. Aunque vais a tener que superarlo. El reproche es una emoción tóxica que al final solo os hará sufrir a vosotros, no a mí. Así que recordad: nada de reproches. Nada de odio. En su lugar, propósitos de aceptación serena. Os doy este consejo como amiga. O siempre podéis desahogaros dando puñetazos a una almohada; por lo visto, ayuda.

¿Por dónde íbamos? Ah, sí. Temblando un poco a la sombra del árbol, volví a mirar. Estaba en lo cierto: aquel objeto de papel se había movido. Ahora asomaba a través de la losa toda la mitad superior. ¿Cómo había ocurrido?

Mi cerebro se puso a funcionar más deprisa que yo, ávido de respuestas. ¿Quizá se había producido otro temblor mientras estaba en la cocina hacía un momento y las ondas sísmicas habían movido? Me agaché y tendí la mano. Cuando las yemas de mis dedos rozaron el objeto, recibí una sacudida de energía que me recorrió el brazo entero, como diminutas descargas eléctricas que saltaran por mis huesos. Durante un segundo mi cerebro tuvo una visión. Hierba de un verde luminoso, húmeda de rocío. Una maraña de tres raíces.

Tiré para extraer el objeto entero y me enderecé. Ya lo tenía en mis manos, tan ligero que apenas pesaba.

Lo miré ansiosa, preguntándome qué tesoro habría descubierto.

Era un...

... sobre de papel marrón.

Un sobre de papel marrón, señoras y señores.

Desilusionada y al mismo tiempo completamente perpleja, le retiré la tierra que tenía pegada y dejé al descubierto una línea escrita con caligrafía curvilínea que decía SEMILLAS MÁGICAS. Las palabras estaban rotuladas en tinta verde, descolorida y anticuada.

Debajo había otra frase: QUE ESTAS SEMILLAS SE AUTOSIEMBREN.

Di la vuelta al paquete con la esperanza de encontrar algo más de información, o al menos algo más emocionante, pero no había nada.

Ni instrucciones.

Ni fecha de caducidad.

Ni un dibujo.

Ni etiqueta.

¡Ni siquiera un código de barras!

Lo agité, frustrada. Algo repiqueteó en su interior.

Volví a agitarlo. Volvió a repiquetear. Glups.

De ninguna manera iba a abrirlo. Quién sabe lo que podría escurrirse de allí dentro. Así que lo miré al trasluz de la tarde. A través del delgado papel, la luz reveló que contenía unas treinta cosas pequeñitas y negras.

Por si fuera poco, esas cosas tenían un cuerpo pequeño, redondo y negro del cual crecían cuatro tallos negros y finos. No se movían; parecían llevar secas mucho tiempo. Pero eran espeluznantes. Hasta el hecho de que no se movieran daba un poco de miedo.

Esta es la lista de lo que parecían:

1. **Diminutas medusas petrificadas.**
2. **Extraterrestres sin cara y con cuatro patas.**
3. **Cabezas cortadas y disecadas con pelos de loca.**

Me quedé mirándolas de nuevo. Parecían estar esperando a que me decidiera a hacer algo con ellas. Pero ¿qué, exactamente?

Me ardían las mejillas. Mezclada con mi agitada sensación de repugnancia, tuve la impresión de haber sido engañada. Era como haber descubierto que algo que creía emocionante al final no lo era tanto. Como nuestra visita a la fábrica de paños de cocina de Todocemento cuando iba a segundo de primaria, por ejemplo. (Creedme: no es la excursión cargada de adrenalina que puede parecer; y en la tienda de recuerdos tienen una variedad muy limitada de regalos, espero que entendáis lo que quiero decir.)

Arrugué el sobre, recogí la carta del señor Grittysnit, entré en casa a zancadas y cerré la puerta trasera con pestillo.

Porque (y prestad atención, amigos, pues os voy a dar una valiosa lección para la vida, y gratis) si queréis protegeros de una misteriosa magia negra contra la cual estáis completamente indefensos, meterla en casa y cerrar la puerta con pestillo y, por tanto, encerrarte con ella es desde luego la mejor manera de proceder.

Como dije, gratis.

# CAPÍTULO 5

Mamá tenía el mejor trabajo del mundo. Se pasaba el día contemplando montañas de queso, lagos de salsa de tomate y trillones de tubos gigantes de carne con *pepperoni* picante bajar del techo de la fábrica como si fueran bendiciones de los dioses de las pizzas. Mamá hacía pizzas en Rosca Pizza, la fábrica de pizzas congeladas de nuestra ciudad.

Bueno, si queréis poneros puntillosos, las pizzas las hacían las máquinas; mamá cuidaba de las máquinas que hacían las pizzas. Las mantenía limpias, se ocupaba de cualquier fallo técnico y cerraba la fábrica si se contaminaban. No era una cocinera de pizzas como tal, sino más bien una cuidadora de máquinas.

O eso me decía siempre. Para mí, mamá hacía pizzas. Y además llevaba ese maravilloso mono de trabajo con dibujitos de pizzas, cubierto de manchas rojas y verdes para que pareciera una porción del producto más popular de toda la variedad Chollo

Rosca Pizza (¡la Explosión de Sabor de *Pepperoni* y Pimiento Verde!, a tan solo 79 peniques; sí, es el precio de la pizza entera; sí, lo sé). Me encantaba ese mono, y me gustaba aún más el emblema en forma de porción de pizza que llevaba en el bolsillo delantero:

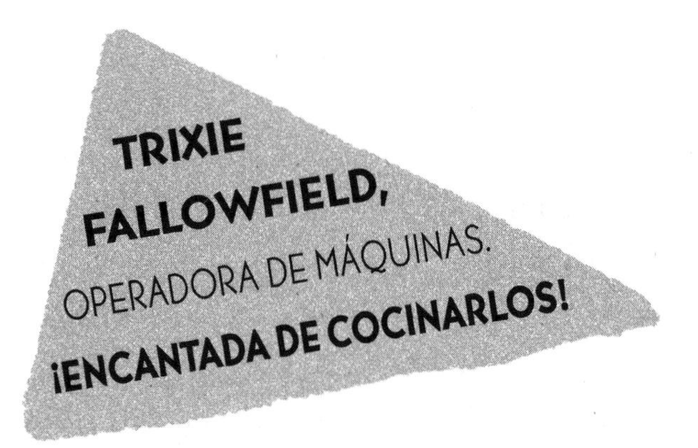


Como si no fuera lo bastante fantástico, era la primera que podía llevarse las pizzas desechadas que aparecían en la cinta transportadora. Eran las que salían con escasez o exceso de ingredientes, o no tenían forma de círculo perfecto, o se apartaban un milímetro del espesor reglamentario de Rosca Pizza de 2,1 milímetros.

La mayor parte de las pizzas descartadas se utilizaba para volver a hacer masa al final de cada jornada, pero mamá traía a casa todas las que le cabían en el maletero del coche, porque a mí me encantaban.

Estaban sabrosas. Sabían a queso. Traían además raciones de otros ingredientes no identificados que podían ser champiñones, pero nadie lo sabía, y eso era parte de su encanto. Y eran todas para mí. Porque mamá, por extraño que pueda parecer, ni las probaba.

*

Ya en la cocina, lancé el sobre de SEMILLAS MÁGICAS encima de la mesa, saqué una Pizza Especial de Desecho del congelador y traté de entender lo que acababa de pasar en el patio trasero. ¿Debería llamar a la policía y dar parte de un terremoto? ¿Lo habría notado mamá en la fábrica? ¿Habría afectado a las pizzas? ¿Cómo era posible que aquel paquete brillara, enterrado bajo el hormigón? ¿Y hasta qué punto iba a ocasionarme un problema el suelo roto cuando mamá lo viera?

Era demasiado. Decidí permitirme una pequeña fantasía inofensiva para tranquilizarme un poco. En ella, estábamos desembarcando de un avión en Portugal. Mamá estaba radiante cuando se giró y me miró. Y aquellas ojeras oscuras que siempre tenía debajo de los ojos habían desaparecido.

Le devolví la sonrisa, completamente feliz.

–¿Dónde está la piscina, cariño? –me preguntó mientras una brisa que olía algo a coco nos revolvía el pelo. La oí con tanta claridad como si estuviera a mi lado–. ¿Cómo ha ido el cole, cariño?

Eh... ¿Qué?

Mi fantasía se desvaneció, sustituida por la imagen de una mujer bajita y regordeta con el pelo rubio decolorado. Llevaba unas gafas de montura de pasta que descansaban en la punta de la nariz y, al andar, hacía ondear su mono con dibujitos de pizza, como siempre, aunque no tenía una sonrisa tan amplia como en mi fantasía.

–¿Cómo ha ido el día, cariño? –me preguntó con las manos en mis mejillas.

Intenté no apartar sus dedos helados de mi piel (siempre tenía las manos heladas; ¡eso es lo que pasa cuando trabajas a temperaturas bajo cero! Una mamá fría, ¿eh?)

Vacilé. «¿Por dónde empiezo?»

–Creo que ha habido un terremoto.

El grifo goteó melancólico.

–¿Qué?

–Estaba ahí fuera, en el patio, y... todo empezó a hacer un ruido tremendo. Oí una motosierra (era una paloma) y... ¿Te salieron bien las pizzas? Estaba preocupada por si...

Mamá levantó una ceja.

–¿Qué ocurrió exactamente? –preguntó en tono suave.

Respiré hondo. Ahora todo me parecía una pesadilla; los detalles estaban desvaneciéndose y era difícil distinguir lo que había pasado en realidad y los recuerdos distorsionados de mi agitada imaginación.

–El enlosado tembló.

–¿Tembló?

–Y luego se rompió.

–¿Se rompió?

–Y luego encontré una cosa.

–¿Una cosa?

Nos quedamos mirándonos la una a la otra.

–Será mejor que me lo enseñes –añadió.

Abrí la puerta trasera y, con un dedo tembloroso, señalé el desastre del hormigón resquebrajado.

–Mira.

Mamá se llevó las manos a la cara y abrió la boca sorprendida, pero no dijo nada. Se limitó a quedarse inmóvil, con sus calcetines blancos mugrientos, contemplando el caos, y de alguna manera su silencio fue tan ruidoso como el enlosado al agrietarse.

–N... n... no fue culpa mía, mamá –logré balbucir.

–Te creo –repuso, y se volvió hacia mí–. ¿Dónde estabas cuando ocurrió?

–Ahí, junto al viejo sauce.

Frunció el ceño.

–Ya sabes la regla, Iris. No te acerques al árbol. No es seguro.

–Pero tenía un motivo.

Le conté que la importantísima carta del señor Grittysnit se había enganchado en una rama. Pero no mostró mucho interés ni en la carta ni en el concurso. O sea, fue como hablarle a una pared, en serio. Pero sabía que, una vez lo hubiera asimilado, le haría tanta ilusión como a mí.

Regresamos a la cocina. Mamá se sentó a la mesa, dejó escapar un profundo suspiro y se quitó las gafas.

Después de frotarse los ojos, alcanzó el móvil.

–La prensa local no dice nada de ningún terremoto. –Sus uñas mordidas volaron sobre las teclas–. Hundimiento –dijo por fin.

–¿Qué?

–Cuando la tierra empieza a hundirse, provoca temblores. Rompe el hormigón. Cosas así.

Se levantó y se acercó al hervidor.

–Debió de ser el árbol; está muy enfermo. Seguro que esas raíces viejas están muriéndose y por eso se hundió la tierra que tiene alrededor. Prométeme que no volverás a acercarte a él.

Mientras el agua se calentaba, se puso a mirar por la ventana y empezó a juguetear con sus aros de plata.

–Ese árbol... –suspiró–. No solo tenemos que seguir viéndolo el resto de nuestras vidas, sino que va a costarme un ojo de la cara...

–¿Y por qué tenemos que seguir viéndolo el resto de nuestras vidas? –De pronto se me vino una idea a la cabeza. Me sentí muy inteligente porque se me hubiera ocurrido a mí antes que a mamá–. ¿Por qué no lo talas?

Echó agua hirviendo en su taza y después un poco de leche.

–Para poder comprar esta casa, tuve que aceptar no talar ni hacer daño a ese sauce de ninguna manera. Los abogados fueron muy rotundos al respecto. Me hicieron firmar un acuerdo y todo.

Mordisqueó una galleta y continuó.

–Si te soy sincera, no hice mucho caso. Tú eras un bebé de pocos meses, tu padre se había ido y lo único que quería era un sitio donde vivir las dos.

Bebió un sorbo de té y alzó la vista a las nubes.

–Esta casa me pareció el lugar perfecto para criar a un bebé. Aceras anchas para los cochecitos. Casas nuevas en construcción. Habría prometido pintarme las orejas de rosa fluorescente y cantar el himno nacional disfrazada de plátano si eso hubiera significado que la casa iba a ser mía. Así que firmé los papeles. Mira que fui tonta –dijo con una risa forzada–. Pero entonces el sauce no tenía tan mal aspecto. Se ha puesto muchísimo peor con el paso de los años.

Le dirigió una última mirada de disgusto y volvió a sentarse; las manchas de máscara de pestañas corrida hacían parecer aún más oscuras las bolsas que tenía bajo los ojos.

Las tuberías gimieron. Se me revolvió el estómago de los nervios. Ahí estaba de nuevo: el sentimiento de tristeza de la casa había vuelto a empapar a mamá.

Pero esbozó una amplia sonrisa y me agarró la mano.

–No te preocupes. Quizá sea la oportunidad de hacer una limpieza a fondo en la casa. Pondremos hormigón nuevo y... –Olisqueó el aire en modo experta–. ¿Pizza Especial de Desecho con ingrediente no identificado?

–Sip.

–¿Te apetece un poco de mi limonada casera para acompañarla?

–Por favor.

Mamá buscó en la nevera, canturreando, mientras yo sacaba la pizza del horno. Al apartar las cosas para poner la mesa, vi las SEMILLAS MÁGICAS. Seguían en el mismo sitio donde las había dejado, cerca del salero y el pimentero. Quizá mamá supiera lo que eran.

–Mira –dije; le enseñé el paquete, pero el resto de la frase murió en mis labios como si hubiera perdido la voz. Volví a intentarlo–: Mmm... mamá, he encon...

Mis labios estaban como sueltos y flojos. Era imposible hablar bien.

Y mientras estaba allí sentada, con los labios aleteando como serpentinas y emitiendo sonidos guturales, mamá asomó la cabeza desde detrás de la puerta de la nevera.

–¿Estás bien?

Con un esfuerzo sobrehumano, logré juntar los labios, pero con el terrible efecto de que se me quedaron pegados.

–Mmmmmmm. –Era lo único que podía pronunciar–. Mmmmmmm –repetí desesperada.

–¡Ah, estás toda contenta por la pizza! –dijo mamá camino del fregadero.

–¡Mmmmmm! ¡Mmmmmm! –intenté llamarla.

–Muy bien, cariño, me ha quedado claro –dijo y ahogó el estrépito y los gemidos del grifo–. Subo a quitarme el mono.

Era inútil. Miré a mi alrededor buscando desesperadamente un bolígrafo para garabatear una petición de ayuda. Pero ¿qué iba a escribir?

*Hola, mamá, ¿qué tal?:*

*Soy yo, tranquila.*

*Creo que estoy volviéndome un poco loca. ¿Tú cómo estás?*

*En otro orden de cosas, ahora mismo no puedo hablar porque se me han quedado los labios pegados misteriosamente. Y creo que todo esto guarda relación con lo ocurrido fuera. Reconozco que los detalles son un poco confusos, pero oí voces, creí que estaban espiándome y vi cosas extrañas resplandecientes que no soy capaz de explicar. Quizá no te importe echar un vistazo a este paquete que encontré; ¿te interesan los objetos pequeños, negros e inmóviles que parecen medusas?*

*Pero volviendo a lo de no poder abrir la boca, me noto muy rara. ¿Puedes llamar a un médico, por favor? X*

Oh, sí, y llamaría a un médico, claro.

Quizá no debería decirle nada. Ya tenía bastante, la pobre. Además, ¿y si se lo contaba a una amiga? Así era como empezaban los rumores. «Estoy un poco preocupada por Iris» se convertiría en «La hija de Trixie está perdiendo la cabeza», y cuando llegara a oídos del señor Grittysnit sería «¿Alumna obediente? Iris Fallowfield ni siquiera es capaz de hacer que su propia boca la obedezca». Y a Chrissie se le ocurriría otro mote fácil de recordar que yo tendría que soportar con una sonrisa durante un año. Iris Bocaloca sería probablemente el primero de la lista.

Me giré en la silla, alcancé la mochila y metí las SEMILLAS MÁGICAS en lo más hondo de sus profundidades, donde no pudiera verlas. En cuanto las escondí, se me despegaron los labios.

–Probando, probando –murmuré. Sí, decididamente, podía hablar de nuevo.

–¿Decías algo?

Mamá había vuelto a aparecer por la puerta de la cocina con unos pantalones de deporte negros, una camisa vaquera y una mirada que indicaba que estaba a punto de tomarme la temperatura.

–Nada.

Y fue entonces cuando empezó el secreto. Supongo.

# CAPÍTULO 6

A LA MAÑANA siguiente, me estaba terminando la tostada cuando llamaron a la puerta.

La abrí. Tragué. Me estremecí. Intenté no hacer muecas.

–¿Qué ha pasado esta vez? –pregunté a la niña del pelo negro y desaliñado que estaba ante mi puerta.

–Peróxido de hidrógeno y yoduro de sodio. –Sonrió al recordarlo, lo que provocó que su piel marrón oscuro pareciera resplandecer de felicidad–. Eché un poco de jabón en el matraz para ver cuánto gas había y ¡BUM!

–¿Una mala reacción? –pregunté con una mirada a la herida supurante y en carne viva que ocupaba el lugar donde antes estaba la ceja derecha de Neena.

–Solo la de mamá –farfulló e indicó con un movimiento de cabeza a la elegante mujer que tenía a su espalda–. El experimento en sí salió de maravilla.

–Buenos días, Iris –saludó la madre de Neena.

Intercambiamos una mirada de complicidad.

Neena había gastado muchas cejas en aras de la ciencia. Básicamente, cuando no estaba hablando, soñando o pensando en ello, se encerraba en el cobertizo infestado de ratas de su jardín y se cambiaba la cara con un juego de química anticuado que había comprado en una tienda de comercio justo.

*

Neena y yo nacimos con tres horas de diferencia. Nuestras madres se conocieron en la maternidad y se hicieron amigas gracias a una tableta de chocolate tamaño familiar que mamá había metido a escondidas. De pequeña no prestaba mucha atención a Neena, pues estaba más interesada en cosas como llorar y babear, pero todo cambió en la fiesta de mi quinto cumpleaños. Cuando los demás niños se pusieron a llorar en mi salón a los seis minutos de llegar, ella se limitó a mirarlos y a agitar los regalos con toda tranquilidad.

Uno por uno, los niños fueron desapareciendo, de la mano de sus preocupados padres. «Qué pena que no podamos quedarnos», decían. «Es la primera vez que a mi angelito le pasa algo así, debe de ser una fiebre repentina, probablemente tenga un virus o algo así». «No, de verdad, no te preocupes por prepararnos una bolsa, no queremos que te molestes»... Villa Alegre fue vaciándose poco a poco. A los diez minutos de empezar mi fiesta, Neena era la única invitada que quedaba.

Contuve la respiración. Nuestras madres andaban por allí, nerviosas, con enormes platos de comida que se habían afanado en preparar durante toda la mañana. Miré a Neena. Neena me miró. Y entonces dijo algo tan sensato, tan profundo, tan reconfortante que no he podido olvidarlo:

–Tarta.

Nos la zampamos entre las cuatro aquella misma tarde. Neena también me cantó *Cumpleaños feliz* a voz en grito, me ayudó a abrir todos y cada uno de los regalos y se negó a marcharse hasta que cantamos diez rondas de «Si eres feliz y lo sabes». Aquel día nos convertimos en amigas íntimas para toda la vida.

*

–¿Estás lista? –preguntó la señora Gupta.

Cuando salimos para el colegio, Neena me dirigió una mirada de aprobación.

–Hoy te veo distinta –dijo.

–¿Mi pelo? –pregunté dándole unos toquecitos.

Aquella mañana había puesto un cuidado especial al hacerme la coleta, asegurándome de que todos los mechones quedaban bien lisos. Todos los detalles contaban el primer día del concurso de la Estrella Grittysnit.

–No.

–¿Los zapatos? –pregunté al tiempo que me señalaba los pies con un gesto ceremonioso.

–Iris, siempre los llevas brillantes.

–¿He crecido? –pregunté con despreocupación.

Neena me dirigió una mirada compasiva.

–No. –Volvió a examinarme–. No soy capaz de dar con lo que es, pero desde luego hay algo nuevo en ti.

–Quizá sea mi cara. ¿Irradio un brillo interior?

–¿Que si irradias, qué? –preguntó Neena con el ceño fruncido.

–Ya sabes, por lo del concurso de la Estrella Grittysnit.

–Para mí es como un montón de gas metano. –Dio un puntapié a una lata vacía para apartarla de su camino–. Esas vacaciones supondrían pasar siete días enteros lejos de mi laboratorio. –Fijó la mirada en un punto lejano como si no se le ocurriera nada peor–. Y además, papá y mamá intentarían arrastrarme para ir a la playa y cosas así. De todos modos, tampoco es un comienzo muy prometedor. Por esto –añadió con una sonrisita de satisfacción señalándose la ceja, de un rojo vivo bajo el sol de septiembre.

No le faltaba razón, pero no quise insistir.

Cuando llegamos al paso subterráneo, se detuvo de repente.

–Un momento, mamá, esto es importante. –Seguía sin quitarme la vista de encima–. ¡Ya sé lo que es! ¡Vas arrugada! –Miró mi blusa gris como dando su aprobación–. ¿Qué ha pasado, Iris? ¿Se os ha estropeado la plancha? Vas casi tan desaliñada como yo.

Llegadas a ese punto, debería haberme rendido. Olvidarme de planchar el uniforme por la mañana era tan poco propio de mí que debería haberlo reconocido como señal de una maldición, allí y en aquel momento.

Lo mismo podía haber empezado a llevar una cazadora de cuero y a recorrer la ciudad en moto, tal como estaban entonces mis posibilidades de ganar aquel concurso.

Alguien me debería haber tatuado en la frente AᗡAᙠAƆA ƧÀTƧƎ, que seguramente no me favorecería mucho, pero al menos me habría servido como práctico recordatorio cada vez que me lavara los dientes y me ahorraría un montón de conjeturas.

Pero como era la vida real, no ocurrió nada de eso. Y aunque no estaba en absoluto preparada para el malévolo poder negro que había encontrado en el patio, seguía pensando que era capaz de controlar mi vida, lo que era bastante conmovedor... y completamente erróneo.

Así que giré sobre los talones y me abrí paso entre las hordas de alumnos de Grittysnit que nos rodeaban como un enjambre.

–Me voy a casa. Le doy un planchado rápido y vuelvo corriendo. Ya te alcanzo luego.

–Si te vas a casa ahora, llegarás tarde –me advirtió Neena.

–Genial –repuse con amargura mientras el torrente de alumnos de Grittysnit fluía cada vez con más intensidad–. Da igual lo que haga. Qué comienzo tan espantoso.

–Chicas, ya ha sonado el timbre –dijo la señora Gupta–. Hora de entrar.

Neena me dio un apretón cariñoso en el hombro al atravesar la verja del colegio.

–Oye, no te preocupes por tu ropa, Iris. Sigues teniendo los zapatos más brillantes que he visto en mi vida.

Me dio la mano y tiró de mí hacia la escalera mientras el estridente sonido del timbre resonaba en nuestros oídos. Corrí tras ella hacia nuestra clase casi jadeando.

En el exterior, el sol brillaba sobre el patio de recreo vacío. El sonido de las verjas del colegio al cerrarse de golpe rechinó sobre el pavimento. Se me encogió el estómago cuando entré en el aula detrás de Neena. Toqué mi insignia de Estudiante del Año para que me diera suerte.

«Que comience el espectáculo.»

# CAPÍTULO 7

CADA SEPTIEMBRE, EL segundo día de clase se celebraba una importante tradición en Grittysnit. Antes de entrar en el aula que íbamos a tener ese curso, nuestro director nos convocaba para una charla especial.

«Ah, vaya –seguramente pensaréis–. Ya. Una charla especial. ¿Algo para despertar vuestro amor por aprender? ¿Un discurso motivador sobre el conocimiento, los libros y las cosas maravillosas que pueden ocurrir cuando escucháis y aprendéis?»

No.

El señor Grittysnit nunca hablaba de libros ni de conocimientos ni de nada parecido. No. Al señor Grittysnit le gustaba hablar de inventos.

Pero no de un invento cualquiera. No le atraían para nada los robots de juguete, ni las macetas con plantas que tenían altavoces en las hojas de los que salía música. No. Prefería las cosas que ayudaran a convertir el mundo en un lugar más ordenado, más limpio, más pulcro e inmaculado. Admiraba los inventos que limpiaban el mundo y lo hacían un poco menos desorganizado.

Y cada aula llevaba el nombre de uno de sus inventos favoritos.

Aquella mañana, el señor Grittysnit había señalado la placa plateada colocada junto a la puerta de nuestra clase de quinto de primaria y nos dirigió una mirada intensa y solemne.

–No hay nada más gratificante que dar a las cosas una capa de lustre bien brillante –dijo–. Las cosas más sosas e insignificantes del mundo pueden transformarse gracias a una laminadora. Pasad la mediocridad por una de estas máquinas y al instante tendrá mejor aspecto.

Después nos dirigió una mirada seria y cargada de intención que mantuvo durante un rato. Me pareció oírlo murmurar:

–Ojalá pudiera hacer lo mismo con los niños.

Pero no estoy segura del todo.

Así que a partir de entonces se nos conoció como «los Laminadores». El nombre no tenía demasiado gancho. Pero cuando entré en el aula detrás de Neena, de pronto cobró sentido. Todo el mundo tenía aspecto de acabar de pasar por una laminadora: nuevo, reluciente, plastificado. Todo dientes brillantes, rostros tersos, calcetines limpios. Ni una uña mugrienta, ni un moco asomando, ni una rodilla con barro. El concurso del señor Grittysnit había empezado de verdad y parecía que todos en la clase de los Laminadores buscaran la victoria.

–¿No habéis leído la carta, chicas? –bromeó la chica alta y pelirroja que teníamos al lado mientras comprobaba en un espejito que su trenza de raíz estuviera perfecta–. La Estrella Grittysnit tiene que estar impecable. No –añadió mirándonos de arriba abajo con una sonrisita de suficiencia– como si un gato le hubiera vomitado encima.

Me mordí los labios.

Chrissie cerró su espejito y observó intencionadamente la ceja quemada de Neena y mi blusa arrugada.

Neena se encogió de hombros.

–Enseguida formará costra –repuso sin alterarse.

Chrissie me miró con desdén en sus ojos color esmeralda.

–¿Y cuál es tu excusa, Pelotilla?

Clavé la vista en mis zapatos. Chrissie era el equivalente humano a un espejo de feria. Siempre me sentía más baja y más gorda cuando ella andaba cerca. Nuestra interacción habitual se desarrollaba del siguiente modo: ella hacía un comentario con muy mala idea; yo me mordía los labios y fingía que estaba demasiado ocupada pensando algo importante para darle réplica; se reía, me dirigía una mirada de lástima y luego se alejaba a paso tranquilo. Siempre así.

Sentí cómo sus ojos me taladraban complacidos. Yo seguí admirando la vista de mis zapatos negros de cordones.

Después de un rato, se echó a reír.

–Es cosa tuya, supongo –dijo, como sin darle importancia mientras toqueteaba el cuello de su inmaculada blusa de seda gris oscuro–. Si ni siquiera vas a molestarte en hacer un esfuerzo, allá tú. Al fin y al cabo, así me será más fácil ganar el premio.

La chica rubia y flacucha que estaba a su lado se rio con adoración y su aparato de dientes centelleó.

–Más fácil, no hay rival.

Hay una cosa que debo decir de Bella Pearlman, la compinche de Chrissie: parecía fácil de contentar. Lo único que le hacía falta era un par de palabras que pudiera repetir de vez en cuando. Entretenerse con otras cosas durante las vacaciones debía de ser como un soplo de aire fresco.

Me obligué a sonreír. «Las niñas buenas no se pelean.»

Tras una pausa, se dirigieron a sus pupitres a paso tranquilo. Mientras se alejaban, me afané con mi mochila como si estuviera quitándole motas de polvo imaginarias.

Cuando levanté la vista, Neena me miraba divertida.

–¿Cuándo vas a empezar a hacerle frente? –preguntó–. Puedes darle cien mil vueltas si te lo propones.

–Da igual –me apresuré a contestar–. Prefiero quitarme de en medio si tiene el día inspirado. Además, como Estudiante del Año, no debo dejar que nadie me vea discutir. Daría mal ejemplo a los demás.

Neena hizo un gesto de fastidio con los ojos y nos fuimos a ocupar nuestros pupitres junto a la ventana. Pero ni siquiera su comentario de Señorita Sentenciosa iba a hacerme cambiar de actitud. Y es que un enfrentamiento con Chrissie Valentini no podría traer nada bueno. El año anterior, sin ir más lejos, una encantadora profesora sustituta le dijo que no volviera a perder más libros de ortografía. Los padres de Chrissie amenazaron con denunciar al colegio por difamación si no despedía a la profesora, y no volvimos a ver más a la encantadora profesora sustituta.

El señor Grittysnit hacía todo lo que quería el señor Valentini. El padre de Chrissie era muy rico, formaba parte del Consejo Escolar y todos los años donaba un montón de dinero al colegio para viajes y material. Además, era dueño de una importante constructora que ofrecía al señor Grittysnit un precio muy rebajado cuando había que hacer alguna ampliación en el centro, a las que nuestro director era muy aficionado.

Así que no, no era buena idea tocar las narices a Chrissie Valentini. Lo cual suponía fingir que sus chistes me parecían muy graciosos. Aunque fuera a mi costa.

*

Reinaba el silencio en la clase de los Laminadores. Todo el mundo estaba sentado muy derecho en su silla, con las manos cuidadosamente cruzadas sobre el regazo, esperando que nuestra profesora, la tímida señorita Musgo, pasara lista. Era algo muy poco habitual. Normalmente, tenía que rogar que la escucháramos por encima del bullicio habitual que se produce cuando se juntan treinta alumnos de once años en una clase.

La señorita Musgo se encogía si había demasiado ruido en el aula, se sonrojaba si alguien la miraba más de dos segundos seguidos y si alguna vez tenía que reñir a alguien se pasaba el resto de la clase jadeando en su mesa e intentando recuperar el ritmo normal de su respiración.

Os preguntaréis por qué empezó a trabajar en Grittysnit. Se decía que era la sobrina del señor Grittysnit. Por lo visto, le dio el puesto porque no la contrataron en Rosca Pizza después de su entrevista y no encontró ningún otro trabajo en la ciudad. Sus pestañas claras asomaban entre su pelo castaño y rizado y parpadeaban a una velocidad de vértigo. Alcanzó su tableta y empezó a pasar lista.

–¿Robbie Bradbury?

–Sí –respondió Robbie desde el pupitre que teníamos delante, con sus mejillas rubicundas brillantes como una pizza recién horneada.

Información interesante sobre Robbie:

- Tenía auténtica fijación con los jerbos. Logró tener escondida en su taquilla la última que había tenido, *Victoria,* una semana entera del último trimestre del curso antes de que se escapara. Nadie sabe dónde pudo meterse. Y este no es un libro sobre un jerbo perdido, por si os lo estabais preguntando. No aparece al final de la historia. Pero estoy segura de que se encuentra perfectamente.
- Está sordo del oído derecho. Si le interesa lo que tienes que decirle, gira la oreja izquierda hacia ti con disimulo.
- Por qué me cae bien: es muy divertido.

–¿Bertie Troughton? –leyó la señorita Musgo.

–Sí –susurró Bertie, haciendo visibles esfuerzos por hablar en voz alta.

Información interesante sobre Bertie:

- Es un ratón de biblioteca empedernido.
- Tiene un eczema que le cubre buena parte de la cara, cuello y manos. Parece que empieza a picarle siempre que el señor Grittysnit anda cerca, pero es menos molesto cuando está leyendo.
- En tercero de primaria, Bertie ganó nuestro primer y único concurso de escritura creativa. Su redacción trataba sobre un terrible director de colegio que era devorado por una serpiente. Al año siguiente, el señor Grittysnit prohibió los concursos de escritura

creativa. Pero a Bertie le sigue gustando garabatear serpientes en sus cuadernos de ejercicios. Sobre todo cuando el señor Grittysnit entra en el aula.
- Por qué me cae bien: es imposible que no te caiga bien Bertie. Es encantador y muy amable.

–¿Elsa Kowalski?

El rostro de Elsa Kowalski, que se sentaba al otro lado del pasillo, dibujó una amplia sonrisa.

–Aquí, señorita Musgo.

Información interesante sobre Elsa:

- Elsa es polaca, y lleva dos años en Todocemento hace dos años. Su familia y ella viven a dos calles de la mía.
- Está metidísima en el mundo de la música rock, sobre todo en una banda polaca compuesta únicamente por chicas llamada Las hermanas de la destrucción.
- La madre de Elsa también trabaja en Rosca Pizza, pero en la línea de producción, y no en la parte del soporte técnico, así que nuestras madres no se ven mucho. Pero intercambiamos la sonrisa de Chicas Rosca Pizza de vez en cuando.
- Por qué me cae bien: porque sí.

# CAPÍTULO 8

Después de pasar lista, fuimos al salón de actos para la asamblea general.

El pasillo era un hervidero. A nuestro alrededor revoloteaban susurros nerviosos, más rápidos y más densos que paquetes gigantes de melaza. Los alumnos se revolvían inquietos y estiraban el cuello para medir a sus competidores: los demás alumnos. El aire estaba cargado de esencias dulzonas de betún, almidón para planchar y champú.

Hubo un movimiento de agitación junto a la puerta. Todo el mundo irguió la espalda y compuso un gesto de persona «amable y educada».

Hice lo mismo y di un codazo a Neena, que me fulminó con la mirada.

–Esto es ridíc...

–¡Chssst! –susurré.

El señor Grittysnit, un hombre alto y calvo vestido con un traje gris, se dirigió al estrado a grandes zancadas. Todo en él era pulcro y escrupuloso, desde sus uñas cuidadosamente cortadas hasta su manera de andar, cada paso de la misma longitud exacta que el anterior. Lo único un poco descuidado que había en él era la mata de pelos negros que asomaban por sus orificios nasales.

Se acercó al atril y se aclaró la garganta.

–Chicos... –empezó.

En nuestra fila, Bertie comenzó a rascarse las manos.

–Buenos días, señor Grittysnit –saludamos todos al unísono.

–La asamblea general de hoy es muy importante. Prestad atención.

Asentí solemne.

–Como todos sabéis, es el primer día del concurso para encontrar la Estrella Grittysnit y quiero explicaros las reglas.

–Bah –farfulló Neena toqueteándose la ceja y hundiéndose en su asiento.

–Las reglas son muy importantes, como todos sabemos. Nos mantienen bajo control, dan sentido a nuestras vidas y hacen que este colegio sea lo que es.

A mi lado, Robbie también asintió, como si fuese algo que creyera firmemente, a pesar del asunto de *Victoria,* que yo sabía a ciencia cierta que atentaba contra las reglas 11, 17 y 101 del Reglamento Grittysnit.

–Se asignarán Puntos de Obediencia a cada alumno cada vez que se comporte de modo que beneficie al lema del colegio: QUE LA OBEDIENCIA OS FORME. QUE LA CONFORMIDAD OS MOLDEE. QUE LAS NORMAS OS PULAN. El alumno que haya conseguido más puntos al final del trimestre será el ganador. Todos los profesores podrán daros Puntos de Obediencia.

Hizo un gesto que abarcaba la fila donde estaban sentados los profesores a su espalda en el estrado, quienes le devolvieron la mirada con expresión solemne.

La señorita Musgo tenía la vista fija en el regazo.

–Pero os advierto –continuó el director–: si vuestro comportamiento es inadecuado, si venís desaliñados, llegáis tarde, contestáis u os mostráis remisos a cumplir las normas del colegio, os ganaréis un Borrón Negro. El alumno que tenga más Borrones Negros al final del trimestre será expulsado.

Hubo un grito ahogado colectivo en el salón.

Los dedos de Bertie volaron hacia sus mejillas.

–No hará falta que os explique –dijo el señor Grittysnit mientras recorría el salón con la mirada– lo insatisfactorio que sería eso. Somos el único colegio de primaria de Todocemento, así que si sois expulsados, tendréis que ir al colegio de Todomugre, infinitamente peor. Si es que os admiten.

Sus ojos oscuros fulguraron y los pelos de su nariz se agitaron con dramatismo.

El señor Grittysnit era uno de esos adultos capaces de hablar a un salón lleno de alumnos y hacer que cada uno se sintiera como si hablara para él solo. Me revolví inquieta en el asiento y, a juzgar por las expresiones incómodas que vi a mi alrededor, me di cuenta de que todos sentíamos lo mismo.

–Pero bueno –continuó–, no nos pongamos pesimistas. Cumplid las reglas y no tendréis nada que temer.

Se alzó una mano varias filas delante de la nuestra.

El señor Grittysnit se quedó mirando a un niño pecoso y menudo de segundo (los Robots Aspiradores).

–¿Qué? –preguntó con brusquedad.

El niño se puso en pie e hizo una inclinación.

–A mi madre le dan miedo los aviones, señor, así que ¿hay algún otro premio que podamos intentar conseguir aparte de las vacaciones en Portugal?

El señor Grittysnit ladeó la cabeza. Uno de los pelos de la nariz pareció salir de su fosa nasal como si olisqueara una potencial revuelta.

–No hay segundo premio. Si ganas, sugiero que le pongas a tu madre una venda en los ojos, una bolsa en la cabeza, o, mejor aún, que la dejes en casa como castigo por su falta de colaboración. El miedo a volar no es más que una señal de una mente desobediente. La suya debe ser más disciplinada.

–Eeeh... –balbució el niño.

–Pero todos seréis ganadores –continuó el director dando un golpe seco al atril con los puños–. Y este será vuestro premio: convertiros en mejores personas. No me cabe duda de que, después de ocho semanas, cada uno de vosotros (a excepción del expulsado, por supuesto, ja, ja, ja, que vivirá su mísera vida en otro sitio) será más ordenado, más pulcro, más colaborador y más obediente que al principio. Todos quedaréis renovados y enriquecidos.

El niño pecoso sonrió indeciso.

–Gracias, señor. –Y se apresuró a sentarse.

–¿Alguna otra pregunta? Bien. Ahora, antes de consumir más minutos de nuestro precioso tiempo, tengo que haceros un nuevo anuncio.

Me revolví en el asiento. El trimestre se ponía cada vez más interesante. Lamenté no haber traído nada donde poder tomar apuntes.

–Un colegio que no evoluciona es un colegio que no alcanza el éxito. –El señor Grittysnit estiró los labios y nos mostró un destello de sus dientes amarillos en lo que habíamos aprendido a tomar como una sonrisa.

Un niñito de segundo de Infantil, desconocedor de la forma de actuar impredecible del señor Grittysnit, se echó a llorar.

–Por eso estoy encantado de anunciaros que a partir de mañana empezarán los trabajos de construcción de un espacio nuevo. Un espacio donde seréis capaces de desarrollar todo vuestro potencial y prepararos para el mundo real.

Me pregunté a qué estaría refiriéndose. ¿Un polideportivo? ¿Un teatro? ¿Un módulo de ciencias apropiado para que Neena dejara de protestar? ¿La biblioteca más grande que Bertie siempre decía que necesitábamos?

–¡Vais a tener un módulo de exámenes nuevecito! –exclamó el director.

Un silencio de perplejidad llenó el salón de actos.

Después, en algún lugar de nuestra fila, Bella y Chrissie empezaron a aplaudir.

Un destello de dientes amarillos brilló en su dirección. El señor Grittysnit hizo un gesto vago para señalar la ventana, a través de la cual se veía el césped del tamaño de un campo de fútbol donde jugábamos y dábamos la clase de educación física.

–Será construido en ese espacio de juego inservible de ahí fuera.

–¡Pero es el único espacio verde que nos queda! –farfulló Neena, indignada–. ¡Si lo destruye no habrá más que hormigón!

–He decidido que estaréis mejor sin él –declaró el señor Grittysnit como si Neena no hubiera dicho nada–. ¡Demasiado césped puede causar manchas de hierba! ¡Demasiados bichos fuera pueden causar que haya bichos dentro, lo cual favorece la aparición de enfermedades y faltas a clase y un registro de asistencia irregular! Un módulo para exámenes bonito y limpio es mucho más beneficioso para vuestro futuro, vuestro bienestar... y, para ser sincero, para el estado de vuestros uniformes. Construcciones Valentini... –Y en ese momento sus dientes amarillos brillaron única y exclusivamente para Chrissie, que a su vez esbozó una sonrisita de superioridad– empezará a excavar esta semana. Quiero que evitéis jugar en esa zona para que los trabajadores puedan terminar el módulo lo antes posible. ¡Y podréis agradecérmelo aprobando vuestros exámenes con notas excelentes y colocándonos en lo más alto de la clasificación del país!

Bella Pearlman se levantó del asiento y se puso a aplaudir como una foca que hubiera visto a su entrenador ofreciéndole sardinas.

–¡Bien, Chrissie! –exclamó.

Chrissie también se levantó y empezó a aplaudir.

–¡Bien, señor Grittysnit!

El hombre sonrió.

–Un Punto de Obediencia para ti, Chrissie.

Chrissie sonrió con suficiencia y me dirigió una mirada de triunfo.

Me dio un vuelco el corazón. «¿Ya va en cabeza?».

Luego los demás niños se pusieron en pie poco a poco y empezaron a aplaudir.

–Están aplaudiendo a un edificio para exámenes que aún no se ha construido, literalmente –refunfuñó Neena–. Jalean una violación de nuestro derecho a jugar.

–Lo sé –murmuré intentando aparentar que sabía el significado de «violación»–, pero es más prudente no correr riesgos... –Me puse en pie y me uní al aplauso general–. Podría llevarme un Borrón Negro por no participar. Probablemente deberíamos hacer lo mismo que todo el mundo...

Pero Neena, terca, permaneció sentada.

–¿Y dónde se supone que vamos a jugar, señor Grittysnit? ¿En esa zona de hormigón diminuta al lado de los contenedores y los desagües? –preguntó a gritos, pero el sonido de los aplausos sofocó su voz.

Después de aplaudir durante unos diez minutos (ninguno quería ser el primero en dejar de hacerlo), el señor Grittysnit hizo una leve inclinación de cabeza, como si se diera por satisfecho, y un gesto con la mano. Era la señal para que nos pusiéramos en pie y recitáramos la Promesa Grittysnit.

Nos pusimos en pie y recitamos:

*En Grittysnit, todos los alumnos somos*
*excepcionalmente normales, no como gnomos.*
*Llegamos a clase cinco minutos antes,*
*comemos encantados lo que nos ponen delante.*
*Hablamos y caminamos a un ritmo juicioso*
*siempre con la sonrisa reglamentaria en el rostro.*
*No cumplir las normas no es nada apropiado*
*por eso todo lo que llevamos es gris y adecuado.*
*¿Contestar mal? Debes de estar loco;*
*contestar mal es muy indecoroso.*
*Nos encantan las clases, los exámenes y el trabajo;*
*sin ellos viviríamos totalmente desquiciados.*

*No causaremos problemas ni seremos cargantes,*
*no cuestionaremos las reglas ni jugaremos en clase.*
*Con sol, con lluvia, hay algo que es cierto:*
*daremos las clases siempre a cubierto.*
*No saldremos si el timbre no suena,*
*y ya casi acabamos este hermoso poema.*
*Si aún no lo sabéis*
*(¿no habéis prestado atención?),*
*no infrinjáis las normas*
*u os ganaréis una sanción.*

–Estimulante, ¿verdad? –dijo el señor Grittysnit, sin hacer el menor caso de la mano levantada de Neena–. Y ahora, a correr, chicos, y a empezar el día. No querréis acumular más retraso del que ya lleváis, ¿verdad?

# CAPÍTULO 9

Cuando el director se bajó del estrado, seguido de cerca por una fila de profesores en silencio, me puse en pie de un salto enardecida y exaltada después de la motivadora charla del señor Grittysnit.

–Eh, ¿a qué esperas? –pregunté a Neena, quien seguía sentada en su asiento con cara de pocos amigos.

–¿No has oído lo que acaba de decir el señor Grittysnit? – rezongó.

–Todas y cada una de sus palabras.

–¿Entonces has oído que nos vamos a quedar sin campo de juegos? Si su plan sale adelante, solo podremos jugar en un cuadrado enano de hormigón del tamaño de una piscina hinchable. ¿Te parece justo? Para empezar, ¿cómo vamos a caber todos ahí dentro?

–Sí, vale –repuse a regañadientes.

Era muy típico de Neena plantear preguntas excesivamente complicadas. No era más que un descampado. Quizá tener un edificio solo para exámenes fuera una buena idea. Además, yo disfrutaba haciendo exámenes. Me gustaba organizar horarios para repasar, comprar rotuladores fluorescentes y demostrar lo mucho que sabía y después olvidar todo una vez que había hecho el examen. ¿Qué tenía eso de malo? Y además, el señor Grittysnit tenía razón. La hierba causaba manchas de verdín, y hacerlas desaparecer del uniforme era una auténtica pesadilla.

Sin embargo, Neena seguía enfurruñada, así que me mordí los labios.

–Neena, tú no utilizas mucho el campo de juegos. Siempre te enfrascas en tus revistas científicas durante la hora de la comida.

–Ese no es el problema –dijo–. No le importa nada lo que de verdad necesitamos. Lo único que le importan son las dichosas notas...

Mientras seguía divagando, eché una mirada nerviosa al reloj. Las 9:37 a. m.

–Vamos –dije mientras tiraba de ella para que se levantara–. No puedes hacer nada, así que será mejor que no te estreses. Además, hay unas vacaciones esperando que nos las ganemos.

*

Aunque nuestros compañeros de clase también estaban disgustados por perder el campo de juegos, las cosas se suavizaron enseguida cuando la señorita Musgo colgó un cuadro de Puntos de Obediencia en la pared.

–Así todos podréis seguir vuestro progreso –murmuró de puntillas para pegarlo al lado del encerado–. El tío..., quiero decir, el señor Grittysnit, quiere que lo tengamos aquí expuesto todo el trimestre.

–No se olvide de anotar mi punto –dijo Chrissie acariciándose el pelo–. El primero de muchos, espero.

Y después la mañana se pasó volando, con todos los Laminadores (excepto uno) intentando hacer gala de un comportamiento lo más perfecto, obediente y ordenado posible.

Justo antes de comer, con la mañana finalizada y ningún Punto de Obediencia en mi cuenta, tenía la moral por los suelos. Así que cuando el señor Grittysnit pasó por nuestra clase para pedir voluntarios para ordenar la biblioteca, mi mano fue la primera en levantarse. Me llenó de alegría que me eligiera. Ahí estaba mi oportunidad.

–¿Quieres escoger a algún compañero para que te ayude? –preguntó la señorita Musgo.

Hice como que no veía la mano cuarteada de Robbie meciéndose en el aire.

–¿Puede venir Neena? –pregunté.

Pero Neena me miró con el ceño fruncido desde su pupitre, resoplando y bufando como una locomotora antigua.

–Vamos, Neena, es la oportunidad perfecta para ganarnos un Punto de Obediencia –la animé entusiasmada.

Hizo un gesto de fastidio con los ojos, pero se puso en pie.

–Te echo una carrera –murmuré mientras caminábamos detrás del señor Grittysnit.

Neena sabía que yo jamás corría en el recinto del colegio, así que era un buen chiste. ¿Me lo agradeció? No.

*

El director nos llevó a la biblioteca del colegio, una destartalada sucesión de estanterías viejas en el pasillo junto a la cocina.

–Quiero todos estos libros forrados con esas fundas grises –dijo señalando una caja–. Ahora mismo están lejos de cumplir las normas. Y limpiad también las manchas de huellas dactilares mientras trabajáis.

–¿Quieres que empecemos cada una por un extremo y así nos vamos acercando? –le propuse a Neena en cuanto se fue el señor Grittysnit. Quizá un poco de paz y tranquilidad mejorarían su humor, además después del entusiasmo de la asamblea yo también necesitaba un poco de sosiego.

–Por mí bien –respondió mientras se dirigía a la estantería más alejada dando fuertes pisotones.

Enseguida me adapté al ritmo de sacar un libro de la estantería, limpiarlo y forrarlo. Resultaba curiosamente relajante. Ya había llegado al estante inferior de la primera estantería, Historia Local, cuando me fijé en un libro que estaba encajado al fondo. Lo liberé de su escondrijo. Estaba sucio y cubierto de polvo, pero parecía resistente y bien encuadernado. Limpié la portada con un paño húmedo y apareció un dibujo bajo la suciedad.

Era la pintura de una casita rural blanca en un campo cuajado de flores de colores.

*La terrible y triste historia de Todoalegría,* de A. S.

Al observar la portada, tuve la contundente sensación de haber visto antes el cuadro de aquella casita, pero no se me ocurría dónde. ¿Lo tendría mamá en casa, mezclado con sus libros de cocina? ¿Y dónde diablos estaba Todoalegría? No me sonaba que ninguna de las poblaciones cercanas tuviera ese nombre. ¿Y por qué sería su historia tan terrible y triste? Quizá se trataba de uno de esos pueblos olvidados. O se había hundido en un socavón y había desaparecido para siempre.

Tras un instante de duda, le coloqué el forro gris y experimenté un extraño sentimiento de pérdida cuando la casita blanca desapareció de mi vista. Escribí el título en la portada y volví a dejar el libro en la estantería.

Pasé a la sección de Tiempo Libre. El primer ejemplar que saqué tenía la foto de un niño en la portada, bajo el título *Libro de jardinería para niños*. Parecía estar echando algo en una pequeña maceta. Lo miré más de cerca. Estaba dejando caer algo muy pequeño.

Y negro.

Y pequeño.

Y...

Glups.

Me quedé mirando la foto y comencé a temblar. No solo no me había acordado de planchar el uniforme la noche anterior. Además me había olvidado por completo de tirar a la basura las SEMILLAS MÁGICAS para evitar problemas.

Lo cual significaba...

... que seguían en la mochila, en la clase, dedicándose a Dios sabía qué en cuanto me hubiera dado la vuelta.

¿Y si les había dado por resplandecer?

¿Y si estaban haciendo que las mesas se cayeran y el suelo se agrietara?

–¿Qué pasa? –Neena había asomado la cabeza desde detrás de una estantería y me estaba observando–. Tienes la cara esa de estrés postraumático tan graciosa que pones cuando te entra el pánico.

Estaba perdida en un torbellino de miedo. Durante un segundo dejé de estar en la biblioteca para verme de nuevo encima de una losa agrietada del patio, contemplando cómo el mundo se abría bajo mis pies y oyendo una y otra vez aquella extraña voz.

*Te estaba esperando.*

Tragué saliva a duras penas y apoyé la mano en la estantería para no perder el equilibrio.

–Iris –dijo Neena con su voz de «tonterías las justas»–, ¿qué pasa?

Me ayudó a sentarme encima de un puf y me miró muy seria.

Apoyé la espalda en la pared y suspiré.

–Ayer sucedió algo muy extraño.

Se le iluminó el rostro al instante.

–Cuenta, cuenta.

Se lo conté todo, casi esperando que mis labios volvieran a quedarse pegados. Pero funcionaron perfectamente y no supe si sentir alivio o desilusión. En cierto modo, poder hablar de las SEMILLAS MÁGICAS las hacía más reales, lo cual no sabía si era demasiado bueno.

Neena, por el contrario, deliraba de entusiasmo.

–¡Silicatos temblorosos! –exclamó–. ¿Dónde está el paquete?

–En nuestra clase. –Sacudí la cabeza contrariada–. En mi mochila. Pensaba tirarlas a la basura, pero se me olvidó.

Neena puso tal cara de asombro que sus cejas desaparecieron debajo del flequillo.

–¿Has metido algo de contrabando en el colegio? ¿De verdad has infringido una de las reglas?

En su rostro se dibujó una sonrisa de placer. Yo intenté hacer lo mismo, pero mi sonrisa me salió un poco torcida.

–Oye, ¿por qué no nos olvidamos del asunto? Volvamos a los libros.

–De acuerdo –dijo Neena con determinación–. Pero solo después de que me hayas enseñado esas SEMILLAS MÁGICAS.

–N... no –balbucí–. No puedo. No quiero.

–Entonces, ¿por qué pareces tan entusiasmada?

–¿Lo parezco? –pregunté sorprendida.

–Eeeh... ¿sí? –respondió mirándome a los ojos tan fijamente que me sentí como algún microorganismo de los que cultiva en sus placas de Petri–. Pareces tan emocionada como el día que se dan a conocer los nominados al Estudiante del Año.

MINUTOS DESPUÉS, NOS apretujamos entre dos de las estanterías más repletas de libros que encontramos, mirando por turnos entre los estantes para estar seguras de que no había nadie cerca.

A la luz del sol del mediodía que entraba a raudales por la ventana, el sobre parecía aún más viejo que el día anterior. Lo sujeté con cuidado, y noté lo fino y suave que era el papel. ¿Cuánto tiempo llevaría allí enterrado?

–SEMILLAS MÁGICAS –leyó Neena con una voz escalofriante–. QUE ESTAS SEMILLAS SE AUTOSIEMBREN. Pero ¿qué sentido puede tener esto? –Me miró ansiosa.

Me encogí de hombros, desconcertada por la repentina y eufórica sensación de orgullo que experimenté.

–¿Quién sabe?

Los cálidos rayos del sol que entraban por la ventana bañaron el paquete con su luz y calor. En pocos segundos se puso tan caliente como la temperatura máxima de mi plancha.

–¡Ay! –exclamé con una mueca de dolor al tiempo que lo dejaba caer al suelo sin querer.

Los bordes del sobre resplandecieron y se tornaron de un color dorado blanquecino, como si en su interior estuviese bailando una pequeña llama. Entonces apareció esta frase: SI HAS ENCONTRADO ESTE PAQUETE, SIEMBRA ESTAS SEMILLAS Y DESPUÉS COSECHARÁS LO QUE DE VERDAD NECESITAS.

Desde entonces me ha preguntado un montón de gente por qué no tiré el sobre en aquel mismo instante, a lo cual yo siempre respondo: «¿Estáis locos?».

Quiero decir, ¿qué habríais hecho vosotros? ¿En serio? ¿Si algo misterioso que escapa al entendimiento humano un día se materializara delante de vuestras narices y os prometiera HACER REALIDAD TODOS VUESTROS SUEÑOS?

Os diré lo que no habríais hecho. No habríais dicho: «Esperad un momento mientras busco un poco de información sobre vosotras». No habríais dicho: «¿Tenéis una licencia en vigor para practicar el oscuro arte de cumplir deseos?».

Os habríais frotado las manos y habríais preguntado: «¿Cuándo?».

Lo sabéis, y yo también. Así que no me pongáis esa cara.

Mi mente se puso a dar vueltas como un torbellino. ¿Podrían aquellas extrañas y viejas semillas ser la respuesta a todas mis plegarias? Si iban a concederme lo que de verdad necesitaba, quizá debería mostrarles un poco más de respeto. Me vi avanzando por el salón de actos con paso firme y al señor Grittysnit dedicándome una de esas sonrisas deslumbrantes que nunca me dedica en la vida real, con un enorme diploma de Estrella Grittysnit en una mano y dos billetes de avión para Portugal en la otra.

**¡BUM!**

Mis pensamientos fueron interrumpidos por el fuerte sonido de un objeto pesado al impactar contra el suelo.

–Es solo un libro –dijo Neena y se agachó para recogerlo–. Se ha caído de la estantería.

Mi corazón empezó a latir deprisa. No era solo un libro. Era *La terrible y triste historia de Todoalegría.* Y el forro gris corporativo que le había puesto con tanto cuidado minutos antes se había caído.

Como si el libro no quisiera estar tapado.

–¿Iris? –dijo Neena.

–¿Sí? –contesté a duras penas, con un jadeo.

–Tus dedos se han vuelto locos.

Tenía razón. Mis dedos se agitaban y bailaban en el aire ante nosotras, como si estuvieran tocando una pieza en un piano invisible. Casi como si me estuviesen hablando..., y yo sabía lo que querían.

«Mis dedos quieren sembrar», pensé.

Querían esparcir, derramar, diseminar, desperdigar. Querían rociar, espolvorear, gotear, salpicar, chorrear, danzar. Querían echar al aire, echar al viento, echar al vuelo. Y de verdad, de verdad querían esparcir aquellas semillas.

Un pensamiento casi tangible surgió de pronto en mi mente como si alguien lo hubiera plantado allí. Las SEMILLAS MÁGICAS no querían pasar más tiempo encerradas.

Y yo iba a ser la que las iba a liberar.

El sonido estridente del timbre rasgó el aire y al instante mis dedos dejaron de tener vida propia.

Vacilante, recogí el sobre de las SEMILLAS MÁGICAS, pero ya se había vuelto a enfriar. Lo guardé en el fondo de la mochila y exhalé un largo suspiro con la cabeza como un bombo.

–¿De dónde dices que salieron esas semillas? –preguntó Neena con los ojos brillantes.

Me obligué a esbozar una sonrisa débil.

–De nuestro patio trasero.

Mis ideas se atropellaban desesperadas, como pequeñas y atareadas hormigas obreras que llegaran tarde a su turno de trabajo.

Me levanté temblorosa y ayudé a Neena a ponerse en pie mientras mi cabeza urdía un plan.

–Voy a tu casa después de clase, ¿verdad?

Neena asintió.

–Pues prepárate para ayudarme a sembrar –murmuré al entrar en clase–. Sea lo que sea lo que ello signifique.

# CAPÍTULO 11

MIENTRAS NOS ENCAMINÁBAMOS a casa de Neena, llevamos a la práctica nuestro plan.

Neena fue la primera en actuar.

–Mamá, ¿qué tal se te da sembrar semillas?

La señora Gupta levantó la vista de su teléfono con mirada distraída.

–¿Sembrar semillas? –repitió despacio como si le hubiéramos pedido que nos sirviera una porción de luna en un plato.

–Sí, estaba... Bueno, se me acaba de ocurrir. Es para una amiga. En teoría.

La frente de la señora Gupta se cubrió de arrugas cuando se puso a pensar.

–La verdad..., no tengo ni idea. Nunca he sembrado nada.

–¿Hay algún sitio en el pueblo donde puedan ayudarnos? Ya sabe, una especie de tienda de semillas –pregunté tímidamente.

La señora Gupta frunció el ceño y miró al cielo.

–Podríais preguntar en un centro de jardinería. Allí podrían ayudaros.

–¿Hay alguno en Todocemento? –preguntó Neena.

–Creo que había uno cuando yo era pequeña. Pero quizá haya cerrado. Ni siquiera me acuerdo de dónde estaba. El dueño era todo un personaje, tengo entendido. De todos modos, tendréis que averiguarlo vosotras solas. Tengo mil cosas que hacer al llegar a casa. Una presentación, un informe, un par de llamadas para ventas...

La señora Gupta trabajaba en el departamento de ventas de Construcciones Valentini, algo de lo que a Neena no le gustaba hablar.

Insistí, a sabiendas de que necesitaríamos más opciones si aquel mítico centro de jardinería no existía ya.

–¿Y en el supermercado? ¿Venden cosas de jardinería?

–Retiraron la sección de jardinería hace mucho tiempo. ¿De qué va todo esto, niñas?

–De nada –respondimos a la vez.

*

–¿Seguro que esta es la calle? –pregunté una hora después.

–Creo que sí –contestó Neena mientras se apartaba el flequillo de la frente y volvía a consultar el teléfono entornando los ojos–. La aplicación dice que estamos justo delante.

Se me estaba agotando la paciencia. Neena dijo que había descargado el mapa correcto, pero nos había llevado hasta una zona de Todocemento donde nunca había puesto los pies: una calle destartalada con un local de apuestas, un gran aparcamiento y poco más.

Después de otros diez infructuosos minutos de recorrer la calle de un extremo a otro a paso de tortuga y de observar indecisas los escaparates, estaba ya a punto de sugerir que volviéramos a casa de Neena y pusiéramos en práctica el Plan B.

Y entonces lo vi.

En la acera de enfrente, embutido entre el aparcamiento de varios pisos y un sitio de kebabs sellado con tablones, había un callejón estrecho y oscuro. Estaba tan invadido de maleza y de plantas trepadoras que no lo vimos el primer millón de veces que habíamos pasado por delante.

–¿Crees que es ese? –pregunté.

–Solo hay una forma de averiguarlo.

Cruzamos la calle. A la entrada del callejón había clavado un letrero de madera descolorido. La mayor parte de las palabras estaban cubiertas de moho verde oscuro. Leí las que quedaban al descubierto.

–STRANGEWAYS –leí en voz alta–. LIAR. TODO. –Tragué saliva–. Oye, quizá no sea tan buena idea...

Neena utilizó el puño deshilachado de su jersey de Grittysnit para limpiar el letrero con suavidad. Poco a poco fue apareciendo el resto de las palabras a través del moho.

Ahora decía:

**CENTRO DE JARDINERÍA**
**STRANGEWAYS**

*NEGOCIO FAMILIAR*

**ABIERTO TODO EL AÑO**

Me dio unos golpecitos en el hombro con aire de triunfo.

–Este es el lugar.

Observé con curiosidad el túnel tenebroso, tan enmarañado de tallos y hojas y cosas colgantes que era difícil ver nada de lo que había al otro lado. Un hilillo de sudor helado corrió por mi nuca. Pero mis dedos se agitaban y ardían impacientes para recordarme por qué estábamos allí.

–Pues vamos –dije con la esperanza de que mi voz transmitiera más valentía de la que sentía en realidad, y entramos en el túnel.

Al instante se enfrió el sudor que me empapaba la piel. Me aparté de la cara algo fino y alargado e intenté no echarme a temblar.

Poco después, emergimos delante de un edificio de ladrillo rojo medio en ruinas ahogado por una planta trepadora. Lo había invadido todo de tal manera que hasta la luz parecía verde. Casi daba la impresión de estar en otro planeta.

–¡Hola! ¿Hay alguien ahí? –llamó Neena.

No hubo respuesta, pero me dio la sensación de que no estábamos solas. El edificio parecía estar también invadido por el silencio, como si estuviera esperando a que dijéramos algo más. Hasta las hojas en forma de corazón que reptaban sobre los ladrillos dejaron de crujir.

–¿Hola? –probé. Mi voz reverberó por el patio y rebotó hacia nosotras–: La... la... la...

Seguimos sin obtener respuesta.

Algo pequeño, negro y siniestro voló hacia mi cara con un furioso zumbido.

–Creo que deberíamos volver a consultar el mapa –sugerí–. Esto está abandonado.

Pero Neena me dio un empujón.

Un hombre encorvado de pelo blanco y vestido con un mono verde descolorido había salido a la puerta. En sus manos arrugadas llevaba unas tijeras enormes manchadas de algo oscuro y rojizo. A su lado, un gran perro negro ladró con fuerza. El sonido rebotó contra los ladrillos ruinosos como una pistola y rompió el silencio cálido.

–¿Qué queréis? –La voz del hombre tenía el tono chirriante de una verja oxidada al abrirse por primera vez después de varios años.

El perro gruñó.

–¿Es este el...? –El resto de mi pregunta se desvaneció de miedo cuando el hombre avanzó un paso hacia nosotras.

El perro enseñó los dientes.

–¿Quién os ha enviado? –preguntó el hombre con el ceño fruncido entre sus cejas blancas y encrespadas.

Neena y yo intercambiamos una mirada perpleja.

–N... no nos ha enviado nadie –respondió Neena.

Se llevó la mano a la frente y parpadeó como si la luz lo estuviera deslumbrando.

–Ah, ¿no? –Sus gafas con montura dorada tenían tantas capas de suciedad que era milagroso que pudiera ver algo–. No, qué va. Os manda Rufián para intimidarme, ¿verdad?

–¿Q... quién? –pregunté con voz ronca.

El hombre siguió gritando como si no me hubiera oído, con un acento que nunca había escuchado a nadie en Todocemento.

–Bueno, pues ya podéis volver arrastrándoos con el mismo mensaje que les digo a todos los que vienen de su parte. No pienso vender. Nunca. Prefiero comerme un plato de moscas verdes antes que llenarle los bolsillos a Valentini.

Neena y yo nos miramos con preocupación. ¿Era ese el trato normal en un centro de jardinería? ¿Y por qué aquel hombre hablaba de Valentini? Era el apellido de Chrissie... ¿La conocía? Recorrí con la vista el patio destartalado y me resultó difícil imaginármela entre los tiestos rotos y las palas oxidadas.

El hombre avanzó otro paso hacia nosotras.

El perro se relamió las fauces.

–Puede que hayáis estafado a mis antepasados, pero a mí no me vais a engañar. –Levantó sus tijeras sangrientas y las blandió ante su cara–. Vamos, marchaos antes de que os haga una demostración de poda que no olvidaréis fácilmente.

Me volví. Neena estaba pálida y tenía los ojos muy abiertos.

–Vámonos –dijo angustiada mientras empezaba a retroceder–. De todos modos, gracias por su tiempo. Encantada de conocerlo.

Estuve a punto de seguirla. Más que cualquier otra cosa, deseaba volver a sentirme segura en casa de Neena. Pero recordé las palabras del paquete de SEMILLAS MÁGICAS: «Y después cosecharás lo que de verdad necesitas». Lo que yo necesitaba era que aquello se cumpliera. Aquel hombre podía ser la llave de mi éxito y mi felicidad eterna. Lo único que tenía que hacer era convencerlo de que no nos asesinara.

Tendí la mano e intenté mirarlo a los ojos a través de la mugre de sus gafas.

–Escuche, no nos ha enviado nadie. No conozco a nadie que se llame Rufián. No somos acosadoras. De hecho, soy una buena chica. Soy la Estudiante del Año de mi colegio.

–Por segundo año consecutivo –gimió Neena.

El ceño del hombre perdió algo de ferocidad, pero siguió blandiendo peligrosamente las tijeras manchadas de sangre.

–Solo estamos buscando material de jardinería. –Intenté recordar lo que había en la portada del *Libro de jardinería para niños*–. Como... ¿un poco de tierra? ¿Una maceta? ¿Podría ayudarnos? Ah, y, ¿por favor, podría bajar esas tijeras un momento? No puedo concentrarme con esos destellos que les arranca la luz del sol.

El anciano parpadeó y se quitó sus gafas sucias. Las frotó con un pañuelo embarrado y volvió a ponérselas. Aunque solo había conseguido cambiar de sitio la porquería en lugar de limpiar los cristales, pareció vernos con claridad por primera vez. Relajó el ceño y suavizó su expresión. Echó una mirada a su arma y después, para mi sorpresa, dejó escapar una risita.

El perro movió el rabo.

–¿Tijeras? –preguntó intentando contener la risa–. ¡No son tijeras! Esto, mi querida niña, es una obra de arte. Estás contemplando una auténtica podadera, de las que funcionan como es debido. Herramienta de podar, si queréis poneros en plan pijo. Es lo mejor en esta tienda. Yo la llamo Doris. Lleva veinte años conmigo y está tan afilada como el día que la compré. Bueno, aparte de un poco de óxido, claro, pero Doris puede con él.

Pasó un dedo manchado de hierba por el filo con la misma ternura que si estuviera limpiando una lágrima de la carita de un bebé.

Aquellas manchas eran de óxido. Respiré algo más aliviada.

–Eeeeh..., sí, es una belleza –dije.

El perro movió el rabo; de su boca colgaba una gran lengua rosada.

El hombre se acercó un poco más y brotó una sonrisa entre sus arrugas curtidas y oscuras.

–Bueno, os confesaré que no tenéis la pinta de los típicos sicarios de Valentini, ahora que os veo algo mejor –dijo.

Neena y yo intercambiamos una mirada de curiosidad.

–¿Qué es un sicario? –preguntó Neena.

Nos miramos los tres en el patio recalentado. El anciano nos dirigió una mirada escrutadora y después, a la vez que movía la cabeza como haciéndose un gesto a sí mismo, bajó a Doris. Se quitó las gafas y las observó con el ceño fruncido.

–Perdonad que os haya confundido con la otra banda. Pero estos días los únicos que vienen por aquí son ellos, y son una banda ruin. Yo los llamo los Villanos de Valentini, y, entre nosotros, tengo que ahuyentarlos si quiero sobrevivir. –Irguió la cabeza con tanta determinación como si estuviera en el campo de batalla–. Mi lema es muy simple: tratarlos como a babosas; atacar antes que ellos.

No tenía ni idea de qué estaba hablando, pero me pareció conveniente seguir asintiendo.

Dio unas palmaditas al perro con una mano que presentaba manchas de vejez.

–Esta ciudad ya no es lo que era. Ya no hay jardines. Ni césped. Solo montones de Villanos de Valentini que solo quieren seguir construyendo bloques de hormigón barato sin espacios abiertos. Los llaman pisos. Jaulas para hámsteres humanos es lo que son.

El perro lanzó un gemido suave.

–No te preocupes, bonita –murmuró. Después nos miró muy serio–. Decíais que queríais algo de jardinería, ¿verdad?

Ahora que los ojos del hombre no estaban emponzoñados por instintos asesinos, vi que eran de un precioso verde intenso con motitas color avellana.

–Sí –respondimos al unísono, y jamás habríamos imaginado que una simple palabra pudiera provocar una sonrisa tan amplia en una persona.

–Bueno, entonces habéis venido al lugar adecuado. Bienvenidas a Strangeways.

# CAPÍTULO 12

–AUNQUE, SI SOIS muy puntillosas, es Strangeways e Hijo. Yo soy el hijo. Mamá murió hará unos diez años, justo después de hacer una tarta el día que cumplí los setenta. Bueno, el caso es que ahora soy yo quien está al cargo. Para ser sincero, al cargo de un montón de macetas rotas, pero mientras quede un Strangeways en Todocemento, seguirá existiendo el Centro de Jardinería Strangeways. –Juntó los talones al estilo militar y nos sonrió–. Sid Strangeways a su servicio.

La mano que nos tendió estaba agrietada y áspera, con suciedad debajo de cada uña, pero su apretón fue cálido, cariñoso y firme como si nunca hubiera blandido «esa como se llamara» delante de nuestras narices ni nos hubiera amenazado con hacernos una demostración de poda, fuese lo que fuese lo que hubiera querido decir.

–Me llamo Iris y esta es Neena, mi mejor amiga –dije.

–Encantado de conoceros –dijo Sid estrechándonos las manos con energía–. Ah, y esta venerable muchacha es Florence.

La gran perra negra se acercó y arrimó su nariz húmeda a mi mano. Sid la miró con orgullo.

–Estáis interesadas por la jardinería –murmuró Sid–. Quién lo iba a decir. No creí que a los niños de ahora les interesaran estas cosas. ¿Tenéis idea de lo que queréis cultivar?

–Tenemos un paquete de semillas –respondí.

–Ah, ¿sí? –dijo el hombre en un tono inesperadamente cortante–. ¿Y de dónde las sacasteis?

Vacilé.

–Estaban enterradas...

–... debajo de una montaña de regalos de cumpleaños –continuó Neena–. Y se cayó la etiqueta. ¿A que sí, Iris?

–Sí, ahora son un pequeño misterio –proseguí, aliviada por la rapidez mental de Neena. No quería que nadie más lo supiera, sobre todo si existía una mínima posibilidad de que nos acarreara algún problema.

Sid acarició la cabeza de Florence con una expresión en sus ojos moteados de avellana que no fui capaz de identificar.

–Entonces vais a necesitar abono para semillas. –Se volvió hacia la puerta.

Florence lo siguió despacio meneando el rabo.

–Venid a echar un vistazo.

*

En el interior todo estaba ordenado en perfecta formación. Macetas de distintos tamaños cuidadosamente ubicadas en estantes. Había otros estantes con expositores de semillas, sacos de abono y herramientas. En un rincón se alzaban espantapájaros y estatuas, confiados y silenciosos. Todo parecía haber sido colocado con mucho cariño, aunque estaba cubierto de una capa de polvo gris tan gruesa como mis pulgares. Sid no parecía ser consciente de ello. Mientras buscaba por la tienda, su espalda se irguió y su sonrisa se hizo más amplia.

Neena y yo nos miramos. Era evidente que nadie había tocado nada de la tienda desde hacía mucho mucho tiempo.

–¿Tiene mucho trabajo estos días? –preguntó Neena.

–La verdad es que no –confesó el hombre–. Pero voy tirando. Tengo una parcela detrás de la casa donde crío gallinas. Tengo suficiente comida. Tengo a Florence.

Desviamos la mirada algo incómodas y sin saber muy bien qué decir.

–A ver, no puedo quedarme todo el día de charla, y vosotras tenéis semillas que sembrar y cosas que cultivar... Será mejor que espabilemos; piedra que rueda no cría musgo.

»Vamos a ver. Si lo que tenéis son semillas, necesitaréis este tipo de abono y un semillero. ¿Tenéis guantes de jardinería? ¿No? Probaos estos para ver la talla. Y vais a necesitar una regadera con una cebolla del tamaño adecuado; así es como llamamos a la cosa con agujeritos que impide que el agua salga a chorros e inunde la tierra. Las plantitas de semillero prefieren beber a sorbitos y no a grandes tragos; un error fácil de cometer, pero que os alegrará evitar, y no os preocupéis si no crecen prestamente, porque las semillas tardan un tiempo en germinar. Solo hace falta paciencia...

Siguió explicando, sin la espalda encorvada mientras recorría la tienda, bajando cosas de los estantes, hablándonos entusiasmado, dándonos ideas y consejos y de vez en cuando deteniéndose para mostrarnos lo que deberíamos hacer con gestos de las manos como si estuviese sembrando las semillas. Florence lo observaba con su mirada dulce y oscura y Neena, a mi lado, tomaba apuntes a toda prisa y hacía alguna pregunta ocasional cuando tenía alguna duda.

Lo único que hacía yo era pensar lo diferente que era Strangeways del resto de tiendas de Todocemento que conocía, con esas cajeras que no sonreían nunca y enormes cámaras de vigilancia y carteles que siempre empezaban con mucha educación: «Atención, por favor», y después no mostraban demasiada educación, como **PROHIBIDA LA ENTRADA A GRUPOS DE ESCOLARES** o *¡¡¡DEBERÁN PAGAR CUALQUIER ROTURA!!!*

Allí los únicos carteles que había estaban escritos a mano y decían cosas como

Minutos después, había una pila de material junto a la caja. Me quedé mirándola y me di cuenta de que faltaba algo.

–Sid, ¿necesitaremos una azada?

Asintió con la cabeza y me dirigió una mirada extraña.

–Te refieres a una pala. Es mejor que la elijas tú misma. Es un momento muy trascendental escoger tu primera pala.

Nos llevó a un expositor que tenía en un rincón en el que había herramientas de jardín de todas las formas y tamaños. Las señaló con orgullo.

–Ahí tienes. Estas son las que van a ayudarte. Mira a ver cuál te llama más la atención.

Neena se fijó en una pala plateada con un mango de madera muy ligero.

–Soberbia elección –aprobó Sid–. Una pala de acero al carbono con un precioso mango. Te servirá para todo.

Neena sonrió encantada.

Ahora me tocaba a mí.

–Tómate tu tiempo –me aconsejó Sid.

Miré las palas plateadas, las palas de acero, las palas cobrizas bruñidas que parecían resplandecer a la media luz de la tienda, palas con mangos de flores, palas de tenues colores pastel. No me atraía ninguna.

Alcé la vista al techo, donde había enormes telarañas tejidas entre las vigas. Entonces vi, colgada de la viga central por encima de nuestras cabezas, una humilde pala verde. La mayor parte de la pintura se había desprendido y dejaba ver el metal marrón oxidado que había debajo.

–¿Puedo llevarme esa, por favor? –pregunté.

–Esa pala perteneció a una persona muy especial –respondió Sid en voz baja–. En realidad no está en venta. Pero...

Se pasó una mano por el pelo blanco, dejando un rastro de tierra en la frente, y me miró de arriba abajo;

su expresión inquisitiva parecía acentuarse por momentos. Ladeó la cabeza y miró al techo, como si esperase encontrar a alguien allí arriba.

–Quiere sembrar unas semillas, pero no sabe qué hay en el paquete –murmuró–. Me hizo frente cuando le mostré a Doris..., nunca ha hecho ningún trabajo de jardinería..., se presenta aquí, las primeras clientas desde no se sabe cuándo..., se fija en tu vieja pala cuando hasta yo me había olvidado de que estaba ahí arriba... Bueno, supongo que le darías el visto bueno.

Cuando Sid volvió a bajar la vista, su mirada era tranquila y serena, como si alguien hubiera respondido a sus preguntas. Sacó una escalera de mano de un rincón de la tienda y la apoyó en la pared. Me miró como si estuviera calculando mi talla.

–Sube a recoger tu pala, Iris.

Hice lo que me indicaba y la descolgué con cuidado del clavo cubierto de óxido. Cuando bajé, le di la vuelta en mis manos y me encontré cómoda con su peso. Grabado a fuego en un lateral del mango había una pequeña A y los números 1826.

Cuando Sid volvió a hablar, lo hizo con la voz entrecortada.

–Esa pala perteneció a mi tataratatarabuela Agatha Strangeways. Vivió en Todocemento hace casi doscientos años, cuando las cosas eran muy distintas. –Señaló la pala que tenía en mis manos–. En 1826 tendría once años; tu edad, calculo. Usó esa pala toda su vida.

Instintivamente, acaricié el mango con el dedo. Su tacto era liso, desgastado.

–Pobre abuela Aggie –dijo Sid con sonrisa trémula–. Ese Valentini le rompió el corazón.

En serio, aquel hombre estaba obsesionado. No pude evitar pensar que Sid debería pasar menos tiempo despotricando contra la familia Valentini y más tiempo limpiando el polvo. Mi mente voló de pronto hasta el montón de deberes y tareas que me esperaban en casa.

Sid debió de darse cuenta de mi frustración porque sonrió casi como disculpándose.

–Oh, ya estamos otra vez yéndonos por las ramas, ¿eh? A veces soy un auténtico rosal silvestre. No tiene sentido desenterrar el pasado; algunas historias están mejor en el cubo del abono.

Avanzó a la puerta arrastrando los pies con su mono verde descolorido. Por primera vez fui consciente del peso de sus ochenta y pico años sobre sus huesos.

–Eeeh..., Sid –dijo Neena.

–¿Sí, flor?

–¿No debemos pagarle ya?

El hombre miró el montón de cosas que habíamos acumulado e hizo ver que estaba calculando la suma contando con los dedos. Instantes después, bajó las manos.

–¿Cuánto dinero tenéis?

–Nueve libras y doce peniques –respondió Neena.

–Más treinta y nueve peniques y un osito de gominola espachurrado –añadí, después de haber examinado el contenido de mi mochila.

–Vaya, qué coincidencia –dijo Sid–, porque todo esto suma exactamente nueve libras, cincuenta y un peniques y un osito de gominola espachurrado. ¿Qué os parece?

Nos mostró una lata azul abollada para meter el dinero, la cual, no pude evitar advertir, estaba vacía.

Después examinó con mirada experta todo el material que había encima de la mesa y se acercó a un rincón del cobertizo del patio.

–Con todo el abono que vais a tener que arrastrar hasta casa, será mejor que os preste esto.

Nos trajo una carretilla. Apilamos todo encima, pala de Agatha incluida.

–Se la devolveremos enseguida –le prometí.

Pero se encogió de hombros sin darle importancia.

–No te preocupes, guapa.

Pero entonces la mano de Sid aferró de pronto mi muñeca con una fuerza sorprendente. Su voz cambió.

–Pero Iris..., si crece algo... ¿vendrás a enseñármelo?

Desconcertada por el repentino ardor de su mirada, lo único que pude hacer fue asentir en silencio.

Nos despedimos y dimos unas palmaditas a Florence.

Justo antes de llegar al callejón invadido por la maleza, me volví a mirar a Sid. Mi mente bullía con sombras de dudas a medio formular. Quizá eran cosas que debía haberle preguntado. ¿Qué significaba «prestamente»? ¿Por qué pareció sobresaltarse cuando le dije que había encontrado un paquete de semillas? ¿Por qué dijo que a la abuela Aggie le habría parecido bien que yo me llevara su pala? ¿Y qué demonios eran las lombrices para abono?

Quizá no era nada de mi incumbencia. Al fin y al cabo, lo acababa de conocer. ¿No daría la impresión de ser una entrometida? En el colegio, el señor Grittysnit siempre decía que hacer preguntas era cosa de los exámenes, no de los niños.

Sid estaba agachado junto a la puerta, dando palmaditas a Florence y susurrándole algo al oído. Al verlo, un extraño sentimiento de tristeza brotó en mi pecho. «El capitán solitario de las macetas.»

Me di la vuelta. Empujamos la carretilla a través del callejón lleno de maleza hasta la calle principal.

# CAPÍTULO 13

RECORRIMOS LA CIUDAD con la carretilla hasta la caseta del jardín de Neena. Cuando terminamos de descargar todo, mi uniforme estaba empapado en sudor y yo, cubierta de polvo y tierra.

–Esto de la jardinería es agotador –jadeé mientras me secaba la frente.

Cuando entramos en la cocina a hacer un descanso para beber algo y comer unas galletas, me percaté de que lo mismo podríamos haber llevado un bebé elefante en la carretilla hasta el cobertizo de Neena y nadie se habría dado cuenta. La señora Gupta estaba inclinada sobre su ordenador con la mirada fija en un gráfico y el hermano mayor de Neena, Bijan, estaba inmerso en un videojuego en el salón con las cortinas corridas para protegerse del molesto sol de última hora de la tarde.

Miré el reloj. Ya eran casi las seis. Se nos había ido la tarde entera. Mamá me recogería media hora más tarde y ya había pasado mi rato de hacer los deberes.

Aquellas SEMILLAS MÁGICAS eran Eficientemente Mágicas en lo relativo a echar por tierra mi horario.

Apreté los dientes.

–Venga, Neena, vamos a terminar los deberes. En la caseta, creo.

–Entra con cuidado, Iris –dijo la señora Gupta sin apenas levantar la vista de la pantalla–. Algunos de los productos químicos que hay allí son de la época de Matusalén.

*

–Antes que nada, tenemos que preparar el semillero –dijo Neena tras consultar su cuaderno.

–¿Y cuál era? –pregunté con un bostezo.

–Creo que... Espera un momento..., es esta cosa de aquí. –Neena blandió una bandeja de plástico con aire triunfal–. Tenemos que poner un poco de abono, esparcir las semillas... En realidad, creo que deberías hacerlo tú; al fin y al cabo, eso es lo que te indicó el paquete... Y luego, regar. Después tenemos que dejarlo en un sitio cálido..., esta caseta servirá. Deberían de empezar a crecer dentro de un par de días.

¿Empezar a crecer? ¿Dentro de un par de días?

Neena miró distraída su mesa llena de cosas, sus torres de matraces con residuos incrustados a medio llenar de líquidos extraños y de distintos colores, montañas de cuadernos.

–Quizá tenga que hacer un poco de limpieza. ¿Puedes alcanzarme el abono?

Respondí con un profundo y crispado suspiro y abrí el saco de abono. Nada iba a ser tan sencillo como esperaba. Las placas tectónicas se movían con más rapidez. ¿Dónde estaba mi recompensa inmediata? No era de extrañar que Sid estuviera quedándose sin clientela.

–Eeeh..., Iris... ¿Algún problema? –Neena tenía la vista fija en mis manos.

Estaba sujetando con tanta fuerza el paquete de SEMILLAS MÁGICAS que se me habían puesto los nudillos blancos.

–No –le espeté–. Todo perfecto.

Abrí el paquete y curioseé el interior. Allí estaban las semillas secas con sus largos y espeluznantes rizos.

–¿Y ahora qué hago? –pregunté.

Neena consultó su cuaderno.

–Ahora tienes que sacar un pellizco de semillas y después esparcirlas con cuidado por encima de la tierra. No las entierres, déjalas encima.

Me quedé mirando el interior del paquete.

–¿A qué esperas? –se impacientó.

–Es que... me da un poco de miedo tocarlas –confesé. Aún tenía la piel sensible de cuando el paquete se había puesto a irradiar calor entre mis manos. ¿Y si el calor de dentro era incluso peor?

–Ah, ya –dijo Neena con la vista fija en las semillas negras–. Buena observación. Ya tenemos una ampolla supurante. ¿Por qué no las echas directamente del paquete? Así no tendrás que tocarlas.

Aliviada, sacudí el sobre de SEMILLAS MÁGICAS por encima del semillero. Observé cómo volaban y caían sobre la tierra oscura.

–¿Crees que debería decir algo?

Neena se rascó la ceja despellejada con mirada interrogante.

–¿Como qué?

–Es que creo que quizá les haga falta alguna orientación. Instrucciones. Ya sabes, un poco de guía. –Me incliné, pegué la boca a la tierra y susurré–: Haced que sea buena.

No fue hasta mucho más tarde, claro está, cuando me di cuenta de que a las semillas les importaba un pimiento lo que yo deseaba.

Seguro que pasaron unas cuantas horas riéndose a carcajadas.

*

Mamá me recogió cinco minutos después.

–¿Has tenido un buen día? –me preguntó.

–No ha estado mal. ¿Y el tuyo?

–Normal. Tuve una reunión con mi jefa, para hablar de una idea para hacer un nuevo tipo de pizzas, con ingredientes más frescos. Hasta sugerí una de mis recetas, cosas con las que he estado experimentando en casa.

–¿Y?

–Bueno, ya sabes, lo de siempre: lo estudiará. Después me mandó limpiar un tubo que estaba obstruido con queso procesado.

Mamá bajó la vista al suelo.

–¡Qué bien, mamá! –exclamé apretándole la mano–. Si lo va a estudiar es buena señal, ¿no?

Se mordió los labios y después me sonrió.

–Seguramente –dijo–. Nunca se sabe. Ah, y ¿sabes una cosa? He encontrado a alguien que puede arreglar el patio. Va a venir mañana con un montón de hormigón fresco.

Justo lo que necesitaba oír. Quizá por fin las cosas volverían a la normalidad.

# CAPÍTULO 14

A LA MAÑANA siguiente, de camino al colegio, no tenía tiempo para hablar de nimiedades.

–¿Ya han crecido? –le pregunté a Neena.

–Todavía no, pero Sid dijo que tardarían un par de días o así –respondió con una sonrisa–. De todos modos, mientras esperamos, quizá hoy podamos trabajar en mi proyecto.

–¿Sí? –De pronto aparté todos los problemas de mi mente–. ¿Y qué es?

–Quiero organizar una protesta contra el edificio para exámenes –contestó orgullosa.

–¡¿Una qué?!

Sacó una carpeta de pinza de la mochila.

–Anoche escribí una petición para que el señor Grittysnit se entere de todos los que estamos en contra. Voy a dedicar la hora de la comida a recoger firmas. Si se apunta todo el mundo, tendrá que pensárselo dos veces antes de seguir adelante. Échale un vistazo.

Me enseñó la carpeta con gesto ceremonioso. Hice una mueca y leí las frases en negrita en la parte superior de la hoja:

**No pavimenten nuestra zona de juegos.**
**Antes el juego que los exámenes.**
**Antes los niños que el hormigón.**
**Señor Grittysnit, si ser un buen director fuese el resultado de un examen, usted lo habría suspendido.**
**De**
**Los abajo firmantes...**

La miré atónita.

–¿Te has vuelto loca?

Neena irguió la cabeza.

–Vamos, Iris, esto es importante. ¿Quieres ser la segunda en firmar? –preguntó al tiempo que me ofrecía la carpeta.

–Neena, si firmo la petición ya puedo despedirme de ganar el premio.

Se me quedó mirando. De pronto recordé lo mucho que me gustaba la vista de mis zapatos del colegio.

–Vale, pues no la firmes –repuso con una nota de decepción en su voz–. Seguro que habrá muchos otros compañeros a quienes les importe más su futuro que una semana de vacaciones al sol y una ridícula insignia.

–No es simplemente una insignia –balbuceé–. Tampoco tendría que hacer cola en el comedor. Eso es importante.

Pero estaba en juego mucho más que eso. No sabía cómo expresar el resto, sobre todo con Neena observándome de aquella manera y con los demás chicos empujándose unos a otros a nuestro lado mientras esperábamos para traspasar la verja de entrada.

Si hubiéramos estado en otro sitio, habría intentado explicarle que quería sacar a mamá de la tristeza de nuestra casa, de todas las cosas que se rompían y gemían y aullaban y olían. Que a veces parecía que yo era lo único que se interponía entre mamá y aquel lugar tan triste.

Neena alzó la voz cuando cruzábamos el patio:

–¿No te parece un poquitín sospechoso que el señor Grittysnit nos hablara del edificio para exámenes justo después de que anunciara el concurso? ¿Como si quisiera distraer nuestra atención con un premio tentador antes de dar las malas noticias? Es como si las vacaciones fueran una zanahoria de plástico colgada de un palo y nosotros una recua de burros hambrientos. Nos distrae con la zanahoria para poder construir un módulo para exámenes que no necesitamos en la única superficie que disponemos para jugar.

–¡Eh, que yo no soy ninguna burra! –protesté medio riendo–. De todos modos, si de verdad nos tomara por burros, no habría organizado este concurso, ¿no?

Ni ofrecería unas vacaciones, ni todos esos privilegios estupendos como tener tu propia silla en el estrado durante las asambleas...

Neena soltó un resoplido.

–Ya, pues disfruta sentándote en una silla especial –me espetó con una mirada furiosa–. Porque no tendrás otra cosa que hacer en cuanto construyan el nuevo edificio para exámenes en el campo de juegos. Un planazo –añadió sarcástica.

Su humor empeoró aún más cuando doblamos la esquina y vio la cinta amarilla fluorescente que rodeaba la zona de juegos: OBRAS. PROHIBIDO EL PASO.

–Parece que no tengo tiempo que perder –suspiró Neena.

Se produjo entre nosotras un silencio tenso y molesto, y me sentí aliviada cuando entramos en el aula de los Laminadores.

*

Más tarde, cuando sonó el timbre del recreo, Neena volvió a intentarlo.

–Salgo a recoger firmas para la petición –dijo en voz baja–. Si te apetece ayudarme...

Bajé la vista a mi pupitre con las mejillas ardiendo. ¿Por qué me ponía en aquel tremendo aprieto? ¿Es que no se daba cuenta de lo que de verdad era importante? ¿Iba a tener que elegir entre ella y mamá como prioridades?

–Bueno, pues hasta luego –dijo, y se levantó rápidamente.

–Adiós.

Alcanzó a Bertie, Robbie y Elka, y cuando oí sus voces en el pasillo pensé en levantarme y seguirlos. Pero me contuve al recordar el lema del colegio justo a tiempo: QUE LA OBEDIENCIA OS FORME. QUE LA CONFORMIDAD OS MOLDEE. QUE LAS NORMAS OS PULAN. Salir al recreo con Neena y los demás y ayudarla a conseguir firmas supondría infringir todas las reglas.

Un extraño chillido procedente del exterior interrumpió mis pensamientos. Miré por la ventana a mi derecha y vi a Neena alejándose de un grupo de alumnos que estaban diciéndole que no con la cabeza. Cerca de ellos, Chrissie y Bella se reían a carcajadas. Neena caminaba con la cabeza alta pero casi podría freírme un huevo en sus mejillas encendidas. Elka, Bertie y Robbie se mantuvieron a su lado, inseguros y con cara de disgusto.

Exhalé un profundo suspiro y me dije que no me movería de allí.

# CAPÍTULO 15

CUANDO SONÓ EL timbre de salida, sentí alivio al poder refugiarme en la paz y tranquilidad del Club de Actividades donde pasábamos el rato después de las clases y donde evitaría pensar en la absoluta y justificada decepción que Neena se habría llevado conmigo.

Elka señaló una silla a su lado.

–¿Quieres sentarte aquí, Iris? –me ofreció–. Pareces cansada. ¿Estás preocupada por tu madre? ¿Quieres leer esta revista nueva que he comprado? Trae una entrevista con Ariana Grande.

No hice caso de la revista que agitaba delante de mis narices.

–¿Qué quieres decir, preocupada por mi madre?

Elka abrió de par en par sus ojos azules.

–Mi madre la vio llorando ayer, delante de la fábrica.

Fruncí el ceño.

–Seguro que se le habría metido algo en el ojo. Le encanta su trabajo.

Elka entornó los ojos y se encogió de hombros.

–A mi madre, no. Dice que su jefa es una negrera. Pero quizá tengas razón; debió de ser un error –reconoció–. Toma, lee lo de Las hermanas de la destrucción. Hay una foto desplegable a cinco páginas...

–Mejor no –repuse rápido–. Creo que voy a poner mis deberes al día.

–Vale –suspiró Elka; apartó la revista–. Eso debería hacer yo también.

El silencio llenó la sala. Normalmente aquellas dos horas se me pasaban volando, pues siempre agradecía la oportunidad de poner las cosas al día, pero aquella tarde no fui capaz de concentrarme en nada. No solo mis dedos seguían jugueteando desesperados y dificultaban que escribiera con la buena letra de siempre, sino que además ahora estaba preocupada por mi madre.

¿Y si había estado llorando delante de la fábrica? Quizá estaba más disgustada conmigo por las losas rotas de lo que había aparentado.

Levanté la vista y miré a mi alrededor, deseosa de distraerme con algo. Se suponía que la señorita Musgo estaba vigilándonos, pero se encontraba absorta en una revista, inmersa en su mundo. Al ver el plato de galletas allí a su lado, me acerqué y, con el pretexto de servirme un par de galletas de mantequilla, estiré el cuello para ver qué era tan interesante.

Casi se me caen las galletas de la sorpresa cuando vi que la revista estaba llena de fotos de flores y plantas.

La señorita Musgo levantó la vista, me vio y la cerró con gesto culpable.

Se puso colorada.

–Estudié paisajismo y horticultura cuando terminé el colegio –susurró–. Diseño de jardines –añadió al ver mi cara de no haberme enterado de nada; encogió sus delicados hombros–. Pero no hay mucha demanda de ese tipo de trabajo en Todocemento, así que me conformo con leer revistas.

Me quedé observándola mientras sentía que mi mente volaba hacia algo más trascendente fuera de mi alcance.

–O sea, ¿que no pudo...?

La señorita Musgo suspiró.

–Ya no hay zonas verdes en esta ciudad –dijo–. ¿No te has dado cuenta? Lo han pavimentado todo.

Se mordió los labios.

Pestañeé, halagada por la confianza, pero sin saber qué decir.

Hizo una pausa y miró al techo, como si estuviera intentando saber dónde estaba el señor Grittysnit.

–Oye, no le digas a nadie que me has visto leyendo esto, ¿de acuerdo? Al tío..., quiero decir, al señor Grittysnit no le gusta que hable de la naturaleza, sobre todo a los alumnos. No le gusta nada que no pueda barrerse.

Asentí, demasiado distraída como para contestar, entonces regresé a mi mesa, escapando por los pelos de una de las gomas elásticas que hacían tanto daño y que a Chrissie le encantaba estirar y soltar cerca de mi cuello.

*

Cuando volví a casa, había un hombre en la cocina lavándose las manos en el fregadero.

–Le diré que es el trabajo más extraño que he hecho en mi vida, señorita Fallowfield –dijo a la vez que se secaba las manos en los vaqueros sucios.

–¿Y eso, Vinnie? –preguntó mamá sentándose junto a mí a la mesa de la cocina mientras yo me disponía a atacar una Pizza Especial de Desecho.

El hombre se volvió para mirarnos con el ceño fruncido en su frente llena de granos.

–Bueno, hoy intenté levantar las losas rotas para poder poner una base nueva, ¿entiende?

–Entiendo –dijo mamá.

–Pero la cuestión es que antes de poner losas nuevas hay que limpiar la tierra de plantas y malas hierbas. Así la base queda horizontal y nivelada. Pero cada vez que creía que por fin había limpiado la tierra, en cuanto me daba la vuelta aparecían más malas hierbas, justo en la zona que creía haber despejado –dijo Vinnie rascándose la cabeza–. Me he pasado casi todo el día limpiando la tierra, señorita Fallowfield. Y parece que cuanto más la limpio, más deprisa crecen. Es como si fuera... vegetación mutante. –Hizo una pausa y echó una mirada al patio trasero, donde el feo sauce llorón se movía con el viento–. Así que ha sido imposible echar el hormigón nuevo, que era lo que pensaba hacer. Pero volveré mañana con un compañero para que me ayude. Controlaremos la situación, no se preocupe. No voy a dejar que unas insignificantes malas hierbas y maleza me impidan hacer mi trabajo.

–De acuerdo –dijo mamá–. Gracias.

Observé el gesto de preocupación de mamá, alcancé el teléfono y envié un mensaje a Neena.

***¿Están creciendo? I x***

Cinco minutos después recibí su respuesta: ***No.***

Sin beso, advertí. Era evidente que seguía molesta conmigo por no haberla ayudado con la petición.

Oh, sí, Iris *Ojo de lince* Fallowfield: esa era yo.

# CAPÍTULO 16

HACIA LA MITAD de la clase de literatura, al día siguiente, mientras leíamos en voz alta por turnos el libro que el propio señor Grittysnit había publicado, *Sé el mejor siendo como el resto: destaca adaptándote,* tuve la extrañísima sensación de que alguien estaba susurrando en mi oído derecho.

–¿Qué? –le espeté a Neena, molesta–. Estoy intentando concentrarme.

–Yo no he dicho nada –respondió con brusquedad.

Volví la cabeza rápidamente con recelo, preguntándome si Chrissie estaría gastándome una broma pesada, pero se limitó a mirarme con desdén y siguió jugueteando con su pelo. Fijé la vista en la frase que tenía delante, pero volví a oír la misma voz.

*¿Por qué no han brotado aún, Iris?,* dijo aquella voz en mi interior.

En cuanto recobré la respiración, respondí: «Lo estoy intentando. Hago lo que puedo».

*Esfuérzate más* –repuso la voz–. *Infringe las reglas. O perderás tu oportunidad.*

¿Infringe las reglas? ¿Qué reglas? ¿Las de la jardinería? ¿Las del colegio? En cualquier caso..., ¿infringe las reglas?

Era difícil precisar quién estaba más loco: yo, por oír la voz, o quienquiera que fuese el dueño de aquella voz, por su horrible consejo.

*

Después de comer, nos alineamos en el pequeño metro cuadrado que quedaba libre junto a los contenedores, donde no hicimos más que tropezarnos contra cientos de otros alumnos que se apiñaban en el reducido espacio ahora que el campo de juegos era zona prohibida.

–Somos como coches de choque humanos –rezongó Neena, apretándose para atravesar el cuello de botella que habían formado los de tercero de primaria–. Los presidiarios disponen de más espacio en el patio que nosotros.

Le di la mano, todavía estremecida por la voz que había oído en clase.

–Bueno, no importa. ¿Han brotado ya las SEMILLAS MÁGICAS?

–Todavía no –suspiró Neena con un gesto de fastidio–. Pero ya nos dijo Sid que tardarían un par de días en germinar.

–¡Ya ha pasado un par de días!

Unos niños que teníamos cerca empezaron a mirarnos con caras raras.

Bajé la voz:

–Escucha, es que estoy preocupada por si se me acaba el tiempo. Es difícil de explicar, pero...

Me interrumpió un estremecedor rugido mecánico que rasgó el aire, seguido de un chirrido agudo, como si el colegio estuviera siendo despedazado por alguien que tenía mucha hambre.

Chrissie sonrió.

–Deben de ser las excavadoras –alardeó–. A papá le gusta empezar el día fijado. Espero que el señor Grittysnit me dé otro punto al final del día.

Neena y yo nos miramos desconcertadas y, unidas por una enemiga común, desapareció la tensión entre nosotras.

Su mirada se suavizó.

–Ven a casa el sábado por la mañana y las examinamos juntas.

–Gracias –dije con un hilo de voz–. Será estupendo.

*

De vuelta en casa, la expresión de los ojos azules de Vinnie aquella tarde era un poco más desesperada.

–Bueno, Jules y yo conseguimos retirar todas las losas rotas –dijo por fin.

–Genial –respondió mamá.

–Y conseguimos mantener las hierbas y la maleza a raya lo suficiente para echar la grava y el mortero –añadió–. De hecho, colocamos losas nuevas casi hasta llegar al... árbol.

Vinnie se estremeció al pronunciar la última palabra.

–¿Qué ocurrió? –preguntó mamá.

–Es lo más extraño que he visto en mi vida. Las ramas no hacían más que golpearnos.

–¿Golpearos?

–Cada vez que intentábamos poner losas nuevas alrededor de la base, nos... pegaban en la cabeza, más o menos. Al principio pensamos que eran niños jugando. Pero luego nos dimos cuenta de que no había niños en el patio. Luego cada uno de nosotros pensó que era el otro, para gastar una broma. Entonces nos enfadamos y casi tuvimos una bronca. Luego pensamos que era el viento. Más tarde nos dimos cuenta de que no podía ser el viento, porque las ramas seguían golpeándonos incluso cuando no soplaba. Luego...

–Bueno, ¿y al final consiguieron colocar las baldosas junto al árbol, Vinnie?

–No, hoy no –respondió Vinnie acariciándose la nuca; después irguió los hombros y miró a mamá a los ojos–. Pero volveremos mañana; y con cascos.

# CAPÍTULO 17

AQUEL SÁBADO ME planté en casa de Neena a las 7:30 de la mañana.

–No es demasiado temprano, ¿verdad? –pregunté al ver que aún llevaba puesto su pijama de Marie Curie y que sus padres habían aparecido en el vestíbulo en bata y con cara de adormilados.

–No te preocupes –sonrió Neena frotándose los ojos–. A quien madruga...

–Tened cuidado, niñas –dijo la señora Gupta mientras entraba en la cocina para encender el hervidor.

–Sí, estaría bien empezar el fin de semana sin tener que echar a correr a urgencias –añadió el señor Gupta con un bostezo.

*

Al entrar en la caseta se me cayó el corazón a los pies. Neena tenía razón. Aún no había brotes verdes ni rastro de vida. Las SEMILLAS MÁGICAS seguían ahí, como medusas viejas y resecas que se hubieran desplomado en medio de un campo.

La miré, frustrada.

–¿Las has regado convenientemente, como dijo Sid?

–He hecho todo lo que Sid nos dijo que hiciéramos. Las he regado, he venido a verlas, las he dejado tapadas de noche, les he dado calor, me he asegurado de que no pasaran frío. Creo que lo único que me falta por hacer es envolverlas en una manta, darles chocolate caliente y cantarles una nana. No me eches la culpa a mí.

–Quizá estaban ya pasadas, Neena –musité–. Parecían tener por lo menos cien años, ¿verdad? Quizá habrían funcionado si las hubiera descubierto antes, pero ahora ya es demasiado tarde. Probablemente aquel resplandor para que aparecieran las palabras consumió la poca energía que les quedaba y ahora... ya no queda nada.

Neena me dio unos golpecitos cariñosos en el hombro y dijo:

–No te preocupes. Al menos, lo intentamos. Oye, ¿por qué no las tiramos y nos ponemos a mezclar productos químicos al azar en el quemador Bunsen? Eso siempre me ayuda a olvidar los problemas.

–De acuerdo –dije a regañadientes.

Y, distraída, recogí la pala verde, que estaba junto al semillero, me incliné sobre la tierra oscura y levanté las SEMILLAS MÁGICAS.

FIUUUUUUU.

Un estremecimiento de energía me recorrió los huesos. Sentí como si formara parte de algo grande e importante y... furioso. Sentía, en cada parte de mi cuerpo, que algo, o alguien, o algún lugar, se rebelaba por la traición y, debajo de todo ello, había una nota de profunda e intensa tristeza mezclada con angustia. En mi sangre germinaron brotes de furia.

–¡Iris! ¿Estás bien?

–Yo... eeh... –Fue lo único que pude decir.

Una voz de mujer, ahogada, áspera y ronca de dolor, empezó a cantar en mi mente.

Cerré los ojos con una repentina sensación de mareo.

La voz subió de tono.

*Hace mucho tiempo perdí la batalla,*

*pero ahora estas semillas pueden ganarla.*

Bajé la vista hacia la pala, que temblaba en mi mano, y fue entonces cuando las dos soltamos un chillido.

Las SEMILLAS MÁGICAS ya no eran negras y estáticas. Parecían vivas y temblaban con una energía misteriosa.

–Madre del plutonio hermoso –gimió Neena.

La voz volvió a cantar, suave e insistente.

*Me dijo esto y me dijo aquello,*

*pero me mintió y rompió su juramento.*

–¿Iris? –se alarmó Neena.

–Espera... Es que... hay una voz... –tartamudeé antes de que la voz ahogara mis palabras y solo pudiera seguir escuchando.

*Y ahora estoy muerta y jamás volveré,*
*pero con las semillas lo recuperaré.*
*Ayúdame a reparar esta terrible traición*
*y escucha atentamente la letra de mi canción.*
*Pregúntate lo que de verdad necesitas;*
*escucha bien lo que tu corazón ansía.*
*Después siémbrate una o dos semillas*
*y así obtendrás todo lo que necesitas.*
*Y como dar es recibir (lo he comprobado),*
*de que haya suficiente me he asegurado.*
*Así que si un ser querido necesita un cambio de vida,*
*no tienes más que sembrarle otra semilla.*

–Vamos, Iris, dime algo. ¿Qué pasa?

–Aún sigue hablando –balbuceé.

–¡¿Quién?!

Me encogí de hombros.

–Sé lo mismo que tú...

La voz empezó de nuevo.

*Ahora tienes mi pala y encontraste las semillas.*
*¡Tú tienes la llave! ¡Las has devuelto a la vida!*
*Así que adelante, échalas a volar,*
*y dentro de poco de alegría llorarás.*

Tenía las ideas tan embarulladas como un rompecabezas que hubiera sido lanzado al aire y hubiera aterrizado de cualquier manera.

–Un momento –dije al ver la expresión de ansiedad de Neena–. Espera. Necesito pensar.

Neena asintió con los ojos como platos.

Observé la pala que tenía en la mano. Las SEMILLAS MÁGICAS habían dejado de resplandecer, pero ya no me quedaba ninguna duda sobre el poder que atesoraban.

Repasé las frases que recordaba de la voz. Tenía que sembrar las semillas... y pensar en mis seres queridos...

De acuerdo. Bueno, algo que de verdad deseaba era que Neena cambiara su actitud hacia el colegio. Le vendría bien un poco menos de rebeldía. Toda aquella fase de la petición que estaba atravesando era una pérdida de tiempo y de energía.

¿Y yo? ¿Qué era lo que más necesitaba?

Bueno, era obvio, ¿no? Necesitaba ser yo misma, pero más como yo misma. Más buena. Mejor.

Así que ya sabía lo que necesitaba. Pero ¿dónde debía arrojar las semillas para hacer que ocurriera?

Un rayo de luz se filtró por la polvorienta ventana de la caseta y se posó en lo alto de la cabeza de Neena.

Mi mente empezó a girar como una bicicleta al precipitarse cuesta abajo, cada vez más deprisa.

–¡Ya sé dónde sembrar las semillas! –exclamé nerviosa, dejando caer la pala. Ahora ya sabía por qué no habían germinado en el semillero.

Tenían que crecer en un lugar distinto. En algún lugar calentito. Algún lugar verdaderamente mágico.

–Tenemos que sembrarlas en nuestras cabezas.

Neena parpadeó incrédula.

–¿En nuestras cabezas?

Nos dio un ataque de risa.

Advirtió algo en mi expresión.

–Lo has dicho en serio –dijo cuando se le pasó un poco la risa–. Quieres que las sembremos en nuestras cabezas.

–Bueno, es solo una teoría. Creo que deberíamos tomárnoslo como un... experimento.

Se puso en pie ansiosa.

–¿Y a qué estás esperando? ¡Vamos a ponerlo en práctica!

Extendí el brazo y toqué las SEMILLAS MÁGICAS con los dedos. Esta vez el calor que desprendían era reconfortante más que doloroso.

La caseta se inundó de una luz dorada. Con mucho cuidado, casi sin atreverme a respirar, esparcí las SEMILLAS MÁGICAS sobre la cabeza de Neena. Cayeron rápidamente y durante unos breves instantes las vi centellear, después...

... desaparecieron. Como si se las hubiera tragado el cuero cabelludo.

Y, por un momento, tuve la impresión de que algo –o alguien– se reía con un regocijo malvado.

O con placer.

Era difícil de precisar.

Era difícil de precisar, ¿vale?. Estaban pasando un montón de cosas a la vez.

–Te toca –dijo Neena.

Imaginé la sonrisa de mamá tumbada en la playa. Tomé un pellizco de SEMILLAS MÁGICAS y levanté la mano por encima de mi cabeza. A continuación, las esparcí con cuidado sobre mi cuero cabelludo.

# CAPÍTULO 18

—¿IRIS? ¿CARIÑO? ¿TE apetece una taza de té? ¿Una tostada?

Unos dedos me acariciaban el pelo con suavidad.

—¿Qué día es hoy? —farfullé.

—Domingo. Has dormido una buena siestecita.

—¿Domingo? ¿Y qué pasó el sábado? —pregunté con voz pastosa.

La sonrisa de mamá titubeó.

—¿Ya no te acuerdas? Dios mío, sí que debías estar cansada. Volviste de casa de Neena después de comer, dijiste que querías echarte una siesta y te acostaste. Intenté despertarte para cenar y también para desayunar esta mañana, pero tenías un sueño tan profundo que me resultó imposible. ¡Ha debido de ser una semana muy movidita! —Me puso la mano en la frente—. ¿Cómo te encuentras? ¿Crees que puedes estar incubando algo?

—N... no creo —balbucí.

—Esto está un poco cargado. ¿Quieres que abra la ventana? Quizá necesites algo de aire fresco, llevas toda la semana metida en el colegio...

–No –dije con una firmeza que nos sorprendió a las dos–. No descorras las cortinas. No quiero que entre luz.

Mamá entornó los ojos.

–¿Por qué?

–No puedo explicártelo –murmuré al tiempo que me daba la vuelta y hundía la cara en la almohada–. Solo quiero... un poco de oscuridad.

Era más que eso. Quería envolverme en la oscuridad. Quería que me ciñera, que me ahogara. Y, sobre todo, quería que me tapara la cabeza. Me metí debajo de la almohada y dejé escapar un suspiro de alivio.

–Te daré una hora más –dijo mamá con voz confusa y se levantó de la cama.

Antes de que hubiera cerrado la puerta, ya me había vuelto a quedar dormida.

*

–Son las tres de la tarde. ¡Arriba, dormilona! –exclamó mamá.

Con las extremidades doloridas, me levanté, me puse mi vieja bata con torpeza y fui a la cocina dando tumbos; mamá me seguía en silencio.

–¿Te apetecen unas tortitas? –me preguntó.

Asentí con la cabeza.

Cuando terminó de hacerlas, me puso unas cuantas delante y me miró con recelo, como sopesando las palabras que iba a decir a continuación.

–Iris, cariño, creo que te estás tomando todo esto... lo de la Estrella Grittysnit... demasiado en serio.

Tragué rápidamente un trozo de tortita e hice una mueca cuando una bola de mantequilla sin masticar bajó hasta el estómago.

–¿Qué?

Habló con voz suave:

–Escucha, no habrías dormido un día entero si no estuvieras tensa. Estoy preocupada por ti.

–¿Estás preocupada por mí?

Asintió en silencio y los pequeños aretes que le colgaban de las orejas se balancearon de un lado al otro.

El grifo goteaba. Las tuberías gemían. El sonido de las ramas del viejo sauce al golpetear las losas rotas del patio se acrecentó. Cric, cric.

Pensé en decirle la verdad. «Eres tú la que no parece feliz, mamá. Estoy haciendo esto por ti.»

Pero ello supondría mantener una conversación franca y sincera, y ya sabíamos con qué facilidad lo lográbamos. Así que le dije que me encontraba bien, ella fingió creerme y todo volvió a la normalidad.

Ja, ja.

Ja.

Una bromita de las mías.

Nada volvió a la normalidad nunca más. Lo normal habría sido un adiós desde el barco cuando se alejaba hacia el horizonte de la puesta de sol para desaparecer para siempre, solo que me perdí la despedida porque estaba demasiado ocupada comiendo tortitas y fingiendo que no pasaba nada.

# CAPÍTULO 19

El sonido de la puerta de un coche al cerrarse de un golpe me hizo saltar de la cama más rápido de lo que se tarda en decir «La pizza está lista».

Me tambaleé por el cuarto, aturdida. ¿Qué hora era? Había subido a echarme una siestecita después de la conversación. Pero la sensación de tener los ojos pegados y un sabor de boca no demasiado fresco me dieron la impresión inquietante de que había dormido un poco más de lo que pretendía.

–¿Mamá? –llamé.

Como si se tratase de una respuesta, una fuerte ráfaga de viento pasó silbando por delante de nuestra casa. Corrí a la ventana. El coche verde oxidado de mamá no estaba en su sitio habitual. Lo cual significaba que ya se había ido a Rosca Pizza. Lo cual significaba...

... que era lunes por la mañana. Había dormido toda la tarde y la noche del domingo. Me di una palmada en la frente. ¿Qué me estaba ocurriendo? ¿Dónde estaba mi motivación?

Me miré en el espejo de mi cuarto. Y de inmediato encontré un nuevo motivo de preocupación.

Me veía rara. Mi pelo color queso cheddar, normalmente tan liso y disciplinado, se me había puesto de punta en todas direcciones, como si hubiera metido los dedos en un enchufe. Mis pecas parecían más grandes de lo habitual, tenía la piel enrojecida y durante un instante habría jurado que en la zona de la piel donde terminaba el pelo había visto... bultos.

Decididamente, había pasado demasiado tiempo durmiendo y ello provocaba estragos en mi imaginación. Con la boca seca de pánico al darme cuenta de lo tarde que era, corrí por el dormitorio recogiendo del suelo distintas prendas del uniforme del colegio y poniéndomelas a toda prisa.

No era exactamente el esplendoroso comienzo de semana que esperaba después de sembrar las SEMILLAS MÁGICAS en mi cabeza. Me habían prometido todo lo que deseara. Pero de momento lo único que me habían acarreado era un serio problema con el pelo al levantarme y, además, había vuelto a quedarme sin tiempo para planchar el uniforme.

Bajé la escalera dando tumbos y metí un poco de pan en la tostadora.

El viento aulló. Mis confusos pensamientos fueron interrumpidos por unos golpes en la puerta principal.

–¡Hola! –Neena sonrió–. ¿Lista para otra semana en el tajo?

La miré con atención escrutando su rostro. En la sección de Buenas Noticias, la ceja de Neena ya se estaba curando y era evidente que no se había volado más partes del cuerpo durante el fin de semana. En la categoría de Podría Estar Mejor, sin embargo, llevaba unos calcetines muy raros, la camisa manchada de kétchup y su pelo, por raro que pareciera, tenía unas palomitas pegadas.

Neena me pilló mirándola de arriba abajo.

–No me levanté hasta hace unos minutos –confesó–. No tuve mucho tiempo para arreglarme.

Qué curiosa coincidencia que las dos nos hubiéramos quedado dormidas aquella mañana.

–¡Vamos, niñas! –se oyó la voz de la señora Gupta, que tuvo que gritar para que la escucháramos por encima de los aullidos del viento–. ¡Y tened cuidado! ¡Este vendaval es terrible!

Salí y cerré la puerta de casa. Tenía razón en lo del viento. Era como si estuviéramos pisando masa de pizza, gruesa y esponjosa. Con cada paso que dábamos, retrocedíamos dos.

Para empeorar las cosas, el pelo no me dejaba ver. No me había dado tiempo de hacerme una coleta (la verdad es que ni me había molestado en considerarlo, según observé con horror) y el viento nos azotaba por todos lados, como una peluquera supereficiente probando su nuevo secador. Hordas de alumnos nos adelantaban a carreras mientras nuestras melenas volaban al viento, y tuve la inquietante sensación de que algo negro y pequeño había salido volando de mi pelo para aterrizar en la cabeza de un niño que pasó corriendo a mi lado.

Ah, genial. Aparte de todo lo demás, resulta que tenía liendres.

Cuando su madre se encontró con una amiga por el camino, Neena hizo una señal con la cabeza para indicarme que nos colocáramos detrás de ellas y así poder hablar en privado.

–¿Te notas distinta? –preguntó con los ojos brillantes de curiosidad–. Ya sabes, después de haber sembrado las SEMILLAS MÁGICAS.

Negué con la cabeza.

–No especialmente. Aunque... ayer dormí muchísimo.

–¡Yo también! –exclamó–. Tardé siglos en levantarme. Luego mi hermano trajo a unos amigos a casa y no hicieron más que gritar con el dichoso videojuego, así que me fui al cine (el sitio más oscuro que se me ocurrió) y me pasé dormida tres sesiones de *Coches rapidísimos y gente que usa pistola número 3*. ¡Me desperté en el suelo!

Aquello explicaba las palomitas en el pelo. Pero aún tenía dudas.

–¿Por qué? –pregunté.

Neena se encogió de hombros.

–¿Porque la película era una porquería?

–No –insistí–. ¿Por qué las dos tuvimos tanto sueño ayer? ¿Y por qué queríamos estar a oscuras? –Me dio la risa–. ¿Crees que nos estamos convirtiendo en vampiros?

Neena se quedó mirándome unos instantes y después contestó:

–Por todos los lípidos, Iris, es la primera vez que haces un chiste este trimestre. ¿Te encuentras bien?

Levanté una ceja y puse acento ruso:

–Me encontrrarría mejorr si pudierra beberrr tu sangrrre.

–Me gusta oírte bromear –dijo Neena sin levantar la vista del suelo–. Te sienta bien.

–*Diario de un vampiro adolescente* –me apresuré a añadir.

Nos doblamos de la risa y noté una extraña ligereza en el pecho, así como otra sensación que estallaba dentro de mí: un alocado atolondramiento, una energía que no era capaz de reconocer ni controlar.

Era horrible. Me sentí como uno de los tubos de ensayo de Neena, hirviendo a fuego lento y a punto de estallar.

Ya habíamos llegado a la verja del colegio. Después de que la señora Gupta intentara sin éxito desprender las palomitas secas del pelo de Neena, cruzó los brazos sobre el pecho para protegerse del vendaval y se alejó.

Instantes más tarde, se nos borró la sonrisa.

Ante nosotras, justo donde antes estaba la zona de juegos, se abría un hoyo enorme. Habían excavado por los laterales con agresividad, como si un gigante enfadado hubiera intentado comérselo. Junto al hoyo había dos flamantes excavadoras amarillas con un llamativo CONSTRUCCIONES VALENTINI rotulado en un lateral.

Un músculo diminuto empezó a palpitar en la mejilla de Neena.

–No han perdido el tiempo, ¿eh?

Dio una patada a un terrón de barro.

Intenté animarla.

–¿Qué pide un vampiro en un bar? «Cerro negativo, tengo que conducirr.»

Neena permaneció en silencio.

La agarré del brazo con suavidad, la aparté del hoyo, de las excavadoras y de la lluvia y dejé de hablar con acento ruso.

–Oye, haz como si no lo hubieras visto. No tiene sentido armar jaleo; van a construir igual el edificio para exámenes, hagas lo que hagas.

Me miró sorprendida, apretó los dientes y se alejó con fuertes pisotones.

Mientras la seguía, lo único que pude hacer fue cruzar los dedos para que las SEMILLAS MÁGICAS le hicieran efecto cuanto antes. Necesitaba enmendar aquel comportamiento.

# CAPÍTULO 20

CUANDO TOCABA TRANQUILIZAR a Neena, lo que solía dar mejor resultado era un problema de matemáticas peliagudo, así que me alegré mucho cuando la señorita Musgo nos repartió una hoja de ejercicios a primera hora.

Recogí el papel y leí: «Si tu piscina mide veinticinco metros de largo y quince metros de ancho, ¿cuántos metros cúbicos de agua necesitarás para llenarla?».

Pero, la verdad, para lo que entendí, lo mismo podía haber puesto: «Si ruibarbo, sin sentido, hipotético, repollo, ¿cuántos chismes serán cachivaches para llenar un cacharro?».

Me rasqué la cabeza. Volví a leer la pregunta. Las palabras bailoteaban ante mis ojos. ¿A quién le importaba? ¿Qué tenía de malo darse un baño en la vida real en vez de ponerse a pensar en el problema?

Quizá podríamos encontrar un río. Nunca me había bañado en un río, pero ahora deseaba encontrar uno donde el suave torrente gorgoteara todo el día y la luz del sol se reflejara sobre los cantos mojados.

Aunque la única agua corriente de Todocemento era la alcantarilla sobre la cual pasábamos para llegar al colegio, de repente tuve el total convencimiento de que en otro tiempo por allí debió de pasar un río. Prácticamente lo veía en mi imaginación.

*Me lo quitaron,* dijo en mi interior la voz ronca de la mujer, con naturalidad. *Me lo quitaron, y también os lo quitaron a vosotros. Nos lo quitaron a todos.*

Su voz hizo que me estremeciera. Tragué saliva, desesperada de pronto por conseguir un poco de agua. Quizá mamá tenía razón. Quizá estaba incubando algo.

Eché una mirada a Neena.

–Todo esto va de agua y piscinas –susurró con una mueca de agonía–. Me está dando una sed tremenda.

Estaba a punto de asentir, pero me quedé demasiado impresionada para hacer otra cosa que no fuera mirarla.

–Neena, ¿qué te pasa en la cara?

La piel de la parte superior de su frente se había fruncido como la de una nuez vieja. Las arrugas se extendían lentamente por su cara; primero solo por los bordes de la frente, pero después toda la cara empezó a marchitarse y arrugarse. Era como si su interior estuviera succionando algo y dejara solo una cáscara seca.

Entonces me di cuenta de que ella también me miraba aterrorizada, con los ojos muy abiertos.

–Estás horrible –dijo con voz entrecortada.

Ahora me tocó a mí tocarme las mejillas y la frente con dedos temblorosos. Tenía la piel áspera y arrugada, surcada de pliegues lo bastante profundos como para meter un lápiz. Y, peor aún, tuve la sensación de que mi cerebro también estaba resecándose.

–No me encuentro bien –gimió Neena, y se desplomó sobre el pupitre.

Sus ojos perdieron el brillo y los cerró. Desde lo más recóndito de su cuerpo surgió un profundo suspiro como si fuese su último aliento.

–Neena –susurré con unos labios que noté agrietados y la lengua gruesa y casi inutilizada–. ¡Neena! ¡Despierta!

Abrió algo los labios. Acerqué mi cabeza arrugada a su rostro y me pareció entender una palabra.

–Agua.

¡Sí! Ese líquido azul. Aquello era lo único que necesitábamos. Mi cerebro, reseco y arrugado como un guisante viejo, traqueteó en mi cráneo con el esfuerzo que hacía para pensar. Intenté levantar el brazo y pedir permiso para salir. Me resultó tan difícil como intentar mover un camión con un dedo.

Miré a Neena derrumbada y supe que no podía esperar a recuperar la voz o la fuerza en los brazos. No había tiempo que perder. «Nos estamos muriendo de sed», pensé.

Obligué a mis piernas tambaleantes a sostenerme en pie, me acerqué dando tumbos al carrito de las botellas de agua y agarré las primeras que encontré con manos huesudas y arrugadas.

Volví a mi pupitre a trompicones, tiré del tapón para abrir la primera botella y la acerqué a la boca de Neena.

–Bebe un sorbo –la apremié.

Con manos temblorosas y desesperadas, quité el tapón de la segunda botella y bebí un trago largo y profundo. La piel de mi rostro empezó a hincharse, como si la vida volviera a fluir en mi interior.

Instantes después, Neena levantó la cabeza del pupitre. Un par de ojos oscuros y atónitos se clavaron en los míos.

–Gracias –jadeó.

–No hay de qué –respondí con voz trémula.

Intercambiamos una mirada de estupefacción.

–Muy bien, chicos, entregadme los problemas –indicó la señorita Musgo.

Mientras nuestros compañeros se levantaban, Chrissie aprovechó el revuelo para pasarse por nuestros pupitres.

–Quizá necesitéis un poco de crema hidratante, chicas –dijo–. Tenéis la piel llena de escamas.

–Gracias por el consejo de belleza –dijo Neena muy cortés–. La archivaré con el resto de tus sugerencias.

–¿De verdad las archivas? –preguntó Bella, ansiosa–. Siempre he pensado en hacerlo...

–Sí, por supuesto, claro que las archivo. Tengo un lugar especial para los útiles consejos de Chrissie. Muy especial. Es redondo, metálico y normalmente está en el rincón de un cuarto.

Bella se quedó perpleja.

En el exterior, la lluvia golpeteaba con fuerza.

# CAPÍTULO 21

Un señor Grittysnit con semblante serio subió airado a la tarima del salón de actos. A su espalda había seis grandes tablones grises, alineados uno junto a otro. Parecían lápidas funerarias.

Se aclaró la garganta.

–Llevamos ya una semana del concurso de la Estrella Grittysnit –anunció–, así que es hora de dar a conocer vuestros progresos. Si vais bien, os ganaréis la admiración de vuestro colegio. Es el momento de que empecéis a brillar.

La lluvia tamborileaba sobre el hormigón del patio.

El director alzó un poco la voz.

–Pero si aún no tenéis ningún Punto de Obediencia, todo el mundo lo sabrá. Os sentiréis humillados. Disfrutad de la experiencia. Solo os haréis buenos si conocéis la vergüenza pública de ser malos.

Unos cuantos chicos inclinaron la cabeza. El silencio pesaba como una losa. De pronto, resultaba asfixiante. «Tantos niños bajo un mismo techo, sin hacer ruido». Hasta los profesores sentados en las sillas rojas de plástico del estrado parecían sentirlo y se removieron inquietos en los asientos.

Comenzaron a estallarme los tímpanos. Me sentía muy rara.

El viento soplaba. La lluvia caía. Al rebotar en el patio, la barra oxidada para aparcar las bicicletas y las papeleras de metal cobró un sonido casi humano. Sonaba como...

Un grito de guerra. Alguien arengándome para entrar en combate. Alguien ordenándome que luchara.

*Fiuuuuu. Plaf. ¡Tin!*

El señor Grittysnit abrió y cerró la boca, pero parecía haberse quedado sin habla. Era casi como si estuviera viéndolo en mi televisor estropeado.

Una risita incontrolada burbujeó en mi garganta. Entonces me di cuenta de que estaba mirándome fijamente, como si quisiera que hiciera algo, pero ¿qué?

Durante una fracción de segundo, no supe dónde estaba, ni por qué me encontraba allí. ¿Por qué estábamos todos metidos en aquella ridícula sala? ¿Y qué era aquella extraña punzada que sentía en el estómago?

Neena me dio un codazo.

–Iris, está pidiéndote que subas al estrado porque eres la Estudiante del Año –me indicó con cara de preocupación–. ¿No lo has oído?

Los ojos del señor Grittysnit casi se salían de sus órbitas, impacientes.

–Voy –dije al tiempo que me ponía en pie.

Cuando me dirigía al final de la fila, tropecé con el pie de Bella –¿o lo había estirado a propósito?– y me caí de bruces en el pasillo.

El señor Grittysnit chasqueó la lengua en señal de desaprobación.

A duras penas, logré levantarme sin hacer caso del dolor de cabeza que me latía en las sienes y correr al estrado.

–Por fin –espetó el director–. Muy bien, dinos quién va en cabeza este curso.

Abrí la boca para hablar. Pero mi mente se quedó en blanco. No se me ocurría ni un nombre. Mis ideas parecían tan empapadas e inútiles como un sándwich bajo la lluvia.

Mmmmmmm. Lluvia.

–Dinos la puntuación, Bilis –insistió el hombre que tenía al lado con expresión furiosa–. Dime qué alumno va en cabeza y cuál en última posición.

Desesperada, miré a Neena en busca de ayuda.

Con gestos exagerados, señaló a una chica pelirroja que estaba sentada en nuestra fila. Me quedé mirándola. «La conozco. Sé su nombre. Este señor de aquí al lado parece que quiere un nombre. Se lo diré y así podré bajar de aquí y beber agua. Porque estoy otra vez muerta de sed, lo que es un poco preocupante».

–Kissy –dije.

–¿Qué? –bramó el hombre.

–Kissy –repetí desesperada–. Kissy. Una tal Kissy.

–Contrólate –dijo el hombre, pálido y con los ojos casi fuera de sus órbitas–. Un nombre será suficiente.

–Kissy –insistí.

La sala estalló en carcajadas; todos reían menos Neena, que no dejaba de mirarme con preocupación, y la chica llamada Kissy, que se había cruzado de brazos y parecía muy enfadada. ¿Qué había hecho mal? ¿Y cómo conseguía tener el pelo tan bonito y tan arreglado y...? Oh, Dios mío.

Estaba casi deshidratada.

Una vocecilla preguntó desde la primera fila:

–¿Qué le pasa en la cara?

«Oh, no.»

Estaba ocurriendo otra vez. La sequedad, las grietas y las arrugas. Me tapé la cara con los dedos extendidos para intentar ocultar aquello en lo que me había convertido. La sensación de deshidratación y agonía invadió mi cuerpo de arriba abajo y noté cómo llegaba a pocos centímetros de mi corazón. Respiraba entrecortadamente.

«En cualquier momento me voy a caer sobre la tarima para no volver a levantarme.»

A través de los huecos que quedaban entre mis dedos vi a una niña con el pelo lleno de cositas blancas.

–¡Iris! ¡Ahí fuera!

Y echó a correr dando tumbos hacia la salida.

Bajé del estrado tambaleándome y me dirigí a la puerta de doble hoja. Tiramos y empujamos hasta que el esfuerzo nos dio arcadas. Por fin logramos abrir y salimos a trompicones. La lluvia me envolvió como un abrazo frío. Abrí la boca todo lo que pude y la bebí mientras mi cuerpo entero cantaba de alivio. Las gotas parecían besarme la cara y la cabeza con el cariño de una madre que ha pasado tiempo sin ver a su hija.

–¿Te encuentras mejor? –preguntó Neena. Estaba empapada de pies a cabeza y sonreía.

Levanté los brazos al cielo y me puse a bailar mientras mi cuero cabelludo se estremecía de júbilo.

–¿Es cosa mía o la lluvia parece un poco distinta? –preguntó Neena.

–¿Distinta?

–Sí. Pruébala.

Abrí la boca y bebí un buen trago. Tenía razón. Para empezar, la noté suave, aterciopelada. Y sabía muy rica. Aquella lluvia era dulce, sabrosa, con extrañas notas de rocas y piedra caliza, de lugares lejanos y exóticos.

–Es como si pudiera saborear todos y cada uno de los restos de minerales que han formado esta lluvia. Todos los diferentes ríos y lagos... Todos los diferentes compuestos..., magnesio..., calcio calcáreo... –fue enumerando Neena entre trago y trago.

Bebí un poco más.

–Noto el sabor de lombrices y guijarros –dije maravillada.

Entonces dejó de llover.

–¡... llevo cinco minutos mandándoos entrar! –gritó el señor Grittysnit–. Un comportamiento absolutamente vergonzoso. ¿Cómo os atrevéis a desobedecerme? Volved a entrar y venid a mi despacho inmediatamente.

–Huyyyy –murmuró Neena mientras se relamía la lluvia de los labios y el miedo pisoteaba con sus grandes botas negras mi efímera felicidad.

# CAPÍTULO 22

Se había formado un pequeño charco de agua en torno a mis pies sobre la moqueta del despacho del director. Lo miró con repulsión durante un instante y después se dio unos suaves golpecitos en la frente con un pañuelo.

–En todos los años que llevo al frente de este colegio –empezó en voz baja–, jamás había visto un comportamiento tan escandaloso.

Incliné la cabeza y me mordí los labios para no llorar. Una gota de agua rodó hasta la punta de mi nariz y amerizó en el charquito. Deseé que el hombre no se hubiera dado cuenta.

–En cuanto a ti –dijo muy serio dirigiéndose a mí–. Estudiante del Año. Presunto modelo de comportamiento. ¿Has perdido el juicio? Portándote en el estrado de una forma tan estrafalaria, diciendo tonterías, corriendo a mojarte bajo la lluvia y... –parecía que no le cabían las palabras que tanto le repugnaban en la boca, como si fuera un aspirador que hubiera succionado algo nauseabundo– bailando y brincando bajo el agua. Riéndote mientras se estropeaba tu uniforme. Un comportamiento fuera de lugar. Durante la asamblea. ¿Quién os dio permiso para salir y hacer lo que os viniera en gana? ¿Quién? ¡¿Quién?!

Durante una fracción de segundo, un millón de cosas burbujearon y estallaron en mi cabeza gritando la respuesta: *¡Nosotras! ¡Nosotras!*

Cerré los ojos y deseé que cesara el sonido de aquellas voces –o lo que fueran–.

–Nadie, señor –musité.

–En eso tienes razón, Bilis. Nadie.

Pero el millón de vocecitas se negaron a callarse.

*Tú eres el nadie, con nada en tu interior.*

*Cuando seamos adultas, escóndete, será lo mejor.*

–Niñas, ¿cuál es el lema de nuestro colegio? –preguntó el director.

–QUE LA OBEDIENCIA OS FORME. QUE LA CONFORMIDAD OS MOLDEE. QUE LAS NORMAS OS PULAN –susurré mientras Neena permanecía en silencio.

Por suerte, el señor Grittysnit no parecía haberse fijado en el silencio de Neena y alzó la vista al techo con una sonrisa de orgullo.

–Obediencia. Conformidad. Normas. Qué hermosos y nobles conceptos. Existen para modelaros y prepararos para salir al mundo. –Señaló el gran hoyo lleno de barro que se veía desde su despacho–. Pero vosotras no habéis adquirido ninguna forma. Sois dos masas amorfas. La conformidad no os ha moldeado. La obediencia no os ha formado. Y a menos que os espabiléis y os rindáis a esas fuerzas superiores, nunca encajaréis aquí. Ni aquí, ni en ningún sitio.

Clavé la vista en el charquito que se había formado a mis pies. Deseé poder sumergirme en él y ahogarme. Me sentí como una pizza de desecho de Rosca Pizza, defectuosa y expulsada de la cinta transportadora.

El señor Grittysnit se acercó a su mesa y se dejó caer sobre la silla.

–Quedáis expulsadas durante el resto del día. Marchaos a casa. Secaos. Volved mañana. Sed normales.

Nos dimos la vuelta para irnos con un chapoteo de pies sobre la moqueta. Aunque aún estaba temblando por la regañina, una sensación de alivio corría por mis venas. El director seguía hablando, pero lo único en lo que yo podía pensar era en la suerte que había tenido; mandarnos a casa no era un castigo tan terrible, sobre todo cuando podía habernos puesto un...

–Un Borrón Negro para cada una –añadió sin alterarse–. Y, Fallowfield, quedas relegada de tus funciones como Estudiante del Año. Está claro que no estás a la altura de lo que se espera de ti.

Se me cayó el alma a los pies, pesada como un ancla. ¿A qué se refería con «relegada de mis funciones»? ¿Y qué era lo último que había dicho? ¿Que iban a sustituirme?

–Pero... ¿quién?

Fijó la vista en el sacapuntas nuevecito que había encima de la mesa. Tenía forma de excavadora amarilla.

«¡No!»

–Cerrad la puerta al salir –ordenó.

*

Ni siquiera nos dejó volver al aula a recoger nuestras cosas.

–No quiero que vuestros lloriqueos distraigan a vuestros compañeros –nos dijo el señor Grittysnit–. Id directamente a secretaría y esperad a que vuestros padres vengan a buscaros.

Estaba desolada y pingando. No tenía ni ganas de hablar. Sin embargo, Neena se revolvía inquieta en la silla mientras farfullaba cosas como «¡Por supuesto!» o «¡Estaba clarísimo!».

Por fin se volvió hacia mí con la cara sofocada.

–¿Estás pensando lo mismo que yo?

–Lo dudo –respondí a la vez que sorbía por la nariz.

–¡La respuesta está en nuestros síntomas! –Extendió una mano y empezó a enumerarlos al tiempo que contaba con los dedos, le brillaban los ojos–: Ayer no fuimos capaces de mantenernos despiertas. Hoy nos moríamos de sed y solo nos encontrábamos mejor cuando bebíamos agua. ¿Por qué crees que nos sentimos así, Iris?

–¿Intoxicación alimentaria?

–¡No! –exclamó poniéndose en pie de un salto y bailoteando delante de mí–. ¡Son las SEMILLAS MÁGICAS! ¡Funcionan!

Una oleada de furia sacudió mi cuerpo y barrió cualquier otra posible emoción. Me sentí engañada. No podían ser las SEMILLAS MÁGICAS. Se suponía que debían darme lo que necesitaba, no convertir mi cara en una nuez reseca ni hacerme dar brincos bajo la lluvia.

–No son las semillas –negué, categórica–. Estamos incubando algo. Necesitamos descanso. Mañana ya habremos vuelto a la normalidad.

El sonido de unas excavadoras mordiendo la tierra rugió al otro lado de la ventana.

Neena escuchó muy seria durante un rato y luego se giró hacia mí.

–Y eso será bueno, ¿no?

# CAPÍTULO 23

CUANDO VINO A recogerme diez minutos más tarde, mamá estaba pálida y cansada.

–He venido en cuanto he podido –balbució a la señora Pinch–. Me ha costado Dios y ayuda cambiar el turno; a mi jefa no le ha hecho ninguna gracia. ¿De verdad era necesario mandar a Iris a casa solo por un poco de diversión bajo la lluvia?

–Oh, sí –asintió la señora Pinch con su cardado moviéndose arriba y abajo con delicadeza y los labios fruncidos como si se empeñara en pasarlo mal–. Fue un comportamiento disruptivo. Y aquí eso no lo toleramos. No cuando tenemos otros alumnos de los que ocuparnos. ¿Qué sería de nosotros si a todos les diera por salir a bailar cuando les viniese en gana?

–Venga –dijo mi madre muy disgustada–. Vámonos a casa.

*

–Bébete esto –dijo mamá cuando ya estábamos de vuelta en Villa Alegre al tiempo que me traía una taza de té–. Y cuéntame qué ha pasado.

Nos encontrábamos en el salón escuchando las gotas de lluvia golpear el tejado con suavidad. El té me abrasó la garganta, pero me tranquilizó.

–En realidad, no puedo explicártelo. Estaba sentada en la asamblea cuando necesité beber y... salí a mojarme con la lluvia. Además hice una especie de baile.

–Vaya –dijo en voz baja–. No he vuelto a hacer eso desde que era pequeña. Dime, ¿qué sentiste?

Las cosas no iban por buen camino. Solo deseaba que me riñera, como haría cualquier adulto sensato, para poder seguir con mi vida. No quería que se quedara quieta con la mirada perdida y triste y que las cosas se liaran aún más.

–Bueno, pues me sentí bien, todo el tiempo. Me sentí genial. –Esbocé una sonrisa al recordarlo–. Y también sabía muy bien, y más o menos me salvó la vida.

Mamá frunció el ceño.

–Evitó que muriera de aburrimiento –me apresuré a añadir–. Pero esa no es la cuestión, mamá, ¿o sí? He complicado mucho mis posibilidades de ganar el concurso.

Su boca se combó como uno de los cojines del sofá, lo cual hizo que me sintiera todavía peor. «Estas vacaciones significan mucho para ella, no hay más que verlo. Y ahora la he decepcionado. La he obligado a salir antes de ese trabajo que tanto le gusta para venir a recogerme. Y además he perdido mi insignia de Estudiante del Año. ¿Por qué no me grita?»

Si no la conociera, habría dicho que algo le rondaba la cabeza. Que estaba intentando salir de uno de sus profundos baches emocionales.

En un cochecito destartalado.

Con una rueda pinchada.

–Iris –susurró–, escucha, cariño, no me importa que...

Su teléfono comenzó a sonar.

Se quedó observando la pantalla con gesto de preocupación.

–Genial –dijo–. Es mi jefa. Espera un momento.

Alcanzó el teléfono y se fue a hablar a un rincón del salón, bajando la voz como hacía siempre que la llamaba la señora Grindstone, como si fueran a jugar al teléfono estropeado.

Volví la vista hacia la ventana; la lluvia chapoteaba sobre la acera.

–Sí, lo recuperaré haciendo horas extras... No puedo evitar ser madre soltera... Emergencia en el colegio... Si insiste... ¿Con paga reducida? Por supuesto, lo que usted crea más conveniente... Gracias por llamar. Adiós.

Mamá pulsó un botón de su teléfono y suspiró sin levantar la vista de la pantalla. Estaba tan callada que mi mente empezó a divagar.

Fui a la cocina, me comí unas patatas fritas e intenté idear una estrategia para que las cosas volvieran a estar bien.

No tenía tiempo para aquel *post mortem* tan confuso emocionalmente sobre la razón por la cual me habían mandado a casa. Por el contrario, necesitaba volver a caer en gracia al señor Grittysnit. Mi charla con mamá tendría que esperar. De todos modos, parecía un poco preocupada, tirada en el sofá de aquel modo.

–Me voy arriba un rato –dije.

–Muy bien, cariño –repuso con una gran sonrisa, pero a mí no podía engañarme.

Su voz sonaba tan vacía y desprovista de color como la base de una pizza sin ingredientes. Aunque estaba haciendo un gran esfuerzo para contenerse, era obvio que estaba furiosa por mi comportamiento en el colegio.

A ver, nunca dije que fuera Sherlock Holmes, ¿no?

# CAPÍTULO 24

Unas horas más tarde, mi cuarto parecía el escenario de una batalla de bolas de nieve contra mí misma.

Había decidido empezar a hacer los deberes. El señor Grittysnit nos había mandado una redacción personal a todos los alumnos. Tema: POR QUÉ DEBERÍA GANAR EL CONCURSO ESTRELLA GRITTYSNIT. En circunstancias normales, habría sido capaz de escribirla hasta en sueños. Pero ahora las cosas habían cambiado.

–¡Aaaarghhh! –grité con frustración y rompí mi enésimo intento de redactar algo que tuviera sentido. Lo lancé al otro extremo de la habitación, donde se reuniría con las demás bolas de papel arrugado.

Cada vez que posaba el bolígrafo en el papel, la frase que quería que me saliera era reemplazada por expresiones groseras y descaradas surgidas de quién sabe dónde.

De mi puño y letra.

Desesperada, recogí la hoja arrugada que tenía más cerca. Yo quería haber escrito «Por favor, téngame en cuenta para el premio porque siempre me he portado bien». Pero en lugar de eso, había garabateado: «Por favor, tuerza hacia aquí ese careto que tiene de viejo loco para poder lanzarle comida».

Tragué saliva y leí mi última tentativa. Había intentado escribir: «Creo que podrá comprobar que mi registro de asistencia a clase es imbatible». Pero mi bolígrafo, del que siempre me había fiado hasta entonces, se había negado a cumplir mi voluntad y la punta había escrito de forma casi ilegible las siguientes palabras: «Creo que se dará cuenta de que los abusones con pelos en los agujeros de la nariz se merecen una bomba fétida».

Por mis mejillas empezaron a rodar lágrimas de frustración. No podía entregar semejante cosa. Alguien me había echado mal de ojo.

Aquellas SEMILLAS MÁGICAS habían prometido traerme lo que necesitaba. Lancé una mirada asesina en la dirección en la que se encontraba el paquete (estaba escondido a buen recaudo debajo del colchón). ¿No iba siendo hora de que empezaran a funcionar? Hablando de tiempo... Eché una ojeada al reloj. Eran las cinco de la tarde, pero la casa estaba tan silenciosa que bien podía ser medianoche.

Abrí con cuidado la puerta de mi habitación. Lo único que oí fueron unos ronquidos suaves procedentes del piso de abajo.

Bajé la escalera sin hacer ruido. Mamá estaba desplomada encima de la mesa de la cocina, dormida, con el pelo rubio de punta apoyado en un cuaderno. Miré por encima de su hombro. Un dedo con la uña mordida descansaba justo debajo de una frase que había escrito: «Magdalenas para curar la melancolía».

El sabor agrio de la culpa inundó mi boca. Si no me hubieran expulsado, no estaría buscando la felicidad en unas magdalenas. Había unos profundos surcos entre sus cejas que ni siquiera el sueño había sido capaz de borrar. Tendí la mano para alisarlos con una caricia.

Pero en cuanto le rocé el hombro con los dedos, la cocina adquirió aspecto de sueño. La luz titiló. En el patio, las ramas del sauce rascaron el hormigón con furia. CRIC. CRIC.

«Algo va a empezar a hablarme otra vez», pensé estremecida.

En aquel preciso instante, oí recitar en mi interior:

*Salve, Iris Siembrasemillas; ahí viene de nuevo.*

*Salve, Iris Siembrasemillas; nos va a hacer remontar el vuelo.*

De alguna manera, supe sin que nadie me lo dijera que era el sonido de las SEMILLAS MÁGICAS.

Una risa nerviosa afloró de mi garganta y mis dedos empezaron a agitarse en el aire.

Mamá seguía durmiendo.

*Cambia su destino; será estupendo, estamos casi seguras.*

Pero el paquete estaba vacío... ¿o no? Había utilizado todas las semillas con Neena y conmigo. «Bueno, no pasa nada por comprobarlo», pensé.

Corrí escalera arriba, me lancé sobre el colchón y saqué el paquete de su escondite.

Estaba lleno. Lleno a rebosar.

Me quedé mirándolo un buen rato, preguntándome cómo demonios podría rellenarse un paquete vacío hasta que la sensación de que estaban ardiéndome los dedos hizo imposible que continuara pensando.

Corrí de vuelta al piso de abajo, vacié el contenido entero en las raíces negras del pelo de mamá y desapareció la quemazón de mis dedos. Su pelo rubio y corto resplandeció durante un segundo, como encendido por una cerilla invisible, y las semillas desaparecieron engullidas por su cuero cabelludo.

Mamá siguió durmiendo.

# CAPÍTULO 25

Permitidme esta interrupción para interesarme por vuestra salud. ¡No tenéis por qué preocuparos! ¡Es el protocolo habitual!

Bueno, ¿cómo os encontráis?

¿Habéis experimentado alguno de los siguientes síntomas durante los últimos días? ¿Como..., no sé, querer dormir en un cuarto totalmente a oscuras o tener dificultades para aplacar la sed?

Si es así, esto es lo que debéis hacer.

Ejem...

Lo siento, no tengo nada. Ni consejos, ni recomendaciones. No podéis evitarlo.

Simplemente, no hay nada que podáis hacer excepto continuar leyendo. Al menos así sabréis lo que os espera.

Eh, ¿sabéis cómo se toma la gente lo de hacer muecas a un libro?

Como una niñería.

*

Pero el caso es que, cuando volví al colegio a la mañana siguiente, las cosas fueron de mal en peor.

Todo empezó con el cuello.

Abrimos los libros para la clase de geografía. Cuando intenté leer algún párrafo, el cuello se me puso tonto. En lugar de inclinarse hacia delante, se movió en dirección opuesta hasta que se me quedó la cara hacia arriba. Me encontré mirando el tragaluz que había en medio del techo de nuestra clase.

Manteniendo la calma, intenté enderezarlo y empujé la cabeza hacia el libro.

«Aquí mando yo.»

Mi cuello volvió a moverse hacia atrás muy despacio como diciendo claramente: «No me hagas reír».

Y allí estaba, mirando de nuevo el moho oscuro del tragaluz.

–¿Hay algo interesante ahí arriba, Iris? –murmuró la señorita Musgo.

–Me ha dado un calambre –susurré.

Entonces Neena acudió en mi ayuda distrayendo a la señorita Musgo y al resto de la clase empezando a hacer cosas raras. Echó la silla hacia atrás y se plantó con la espalda muy tiesa y las piernas rígidas en medio del pasillo. También tenía la vista clavada en el techo, con una extraña mirada ausente, como si estuviera intentando recordar la temperatura de ebullición del nitrógeno líquido.

–Chicas –dijo la señorita Musgo en voz baja–. Basta. Ya está bien. Iris, mira tu libro. Neena, siéntate.

Uní las manos detrás del cuello y empujé con fuerza. Tras unos segundos angustiosos, mi cuello empezó a moverse poco a poco hacia el libro.

«¡Ajá!», pensé victoriosa.

Pero noté horrorizada que volvía a echarse hacia atrás. De nuevo apoyé las manos en la nuca y empujé el cuello hacia el libro. No aparté las manos de él. Por si se le ocurría volver a hacer cosas raras.

Intenté poner una sonrisa natural y despreocupada que con un poco de suerte expresara «Esto es absolutamente normal; no tiene nada de raro».

Chrissie y Bella se rieron con disimulo.

Un dolor agudo se extendió por mis brazos. Se me congeló la sonrisa.

Miré de reojo a Neena. Seguía de pie y su cuerpo se balanceaba perezosamente.

–Siéntate, Neena –dijo la señorita Musgo al borde de las lágrimas.

No era de extrañar; yo misma habría derramado unas cuantas. Mi mejor amiga estaba volviéndose loca y mi cuello llevaba el mismo camino.

–No puedo sentarme –musitó Neena con una voz tan débil como mantequilla derretida–. Quiero estirarme... y sentir la luz.

–Siéntate, Neena –siseé–. Contrólate.

La señorita Musgo y yo suspiramos aliviadas cuando Neena flexionó las piernas.

Pero, encogiéndose de hombros como si todo aquello escapara a su control, se subió al pupitre de un salto a disfrutar de la luz tenue que se filtraba a través del tragaluz. Cerró los ojos y dejó escapar un profundo suspiro.

–Creo que voy a quedarme aquí, si no hay inconveniente –dijo con voz soñadora–. Agradable y cálida. Buena ayuda para la fotosíntesis.

Mis compañeros dejaron de fingir que estaban trabajando y se quedaron mirando a Neena boquiabiertos como ranas.

Mi cuello empezó a dar sacudidas. Pero yo no quería ponerme de cara a la luz; no quería tener nada que ver con aquel cristal mohoso y sus hojas secas. Solo quería quedarme donde estaba y comportarme de manera totalmente normal y... oh.

Aquello sí que era extraño.

Qué bonito era el rayo que se filtraba por aquel tragaluz.

De hecho, cuanto más lo miraba, más dorado y brillante lo veía. Parecía tan cálido y apetitoso como un baño en chocolate derretido. ¿En qué habría estado pensando para describirlo como un simple tragaluz? Estaba claro que era la puerta a la felicidad.

Sentí un picor en la coronilla, como si se me estuviera poniendo piel de gallina por todo el cuero cabelludo. Era como si sintiera ansia por la luz.

–Neena, baja de ahí –rogó desesperada la señorita Musgo.

Neena se limitó a girar la cabeza hacia la derecha, luego a la izquierda, como si estuviera cambiando de posición mientras tomaba el sol.

La piel de gallina de mi cabeza era dolorosamente sensible. Cuando tenemos frío, nos ponemos un jersey; cuando tenemos piel de gallina en la cabeza, ¿qué se supone que debemos hacer?

*Busca la luz del sol, busca la luz del sol,* dijo al unísono un coro de un millón de voces en mi interior.

El silencio de la clase se hizo cada vez más tenso e incómodo cuando todo el mundo nos miró a Neena y a mí y después a nuestra profesora, pendientes de lo próximo que iba a pasar.

Me aferré al pupitre con las dos manos haciendo esfuerzos desesperados para mantenerme sentada. Mi frente comenzó a cubrirse de gotitas de sudor.

No pude luchar por más tiempo. Tras unos segundos de agonía, eché la silla hacia atrás y salté sobre el pupitre. Se tambaleó ligeramente, pero logró soportar mi peso.

Alguien se rio. Pero no me importó lo más mínimo.

Eché la cabeza hacia atrás. La luz me bañó por entero, dulce y suave, y todos mis folículos pilosos parecieron absorberla. Instantes después, una calidez profunda y deliciosa empezó a latir en mi cerebro y a irradiar hacia mi rostro. Me estremecí de gozo y no fui capaz de pensar en nada más.

# CAPÍTULO 26

DESPUÉS DE CINCO minutos y de muchos ruegos por parte de la señorita Musgo, por fin accedimos a bajar de los pupitres y volver a sentarnos.

–Es usted demasiado blanda, señorita Musgo –dijo Chrissie mientras acariciaba su insignia de Estudiante del Año y me miraba con una sonrisita de suficiencia–. Mándelas a casa. El Compromiso Grittysnit dice claramente: «No jugaremos en horas de clase».

La mujer tragó saliva e hizo como que no la había oído.

–No tiene agallas, ese es el problema –rezongó Chrissie.

Un chirrido estridente rasgó el aire y todo el mundo se volvió a mirarme.

–¿Y ahora qué, Pelotilla? –continuó Chrissie, chasqueando la lengua con su cara angulosa cubierta de manchas por la rabia–. ¿No has llamado bastante la atención por hoy?

–Creí que me había picado una abeja. –Me froté la cabeza lo más disimuladamente que pude.

–¿Estás bien? –susurró Neena.

–No lo sé –farfullé, confusa y avergonzada.

¿No era que las abejas solo te pican cuando te sientas encima de ellas o algo así? ¿Y por qué no había oído ningún zumbido antes del picotazo?

Mientras me frotaba la cabeza de nuevo, tuve la inquietante e inequívoca sensación de que los bultitos que me habían provocado la piel de gallina habían crecido y me había salido un sarpullido por toda la cabeza.

–¡AAAAARGHHH! –chilló Neena y se rascó la cabeza como si le fuera la vida en ello–. ¡A mí también me ha picado!

–¡Oh, por favor! –exclamó la señorita Musgo con la voz sobrecogida y desesperada de quien está al borde de un ataque de nervios.

Mientras Neena daba saltos por la clase rascándose la cabeza, me volvieron a picar. Me tapé la cabeza con las manos y me agaché, pero a pesar de lanzar miradas de terror en todas direcciones no era capaz de ver las abejas.

A lo mejor eran invisibles.

«¿Abejas invisibles?»

Además, ¿por qué la habían tomado solo con Neena y conmigo? Todos los demás parecían ilesos.

A través del dolor, oí una vocecilla de duda en mi mente.

La sensación que daba la mayoría de las picaduras de insectos, si no me fallaba la memoria, era la de intentar abrirse paso hacia el interior.

Pero en este caso parecía que querían abrirse paso hacia el exterior.

Y no solo una. Muchísimas.

Como si un millón de alfileres diminutos intentaran atravesar mi cuero cabelludo. Me dieron ganas de rasgarme la piel para librarme del dolor. Me arañé la cabeza y me encogí de miedo al darme cuenta del tamaño de los bultitos. Se habían hecho aún más grandes.

Chrissie soltó una risita.

–¡Sí, ya, abejas! Lo más seguro es que tengáis piojos –dijo en voz alta–. Señorita Musgo, Iris y Neena son un riesgo para la salud y la seguridad. Están infestadas de parásitos. ¿No debería mandarlas a casa?

Incliné la cabeza avergonzada.

¡RIIIING!

El sonido del timbre atravesó el aire y rompió el suspense.

La cara de la señorita Musgo se relajó, aliviada.

–Hemos terminado por hoy –gimió–. Me voy adonde pueda llorar..., quiero decir, adonde pueda tomar un té con tranquilidad.

En cuanto salió al pasillo, la clase estalló.

–¿Estáis bien? –preguntó Elka con cara de querer acercarse, pero lanzando miradas de preocupación a su alrededor.

–¿Queréis que os traiga algo? –murmuró Robbie.

–Puedo prestaros mi pomada para el eczema –se ofreció Bertie, sonrojado–. Quizá os venga bien para las picaduras.

Solo Chrissie nos dirigió una mirada desdeñosa que hizo que su rostro afilado pareciera aún más feo de lo habitual.

–Tácticas absurdas para llamar la atención.

–Patéticas –añadió Bella con dureza.

–Iris –susurró Neena y me dio la mano–. Vamos a los aseos. Tenemos que hablar. Ahora mismo.

*

Una vez nos cercioramos de que estábamos solas, nos miramos a los ojos frente a los lavabos.

–¿Me crees ahora? –preguntó.

–¿Si te creo qué?

–¿Qué estuve intentando explicarte ayer, justo antes de que nos expulsaran?

Me quedé mirándola.

–Vamos, piensa.

Por fin lo entendí.

–No son las SEMILLAS MÁGICAS, ¡no puede ser! –Y me apresuré a explicarle–: Antes de echar las semillas sobre nuestras cabezas, oí a una mujer... cantando.

Y esa voz dijo que las SEMILLAS MÁGICAS me proporcionarían lo que quisiera... o lo que necesitara. Bueno, más o menos es lo mismo. ¡Así que no puede ser cosa de las semillas!

Pero mi brillante argumento no pareció convencer a Neena, que no hacía más que examinarme la frente y jadear.

La toqué con los dedos y palpé algo blando con unos delicados rizos. Desconcertada, me miré al espejo.

Ya no tenía piel en la frente. En su lugar, tenía musgo. Suave y verde oscuro. Me cubría toda la frente. Hasta las cejas. Básicamente, tenía una pequeña extensión de césped en la cara.

Un cambio de imagen.

Y luego todo fue a peor.

Un tallo verde y fino asomó por mi cabeza.

En poco tiempo fue seguido por otro.

Y otro.

Y luego unos cien más.

Brotaron deprisa y se desplegaron en lo alto, como banderas en sus mástiles.

Aquellos bultitos dolorosos que me habían salido en la cabeza eran pequeños brotes verdes a punto de abrirse.

Di un respingo cuando los tallos crecieron más y más, estirándose hacia el techo de los aseos. Cuando alcanzaron más o menos el tamaño de un dedo, dejaron de crecer. Lentamente, comenzaron a brotar unas diminutas flores azules en los extremos de los tallos. También flores rojas. Se abrieron orgullosas y comenzaron a mecerse en el aire como si se estuvieran saludando.

–¡Páralas! –rogué mientras me llevaba las manos a la cabeza para intentar aplastarlas.

Pero Neena permaneció inmóvil con los brazos caídos, jadeando y de vez en cuando dando la impresión de querer aplaudir.

En pocos segundos me cubrieron la cabeza entera. Parecía un adorno floral.

Agarré un puñado e intenté arrancarlas, pero aunque tiré y luché hasta que me empezaron a llorar los ojos, las flores permanecieron firmemente enraizadas en mi piel.

Mientras contemplaba con consternación mi imagen reflejada en el espejo, las pocas manchas de pelo que me quedaban pasaron de amarillo cheddar...

... a verde.

–Tienes hierba en lugar de pelo –dijo Neena, entusiasmada.

Pero la chica del espejo era cada vez más extravagante. Mis cejas se convirtieron en tallos de margaritas. Mis párpados se convirtieron en pequeñas hojas rojas y unas florecillas de un vivo color morado brotaron de mi nariz.

Gemí horrorizada a la vez que me llevaba las manos a la cara, para palpar y aplastar, pero en el último momento las retiré. No podía soportar la idea de tocarla.

–Por todos los hidrocarburos –exclamó Neena, boquiabierta–. Estás impresio...

Pero se interrumpió y se tocó la cabeza con los ojos como platos.

–Ahora me toca a mí –dijo con lo que parecía el destello de una sonrisa.

*

Entonces me tocó a mí mirarla absorta. En los últimos minutos, el pelo negro y enmarañado de Neena había desaparecido, en su lugar había brotado de pronto un huerto entero, con hileras de tomates rojos y pequeñas y tiernas patatas. Neena se llevó una mano a la cabeza, arrancó un tomate y se lo metió en la boca.

Mientras masticaba observándose al espejo, yo gemí y me agarré al lavabo.

–Nos vamos a meter en un buen lío.

–Cómete un tomate. Están buenísimos.

–¿Cómo puedes estar tan tranquila? –chillé–. ¡Nuestras cabezas han mutado! ¿No estás preocupada? ¿No estás desconcertada? ¿No quieres saber qué nos está pasando?

Neena me dirigió una mirada firme, pero cariñosa.

–Oh, Iris, llevo no sé cuánto tiempo tratando de explicártelo. Son las semillas, boba. Por fin han brotado.

# CAPÍTULO 27

–PIÉNSALO. NINGUNA DE las dos entiende mucho de jardinería, pero sí sabemos que las plantas necesitan agua y luz solar para crecer, ¿no?

Asentí afligida y las flores que tenía en lo alto de la cabeza se balancearon arriba y abajo.

Neena sonrió al verlas, pero borró su sonrisa al ver mi expresión.

–Perdona. Pero la cuestión es que después de que esparcieras las semillas teníamos muchísimas ganas de estar a oscuras, ¿no? Probablemente era porque las semillas querían..., ¿cómo lo llamó Sid?, ¿germinar? Luego, después de encontrar oscuridad y dormir, ¿te acuerdas de la sed que teníamos?

Gemí al acordarme de cómo nos habíamos puesto a bailar bajo la lluvia.

–Probablemente fue porque las semillas querían agua para crecer. Y luego, esta mañana, lo que sentimos al fijarnos en ese viejo tragaluz, ¿qué crees que era? –dijo Neena en tono paciente, pero decidido.

–¿Que las semillas querían luz solar? –sugerí a regañadientes.

–¡Sobresaliente! Es todo por las semillas, Iris. ¡No es un virus! –Neena me sujetó los brazos con los ojos brillantes–. ¡Nuestro experimento está llegando a su fin con éxito!

Debía admitir que Neena tenía razón. En cuyo caso...

Aquella voz. Aquella voz me había mentido.

Fruncí el ceño al recordar lo que había oído en el cobertizo de Neena.

*Así que adelante, échalas a volar,* había dicho.

*Y dentro de poco de alegría llorarás.*

Desde luego tenía unas irrefrenables ganas de llorar, pero no de alegría. ¿Qué más había dicho?

*Después siémbrate una o dos semillas*

*y obtendrás todo lo que necesitas.*

Bueno, eso era otra trola, cuando menos. Me había estafado un paquete de semillas. Pero ¿por qué?

–Tenemos que irnos a casa antes de que nos pillen así –farfullé atropelladamente, histérica ante la posibilidad de que alguien nos descubriera–. Tenemos que buscar la forma de librarnos de todo esto.

Una oruga que estaba paseándose por la frente de Neena se giró y me fulminó con la mirada. Intenté no mirarla.

–Y tenemos que salir de aquí antes de que nos vean...

La puerta se abrió de golpe y el rostro perfecto de Chrissie escudriñó los aseos.

–Demasiado tarde –dijo afectada por la conmoción al ver nuestras cabezas. Tragó saliva, recobró la compostura y casi puso los ojos en blanco–. Me han mandado a buscaros porque llegáis tarde a clase de lengua. Y ya le contaréis a la señorita Musgo por qué os ha dado por montar un bailecito de disfraces en los lavabos.

*

Chrissie nos escoltó por el pasillo, abrió la puerta de la clase y nos indicó que entráramos con un enérgico movimiento de cabeza.

Entré procurando no llamar la atención y encogiéndome todo lo que pude, pero Neena se paseó sonriendo tan tranquila.

Elka se nos quedó mirando y dio un respingo.

Bertie abrió la boca para decir algo, pero después se puso coloradísimo y volvió a cerrarla.

Luego toda la clase estalló en carcajadas. Lo cual, por supuesto, ocurrió en el preciso instante en que el señor Grittysnit pasaba por delante de los Laminadores, porque las SEMILLAS MÁGICAS eran expertas en elegir el momento oportuno.

Con lo cual quiero decir que sabían perfectamente escoger el peor momento posible.

# CAPÍTULO 28

LANZÓ UNA MIRADA furiosa a la señorita Musgo.

–Milly, controla la clase.

Y entonces nos vio.

Casi nos come con los ojos. Clavó la vista en nosotras. Se le hincharon los ojos de una manera que parecía que se había puesto ojos postizos inyectados en sangre para gastar una broma.

–Quitaos esos sombreros, las dos –ordenó en un tono que no presagiaba nada bueno.

–No son sombreros –repuso Neena.

–Quitáoslos ahora mismo –repitió.

–No llevamos sombreros –insistió Neena con voz tranquila y mirada firme.

–Si no os quitáis esos sombreros inmediatamente, lo haré yo mismo –espetó con una voz trémula de furia.

Neena bostezó.

El hombre se acercó con paso airado y rodeó el huerto de la cabeza de Neena con las manos. Tiró y estiró y gimió y sus ojos se hincharon por el esfuerzo, pero lo único que consiguió fue mancharse de tierra debajo de las uñas.

–¿Con qué lo habéis sujetado? ¿Con pegamento?

–No –respondió Neena.

–Voy a quitarte ese sombrero aunque sea lo último que haga en mi vida –masculló con la cara sofocada y sudorosa, y agarró con las dos manos uno de los tallos verdes que crecían en su cabeza.

Se concentró e hizo muecas con la boca y los ojos. Al final, se oyó un sonido suave de algo que cedía y el tallo empezó a desprenderse.

Neena hizo un gesto de dolor, pero permaneció inmóvil.

–¡Ajá! –resopló satisfecho el director–. Vamos por buen camino.

–Sí, muy prometedor –replicó mi amiga.

–Si hace falta arrancarlo uno a uno, lo haré –dijo el hombre dando un último tirón.

Se oyó un ruido horrible de algo al rasgarse y cerré los ojos.

Instantes después, los abrí y vi que el señor Grittysnit tenía en la mano una zanahoria, pequeña pero perfectamente formada, que colgaba del extremo de un tallo verde cubierto de tierra húmeda. La miró con repulsión. Después la tocó con un dedo. El director observó la mancha de tierra que le había dejado la zanahoria y la lanzó a un rincón de la clase.

Después se acercó a mí.

Tiró y retorció. El dolor era insoportable, pero me mordí los labios, decidida a no montar un numerito. Después de todos sus esfuerzos, retrocedió con tan solo tres pétalos en la mano. Los observó con cara de asco. Las venas de las sienes le latieron con fuerza cuando por fin creyó lo que sus ojos veían.

–Son de verdad –dijo con voz glacial e inexpresiva.

Un chillido general se extendió por la clase. Me di cuenta de que todos se morían de ganas de levantarse y verlo por sí mismos, pero se quedaron en sus asientos con un ojo temeroso en el director, cuya cara seguía enrojeciendo por momentos.

–¿Cómo os atrevéis? –bramó–. ¿Cómo os atrevéis a cultivar cosas en la cabeza en contra del reglamento? ¡Ni siquiera son grises!

Abrí la boca instintivamente, con una disculpa a punto, como siempre. Pero para mi horror, lo que salió de ella fue una carcajada ruidosa e incontrolable.

El director se volvió y me clavó la vista, y yo cerré la boca y me sujeté el mentón con las manos para que no volviera a ocurrir.

Entonces a la señorita Musgo se le escapó un pequeño bostezo que pareció propagarse por la clase como una ola.

–¡A la cama! –dijo Bella, que se dejó caer al suelo y se tumbó debajo del pupitre–. ¿Alguien puede hacer algo con esa luz? Es demasiado fuerte.

–Eso –corroboró Bertie, cuya piel adquirió un tono rosado al oír el sonido de su propia voz–. Apagadla. Necesito oscuridad.

–¡Oscuridad, oscuridad, oscuridad! –corearon los demás, que poco a poco fueron metiéndose debajo de las mesas y apoyando la cabeza sobre el suelo.

Hasta Chrissie bostezó cuando inclinó la cabeza con elegancia.

El señor Grittysnit había abierto la boca para hablar cuando la puerta de la clase se abrió inesperadamente.

La señorita Balmforth, la señora Harris y el señor Raynerform, profesores de primero, segundo y tercero de primaria, entraron corriendo con cara de preocupación. Abrieron los ojos como platos cuando nos vieron a Neena y a mí, pero de inmediato volvieron la vista hacia el director retorciendo las manos y encogidos de miedo.

–¿Qué? –espetó el hombre.

–Nuestras... nuestras clases, señor. No somos capaces de mantener a los niños despiertos. Todos quieren dormir la siesta.

# CAPÍTULO 29

La hora siguiente fue un lío caótico de sacudir a los niños para que no se quedaran dormidos, profesores alarmados formando corrillos por el colegio y el sonido de los rugidos del director, que iba repitiendo con insistencia ¡DESPERTAD! por todas las clases afectadas. Pero a pesar de los esfuerzos de la señora Pinch, era evidente que, al menos en los Laminadores, se habían acabado las clases por ese día.

Cuando volvió a nuestra clase dando zancadas para decirnos que nos fuéramos todos a casa a curarnos aquel trancazo, hubo una soñolienta aclamación general de alegría.

–Me voy a ir derecha a la cama –dijo Elka, y se puso el abrigo.

–Yo también –aseguró Bertie, que seguía adormilado en medio de la clase.

–Hemos llamado a vuestros padres para que os recojan en la puerta principal –anunció la señorita Musgo con un tremendo bostezo–. Chrissie, a ti viene a buscarte tu guardaespaldas; tus padres tienen cosas que hacer. Ah, Iris, no somos capaces de localizar a tu madre ni en casa ni en la fábrica.

—¡Es verdad! Lo siento, esta mañana me olvidé por completo de darle una nota de mi madre. La madre de Iris tiene jornada de formación, así que Iris se viene a mi casa... ¿Quiere que le enseñe la nota? —dijo Neena con amabilidad palpándose los bolsillos mientras yo la miraba con cara de preocupación.

Mamá no había dicho nada de ninguna jornada de formación. ¿Sería que el huerto de la cabeza de mi amiga estaba afectándole al cerebro?

La señorita Musgo había vuelto a cerrar los ojos y estaba tambaleándose junto a su mesa.

Neena me empujó suavemente hacia la puerta.

—Tengo una idea. Tú sígueme la corriente.

—De acuerdo. Eeehh... ¡Hasta mañana, señorita Musgo! Me voy a casa de Neena, como ha dicho ella. ¡Espero que se mejore!

La mujer emitió un suave ronquido como respuesta.

Cuando nos abrimos paso entre el enjambre de niños que esperaban que sus padres los recogieran, una ráfaga de viento sopló entre la multitud e hizo que a todo el mundo se le levantara el cabello. Me pareció ver unas cositas negras volando de una cabeza a otra. Pero cuando volví a mirar después de frotarme los ojos, no vi nada.

Me preparé para las miradas atónitas y las risas de los padres cuando nos vieran a Neena y a mí. Por suerte, como los padres estaban preocupadísimos y se abrazaron ansiosos a sus hijos, logramos salir de aquel caos con rapidez. Incluso aquellos que se fijaron en nuestras cabezas se encogieron de hombros y miraron hacia otro lado, como si creyeran que era parte de un extravagante trabajo del colegio y no pudiera ser cierto.

De todos modos, estaba muy intranquila por mamá. ¿A qué se refería la señorita Musgo cuando dijo que no habían logrado ponerse en contacto con ella? Mamá siempre llevaba el teléfono en el bolsillo del mono por si la llamaban del colegio. Y la puerta de su cuarto estaba cerrada cuando salí de casa por la mañana y siempre la dejaba abierta. ¿Qué estaba pasando?

Para empeorar las cosas, me sentí extrañamente vulnerable y rara al salir al aire libre. Sentí un hormigueo en mi cabeza florida. Notaba cómo la hierba y las flores se abrían y se mecían con la brisa mientras el viento danzaba entre las briznas y los tallos, como si alguien estuviera haciéndome cosquillas en todas las terminaciones nerviosas de mi cabeza.

Básicamente, eran demasiadas sensaciones para poder asimilarlas todas al mismo tiempo. Suspiré desesperada.

Neena me apretó una mano con fuerza y dijo:

—Tengo un plan.

Una sensación de alivio fluyó por mis venas. Neena continuó:

–Adivina adónde vamos.

–¿Al médico? –aventuré, esperanzada–. ¿O a ver a alguien que tenga una motosierra?

Me miró con serenidad.

–A Strangeways, por supuesto.

–¿Qué? ¿Tenemos las cabezas llenas de plantas y quieres ir a un centro de jardinería?

Asintió.

–Precisamente por eso. Le dijimos a Sid que si crecía algo iríamos a enseñárselo, ¿no? Quizá él sepa qué está pasando.

*

Quince minutos más tarde, después de haber puesto en fuga a cinco personas que paseaban a sus perros, un padre con un carrito de bebé y una ancianita, fue un auténtico alivio atravesar el túnel de maleza y entrar en la sombra verde y fresca del exterior de Strangeways.

Florence fue la primera en vernos. Se acercó a nosotras y movió el rabo para saludarnos.

Aunque cuando se fijó en los tallos y las hojas que sobresalían de nuestras cabezas, flexionó las patas delanteras y soltó un gruñido sordo. Me agaché y extendí la mano, pero retrocedió hasta refugiarse en un par de piernas enfundadas en un mono verde descolorido.

–Así que las semillas han brotado –observó Sid en voz baja.

Me erguí y lo miré a los ojos, esperando que diera un respingo, se encogiera de miedo o perdiera el conocimiento, pero, para mi sorpresa, no hizo ninguna de las tres cosas. Se limitó a contemplar nuestras cabezas con una mezcla de orgullo, miedo y tristeza en el rostro.

El crujido de las hojas a nuestro alrededor aumentó, como el rugido de una persona impacientándose.

Sid hizo un gesto de complacencia y dijo como si hablara consigo mismo:

–Esto merece unas galletas.

Y de pronto se dio la vuelta y volvió a entrar en la tienda.

Neena y yo nos miramos.

Me encogí de hombros y lo seguí, demasiado atónita como para hacer otra cosa. Era evidente que tenía algo que decirnos. Además..., bueno, galletas.

–Por aquí –indicó Sid, y se dirigió a la trastienda.

Avanzamos dando tumbos hasta que nos acostumbramos a la penumbra y lo seguimos a través de un laberinto de almacenes húmedos y oscuros hasta llegar a una pequeña cocina. En las estanterías, unas plantas verdes trepaban y envolvían latas de comida, platos y tazas con el esmalte descascarillado.

–Sentaos –dijo al tiempo que señalaba las sillas en torno a la mesa de madera.

Florence recorrió la cocina hasta una cesta de mimbre que había en un rincón, procurando situarse a una distancia prudencial de nosotras.

Mientras Sid preparaba las cosas y calentaba leche en un cazo, me fijé en que le temblaban las manos.

Neena me miró con las cejas arqueadas.

Hice lo propio alzando los tallos de mis margaritas.

El hombre colocó encima de la mesa tres tazones de leche con cacao y un plato enorme de galletas de nata con un golpe sordo. Con voz temblorosa de cansancio, como si llevara demasiado tiempo guardando secretos, dijo:

–Ya es hora de que conozcáis la verdad acerca de este lugar.

# CAPÍTULO 30

–HACE UNOS TRESCIENTOS años –empezó Sid–, Todocemento no se parecía en nada a una ciudad. Era campo, verde y silvestre. Había un río, miles de metros cuadrados de bosque, prados y un pequeño pueblo llamado Todoalegría, compuesto de tres o cuatro casitas.

«¿Todoalegría? ¿Dónde había oído yo ese nombre?»

–Todo ello pertenecía a mis antepasados, los Strangeways. Y cuando morían, sus cuerpos se desvanecían en la tierra como las hojas secas. Pero es la historia de mi tataratatarabuela, Agatha Strangeways, la que nos importa.

Con una mano temblorosa, se llevó la taza a los labios, bebió un sorbo y prosiguió:

–Debo deciros que los Strangeways eran famosos por sus dedos verdes.

Neena se echó a reír.

–Oh, no significa que fueran extraterrestres ni nada parecido. No; así es como se refiere uno a la gente que tiene buena mano para la jardinería. Puede que los Strangeways tuvieran vidas sencillas, pero también poseían un don en lo tocante a la naturaleza. Eran capaces de cultivar lo que quisieran y donde quisieran.

Clavó la mirada en algún punto lejano y supe que no eran los tarros de mermelada ni las latas de cereales de los estantes. De alguna manera estaba contemplando el pasado, con una sombra de tristeza en sus ojos con motas color avellana. Era la misma expresión que había visto en la cara de mamá cuando me habló de la última vez que había bailado bajo la lluvia. ¿Qué tenía el pasado que hacía que los adultos de mi ciudad se pusieran así, como si fuese un juguete roto que no pudieran arreglar?

Sid suspiró y me devolvió a la realidad.

–Bueno, el caso es que los Strangeways no necesitaban ninguno de vuestros supermercados ni establecimientos de comida preparada. Vivían de las hortalizas y las frutas que cultivaban en sus tierras. Y se les daba tan bien que la gente se preguntaba si el suelo era mágico o si serían ellos quienes harían magia.

–¿Y la hacían? –pregunté con voz entrecortada y a punto de atragantarme con mi segunda galleta.

–Puede –repuso Sid con una sonrisa–. O puede que el suelo fuera muy fértil y ellos supieran sacarle partido, simplemente. Si te dedicas a algo con cariño verdadero, siempre puedes hacerlo florecer. Fuese como fuese, la tierra lo era todo para los Strangeways. No necesitaban nada más. Tenían árboles para que sus hijos jugaran y para proporcionarles sombra en verano. Tenían un río donde bañarse. Sus casas estaban adornadas con flores y comían como reyes. La vida se portaba bien con ellos.

Sid interrumpió su historia para beber otro sorbo de la taza.

Florence nos dirigió una mirada lastimera desde su cesta.

–Bien, una de las chicas Strangeways tenía más habilidad para cultivar cosas que todos los demás juntos. Se llamaba Agatha Strangeways. –El hombre me miró parpadeando–. Tú tienes su pala.

Vaya si la tenía. Aquella pala vieja y oxidada había devuelto la vida a las SEMILLAS MÁGICAS. Un escalofrío me recorrió la espalda.

–Desde el momento que aprendió a andar, Aggie se pasaba el día correteando por los prados y bañándose en el río. A los seis años ya sabía el nombre de todas las flores, plantas y árboles de los campos y del valle. Adoraba cada palmo de Todoalegría y su amor se vio correspondido; era evidente, al ver lo verde y exuberante que estaba todo cuando ella andaba cerca. Estaba llena de amor por su tierra, y la tierra parecía cumplir todos sus deseos. Cuando plantaba frutales, la fruta era más dulce que cualquier cosa que hubieran probado. Los rosales de su casa estaban en flor todo el año; nunca se marchitaban, nunca perdían el color. La gente empezó a decir que era capaz de hacer que todo creciera prestamente con solo mirarlo.

La voz de Sid flaqueó. Mordisqueó una galleta y se quedó callado unos instantes.

–Bueno, pues cuando se hizo adulta, Aggie cargaba un carro con lo que había cultivado y llevaba fruta, verduras y flores para vender en el mercado. Fue allí donde atrajo la atención de un joven empresario. Había oído hablar de la tierra mágica de los Strangeways y se preguntó si también podría enriquecerlo a él.

El hombre miró su taza con furia, como si fuera a darle un puñetazo.

–Pero quería otro tipo de riqueza.

No había visto a Sid tan enfadado desde la primera vez que fuimos a Strangeways y nos había recibido blandiendo aquella podadera.

Tomó una profunda bocanada de aire.

–Lo cierto es que el tipo se ofreció mil veces a comprarle las tierras, y mil veces ella rechazó la oferta. Cuando por fin comprendió que jamás se las vendería, las cosas se torcieron para la abuela Aggie –continuó Sid con el rostro tenso–. Se rumoreó que había perdido su toque mágico. Hubo sequías. Plagas de insectos y enfermedades mataron sus cosechas, aunque ella nunca pudo explicarse cómo. La tierra enfermó y se echó a perder. Los peces del río murieron y todo lo que crecía en los tallos se marchitó y se malogró. Sin nada que comer, Agatha y sus hijos comenzaron a pasar hambre. Al final no tuvo más remedio que llegar a un acuerdo con el empresario. En 1854 le vendió todas las casas y terrenos de Todoalegría. Y el tipo regateó para conseguir un precio más bajo cuando vio lo desesperada que estaba.

El hombre apretó los dientes.

–Incluso en aquellas circunstancias, Aggie intentó hacer lo más correcto. Le vendió las tierras con la condición de que dejara intactos el río, el bosque y los prados de flores silvestres. Se las vendió con la condición de que siguiera habiendo tierra buena y fértil para que la gente pudiera cultivar hortalizas y grandes espacios verdes para que los niños pudieran explorarlos. Él le prometió que Todoalegría sería una ciudad verde que viviría «hombro con hombro junto a la naturaleza». Juró que solo construiría unas cuantas casas y dejaría los prados y el río intactos para que los niños pudieran disfrutarlos.

Fruncí el ceño.

–Entonces, ¿dónde están? ¿Dónde están todos esos espacios? Lo único que tenemos es un parque infantil en ruinas, hecho de hormigón.

Me dirigió una mirada sombría.

–En ningún sitio, Iris. Mintió. No fue más que un montón de sucias mentiras. Había sido él quien envenenó la tierra para que no hubiera cosechas. Lo hizo para que ella se viera tan desesperada que no tuviera otra solución más que vendérsela. Y jamás tuvo la menor intención de mantener a Todoalegría verde y bonita. Ni por asomo. Hasta le cambió el nombre y la llamó Todocemento, porque quería convertirla en un lugar estéril y sin vida. Lo único que quería hacer crecer era su cuenta corriente.

–Qué miserable –dijo Neena–. ¿Cómo se llamaba?

Sid inspiró hondo y escupió una palabra:

–Valentini.

Empezó a darme vueltas la cabeza.

–Pero... ese es el apellido de Chrissie. ¿Está hablando de su familia?

El hombre suspiró.

–No sé quién es esa Chrissie, pero casi te aseguraría que es familia del empresario que estafó a la abuela Aggie, Julius Valentini. Murió más rico que nunca y dejó su negocio en herencia a su hijo, quien a su vez se lo dejó al suyo y así sucesivamente. Ahora pertenece a Rufus Valentini, o Rufián Valentini, como yo lo llamo.

–¡Es el padre de Chrissie! Está a punto de enterrar nuestro campo de juegos del colegio bajo el hormigón –dijo Neena sin dejar de mirarme.

Yo decidí observarme las uñas.

–Muy propio de ellos –se quejó el hombre, que echaba chispas de rabia–. Siempre buscando hacer dinero con lo que queda de Todoalegría. Tradición familiar, podríamos llamarlo. Cuando las cosas se me pusieron difíciles porque escaseaba la clientela, no sé cómo lo averiguó y ahora no me deja en paz. Anda loco por comprar la última parcela de tierra de los Strangeways. Por eso manda a sus matones para intimidarme y conseguir que se la venda. Yo los llamo los Villanos Valentini.

–¡Y la primera vez que vinimos nos tomó por ellos! –exclamé al recordar sus palabras: «Vamos, marchaos antes de que os haga una demostración de poda que no olvidaréis fácilmente».

–Sí, bueno, es que ya no veo tan bien como antes –rezongó Sid–. Y durante algún tiempo fueron las únicas visitas que recibía. Bueno, hasta que llegasteis vosotras. –Una leve sonrisa asomó entre sus arrugas y transformó su rostro unos instantes–. Rufián está loco por echar el guante a este terreno para poder construir otro centro comercial sobre él. Pero no puedo permitir que eso ocurra. Este lugar fue el último que la abuela Aggie intentó conservar de Todoalegría antes de morir de pena.

–Es decir, ¿que siguió viviendo aquí? –preguntó Neena.

El hombre asintió con tristeza.

–Sí, claro, no podía soportar la idea de marcharse, ni siquiera cuando vio lo que ese liante de Valentini hizo con Todoalegría. Se quedó en su casita hasta el final y abrió Strangeways como escuela de jardinería. Intentó enseñar lo que sabía, pero a nadie le importó. Ese estafador no solo había envenenado la tierra, envenenó a la gente y la puso en contra de Aggie. Pero ella nunca se rindió. Casi hasta el final, intentó regalar plantas a sus vecinos con la esperanza de que se levantaran y se rebelaran contra todo lo que representaba Valentini. Pero jamás lo hicieron.

Florence gimió suavemente.

–Le rompió el corazón ver la tierra pavimentada y asfixiada bajo el hormigón. Ver sus queridos árboles y prados parcelados y convertidos en tiendas o en fábricas. No había dónde pasear. No había nada verde. Se volvió loca de dolor.

–Pobre mujer –susurré.

Y de pronto me sobresalté, me di cuenta de que ya había escuchado una versión de aquella misma historia. La voz que había oído en el cobertizo de Neena el fin de semana... era la de Agatha. Mi corazón se aceleró y me estremecí. ¡Había oído a un fantasma! ¡Qué espeluznante!

–Neena –murmuré–, acabo de averiguar de quién era la voz que oí en tu cobertizo.

Me miró con los ojos muy abiertos.

–¿De quién? –preguntó con la voz entrecortada.

–De Agatha. –Mi mente giró como un torbellino intentando recordar sus palabras–. Dijo algo así como:

*Me dijo esto y me dijo aquello,*
*pero me mintió y rompió su juramento.*
*Y ahora estoy muerta y jamás volveré,*
*pero con las semillas lo recuperaré.*

–Madre mía –dijo Neena.

–Cuando lo oí, pensé que hablaba de un corazón destrozado. Creí que había sido abandonada por su gran amor y tenía la esperanza de volver a reunirse con él. Pero Aggie no quería que volviera; quería venganza.

Neena soltó un silbido suave.

Sid continuó con una voz más apagada:

–Al final, lo único que hacía era vagar por la ciudad intentando regalar bulbos y semillas a la gente, con ramitas y flores prendidas en el pelo. Se convirtió en un personaje del que todos se reían, y eso los puso aún más en contra de la idea de cultivar. Bromeaban y decían: «Si os ponéis a sembrar y a regar, acabaréis como regaderas igual que Regadera Aggie». –Inspiró hondo y añadió precipitadamente, como si debiera hacerlo antes de perder el coraje–: Pero a pesar de todo, creo que aquellas burlas sí hicieron crecer algo: algo amargo y mezquino. En su interior... Justo antes de morir, le dijo a su hija, que después le diría a su hijo, que le diría a su hija, que le diría a su hija, que era mi madre y me dijo a mí –esbozó una sonrisa teñida de temor, pero también de algo más–, que en su lecho de muerte Aggie había dicho que recuperaría la ciudad que un día le dio la espalda. Que haría resurgir Todoalegría de un modo sorprendente. Dijo algo sobre una terrible venganza y... un paquete de semillas. Y después, justo antes de exhalar su último aliento, soltó una carcajada y dijo: «¡Que sea sobre sus cabezas!».

Nos quedamos en silencio unos instantes hasta que fuimos plenamente conscientes de lo que aquello significaba.

La rabia golpeó con fuerza mi corazón.

–¿Me está diciendo que estas... –agité con furia las manos señalando mi cabeza y la de Neena– cosas son una maldición?

El hombre asintió tímidamente.

La ira que había crecido dentro de mí estalló por fin, cruda y fiera.

–¡Me engañó! No quería darme lo que yo necesitaba... ¡Todo fue una mentira para incitarme a sembrarlas y llevar a cabo su venganza!

Miré mis dedos, gruesos, pálidos e incautos, los mismos que sin querer habían llevado a la práctica su enfermiza revancha.

Un grito agudo y crispado se abrió paso a través de mi garganta. Lo dirigí contra Sid:

–¿Por qué no nos lo dijo? ¿Por qué no nos advirtió? ¡Si sabía que las semillas estaban embrujadas con magia negra, debió avisarnos!

–¡Pero yo no estaba seguro de que las tuvierais vosotras! –gritó el hombre a su vez–. Estabais muy misteriosas cuando aparecisteis. Y no quise hacer demasiadas preguntas por si os asustabais y no volvíais más. No puedo explicaros lo feliz que me sentí al ver a dos niñas interesadas en cultivar algo... Me sentí como si por fin esta ciudad pudiera mejorar.

Su voz se fue apagando hasta convertirse en un susurro, como si se sintiera avergonzado.

–Y estaba muy solo. Cuando uno está solo, hace lo que sea para tener un poco de compañía, como no contar toda la verdad... o no toda de golpe. Creí que si os daba toda la información de una vez sería como echar un fertilizante demasiado fuerte en un semillero delicado; nuestra amistad no sobreviviría.

Durante un momento los únicos sonidos audibles en la cocina fueron mi respiración agitada y los suspiros de Sid al otro lado de la mesa.

–Tengo que irme –dije de sopetón.

Y sin dar tiempo a que Sid y Neena abrieran la boca, me levanté y eché a correr hacia la puerta con el corazón golpeando mi pecho con fuerza.

Porque no solo estaba deseando poner la mayor distancia posible entre Sid y yo, sino que además me había dado cuenta de otra cosa.

Por qué la puerta del cuarto de mamá estaba cerrada por la mañana.

Por qué la señorita Musgo no había sido capaz de localizarla por la tarde.

No paré de correr hasta llegar a casa.

# CAPÍTULO 31

*¡BLAM!*

La puerta de la calle se cerró con fuerza a mi espalda.

Entré corriendo en la cocina llamando a mamá. Pero no estaba allí. Ni en el salón. Ni en el patio trasero, que, según vi fugazmente, había sido de nuevo cubierto de hormigón. De alguna manera, Vinnie había logrado completar su trabajo.

Mamá tampoco estaba en el pasillo. Me quedé de pie en medio de la casa, jadeando inquieta, hasta que oí el sonido de unos débiles sollozos procedentes del piso de arriba. Subí los escalones de dos en dos.

Estaba en su cuarto, en penumbra, con la vista clavada en su imagen reflejada en el espejo. Llevaba puesta su ajada bata amarilla, tenía los ojos como platos y la cara muy pálida.

–No le des importancia –dijo con una voz extraña y tensa mientras señalaba el arbolito verde que se alzaba orgulloso en lo alto de su cabeza. Su pelo corto y rubio estaba salpicado de margaritas–. Seguro que es solo un sueño. ¿Te apetecen unas tortitas? ¿Qué tal en el col...?

–Oh, mamá –exclamé y me caí de rodillas en la puerta–. No es un sueño. Lo sien...

Lo siento. Estaba deseando disculparme. Sabía que debía contarle la verdad: que le había echado las SEMILLAS MÁGICAS por la cabeza porque me había engañado una vieja difunta rencorosa con unos hipnóticos versos muy persuasivos. Deseé poder apoyar mi cabeza en su regazo, cerrar los ojos y oírla decir con voz suave que todo iba a arreglarse.

Ya, claro. Como si aquello fuera a arreglarse. Si le contaba la verdad, me convertiría en otro problema al que no podría dar solución. «Otra cosa estropeada en nuestra casa estropeada.»

Así que guardé silencio e incliné la cabeza, muerta de vergüenza.

Se acercó a mí muy despacio, tendió el brazo para acariciar las flores que tenía en el pelo y dijo:

–¿Tú también? Pero ¿cómo ha ocurrido todo esto?

Inspiré hondo y respondí:

–No lo sé.

Tenía los ojos humedecidos.

–Esto no es un sueño, ¿verdad? Es real. Llevo en casa todo el día; no fui capaz de ir a trabajar. Estaba tan... desesperada por ver la luz, y en la fábrica nunca la veo. Nos pasamos el día metidos en esa cámara de congelado y normalmente lo llevo bien, pero hoy no podía soportar la idea de meterme allí ni un segundo y después me encontré bailando en el patio, riendo y diciendo tonterías sin sentido sobre el aire puro y cosas así, luego empezó el dolor (como si algo me mordiera la cabeza desde dentro) y después me creció esto. Y a ti también te ha crecido algo. Oh, Iris. No te preocupes. Voy a llamar al médico y verás cómo lo arregla todo.

Mamá se quedó callada unos instantes y se llevó la mano a su mejilla sofocada.

–¿Y si es un virus que hay en la casa? Quizá sean las esporas del moho del cuarto de baño; siempre me he preguntado...

Durante aquel silencio, las tuberías gimieron, el grifo sollozó, la lavadora chirrió al cambiar de ciclo. Pero parecían más insistentes de lo habitual. Más ruidosos. Una idea llegó a mi mente como una piedrecita al caer en un charco de agua: clara y cristalina.

–Mamá, ¿a quién pertenecía esta casa originalmente? –pregunté en tono de apremio.

Sus ojos verdes se volvieron hacia mí desconcertados.

–¿Quieres hablar... de la casa?

Hice un gesto afirmativo.

Se puso a juguetear con uno de sus pendientes, distraída.

–No lo sé, cariño. Solo sé que es una de las primeras casas que se construyeron en la ciudad; la inmobiliaria lo tenía muy a gala. Todos los papeles están en la cocina, quizá allí encuentres los nombres.

–¿En el cajón revuelto?

Asintió como aturdida.

Volé escaleras abajo.

*

Sacudí el contenido de la carpeta de plástico amarillo con los papeles encima de la mesa. De ella salieron revoloteando pósits y otras cosillas.

«Estimada señorita Fallowfield: Nos complace confirmar su compra de...»

«Estimada señorita Fallowfield: Hemos realizado un estudio de la propiedad...»

Gemí de frustración. Pero entonces encontré una hoja de papel grueso color crema con el membrete GROLLIT Y BIGGINS, ABOGADOS. Debajo de la fecha leí las palabras «Sobre el sauce del jardín trasero».

Bingo.

«Como quizá ya conozca, las escrituras de Villa Alhelí...»

¿Villa Alhelí? Nuestra casa era Villa Alegre..., ¿no?

«... estipulan por ley la total protección del sauce del jardín trasero. No será retirado, dañado ni alterado en modo alguno según lo estipulado por nuestra clienta, la difunta señora Strangeways, fallecida, en 1887.»

Debajo estaba la firma de mi madre, escrita con una letra enérgica y vivaz que me costó reconocer.

Me quedé sentada sin levantar la vista del papel; tenía la prueba en la mano. ¿Cómo no iba a encontrar las SEMILLAS MÁGICAS en el patio? ¿Cómo no iba a estar la casa llena de rabia y dolor? ¿Cómo no iban a enfurruñarse y a protestar las tuberías, el televisor y el reloj? ¿Cómo no iba a incorporarse al drama el helecho de plástico?

Era la casa de Agatha. Ya existía cuando Todoalegría no era más que un conjunto de tres viviendas rodeado de prados, ríos y naturaleza. Allí se había quedado hasta su muerte, asistiendo impotente a la pérdida del mundo que amaba.

Recordé el dibujo del libro de la biblioteca, *La terrible y triste historia de Todoalegría.* Aquella ilustración de una casita blanca en medio de un prado. Me parecía familiar porque era mi casa, aunque ahora no fuese blanca, sino gris.

Y el gas tóxico de la angustia de Agatha había impregnado la casa y todo lo que había en ella día tras día, hora tras hora. Julius Valentini había comprado Todoalegría en 1845... lo cual significaba que la casa llevaba 174 años absorbiendo la pena de Agatha.

Demasiada amargura para poder con ella.

Pero lo que no entendía era por qué la casa seguía gruñendo y gimiendo. ¿Es que no se había vengado ya?

A través de la ventana, eché una mirada al espantoso sauce y un estremecimiento me recorrió de arriba abajo al comprenderlo todo. Lo había plantado ella y había enterrado debajo las SEMILLAS MÁGICAS. Como si me hubieran adivinado el pensamiento, sus ramas volvieron a crujir y dieron la impresión de... llamarme por señas. Hacerme gestos para que me acercara.

Me quedé donde estaba. De ninguna manera volvería a acercarme a él. ¿Quién sabe qué broma de mal gusto intentaría gastarme la próxima vez? ¿Convertir mis brazos en ramas? Había aprendido la lección, muchas gracias. No pensaba volver a acercarme el resto de mi vida.

La nevera lloriqueó.

–¡Cállate de una vez! –exclamé.

# CAPÍTULO 32

—¿Te encuentras mal?

—No.

—¿Has sufrido visión borrosa, mareos, dolor de cabeza o hinchazón en los tobillos?

—No.

—¿Puedes decirme tu nombre completo y el de tu colegio?

—Iris Cilantro Fallowfield, Colegio Grittysnit.

Después de llamar a la doctora durante una hora seguida y oír el tono de comunicando, mamá había logrado conseguir las dos últimas citas del día. Habíamos ido en su coche y entramos corriendo tapadas con unas sábanas para que la gente no se nos quedara mirando.

—Acabamos de salir de la peluquería y no queremos mojarnos el pelo —explicó mamá en tono desenfadado a la recepcionista.

Un rato después pasamos por fin a la consulta.

Durante tres minutos enteros, la doctora Stewart no hizo nada más que mirarnos en silencio. Después se recuperó lo suficiente para auscultarnos con el estetoscopio y examinarnos los oídos con la linternita.

Tras otros diez minutos de auscultar y mirar alternativamente y de repetir «Fascinante, fascinante» por lo menos cien veces, se sentó en su sillón totalmente desconcertada.

–Bueno, si ninguna de las dos está enferma, lo único que podemos hacer es esperar que estas... protuberancias temporales mueran en pocos días. Si no es así, les recetaré unos antibióticos que pueden acabar con ellas –dijo sin dejar de teclear con agilidad en su ordenador–. Perdón por el bostezo... Es que ha sido una tarde muy extraña. Han venido un montón de niños quejándose de somnolencia. No he parado ni un momento...

Me puse a pensar en mis cosas. Era difícil concentrarse en aquella sala tan cargada y empecé a revolverme en la silla mientras por mi cabeza pasaban sin cesar pensamientos inquietantes.

¿Por qué estaban cerradas todas las ventanas de la consulta?

De hecho, ahora que me daba cuenta, ¿por qué no había ni una ventana abierta en todo el ambulatorio?

¿Y por qué aquel día todo el mundo parecía tan triste y tan cansado? Hasta los adultos, según observé. Mamá, la recepcionista de la sala de espera, la señorita Musgo, los padres de Neena... y la estresada doctora.

Un hombre calvo que vestía una bata blanca asomó la cabeza por la puerta.

–Ah, sí, pase, enfermero Barker –dijo la mujer–. Cierre la puerta rápido; gracias.

El enfermero se nos quedó mirando haciendo un enorme esfuerzo por no parecer un maleducado.

–Hola –nos saludó muy amable–. Arranco espinas y uñas de los dedos de los pies todo el tiempo; estoy seguro de que estas protuberancias no serán muy diferentes. Estarán listas en un abrir y cerrar de ojos.

Y desde luego que lo intentaron, eso hay que reconocerlo. Probaron con pinzas pequeñas; probaron con fórceps; hasta ataron hilo de sutura a las flores que asomaban por mi cuero cabelludo y anudaron el otro extremo a la manilla de la puerta antes de cerrarla de golpe para intentar arrancarlas de raíz. Todo en vano.

A las siete de la tarde, cuando el sonido de la aspiradora de la mujer de la limpieza se acercaba cada vez más a la sala, admitieron su derrota.

–Nunca hemos visto nada igual, cielo –reconoció el enfermero Barker.

–Creo que, hasta que encontremos una cura que funcione, lo mejor es seguir haciendo vida normal –dijo la doctora Stewart, e inclinó hacia un lado su melenita corta y plateada–. Hagan vida normal en la medida de lo posible. No hay nada como una buena dosis de normalidad para hacernos sentir mejor, ¿eh?

Mamá asintió despacio.

—Por lo menos tiene usted una chica sensata, señorita Fallowfield. Si alguien puede llevar bien una afección de este tipo, es una niña tranquila que no se ponga histérica.

—Oh, sí —repuso mamá con una sonrisa al tiempo que me acariciaba la mano—. Jamás me ha dado una preocupación esta pequeña. Es buena como el pan.

Sonreí insegura.

Y después inspiré hondo...

... y expulsé el aire con un soplido largo, elocuente y cargado de significado.

En lo tocante a reconocer la culpa sin palabras, fue espectacular.

Por desgracia, mamá no hizo ni caso. Pero que conste que intenté confesar antes de que las cosas estuvieran totalmente fuera de control. Sí, si existiera un premio por intentar decir la verdad en absoluto silencio mediante suspiros, lo habría ganado. No habría tenido rival. Me los habría llevado de calle.

# CAPÍTULO 33

Cuando me desperté la mañana siguiente, corrí a mirarme al espejo.

Frente cubierta de musgo: verificado.

Cejas pobladas de margaritas: verificado.

Mata frondosa de hierba y flores donde antes estaba mi pelo: verificado.

Genial.

Me disgustó tanto ver mi imagen que supe que si seguía mirándola acabaría por echarme a llorar. Y si empezaba, no estaba muy segura de ser capaz de parar. Entonces sería la niña del pelo de hierba que no hacía más que llorar, y de verdad que podía pasarme sin esa complicación extra. Así que me aparté inmediatamente de aquella espantosa visión, me vestí a toda prisa y bajé.

En la consola de la entrada había una nota apoyada sobre el helecho de plástico moribundo.

¡Me voy a trabajar con un sombrero enorme!
Sé valiente; seguro que se mueren hoy mismo.
Mamá xxx

Sonó la llamada especial de Neena. Me acerqué a la puerta arrastrando los pies y la abrí.

Me miró con los ojos entornados y ladeó la cabeza.

–¿Por qué saliste corriendo ayer?

–Tenía que venir a casa. Mamá tiene..., ya sabes...

–¿Cómo? ¿Por qué? ¿Cómo es posible? Solo esparciste las semillas por nuestras cabezas, ¿no?

Hice un leve gesto negativo, sin ganas de ponerme a contarle lo que había ocurrido en la cocina y las voces que había oído. La mirada de Neena estaba cargada de preguntas, pero, para mi alivio, debió darse cuenta de que no me apetecía dar explicaciones.

–Vale. Bueno, gracias a tu mal humor, tuve que pasarme dos horas consolando a Sid, que cuando te marchaste se quedó hecho polvo y no hacía más que pedir perdón por lo que habían hecho sus antepasados, y, en general, por estar vivo. Después me fui a casa, y las cosas no mejoraron mucho. Cuando me vieron la cabeza, mamá se desmayó y papá se puso a gritar y a despotricar y a echar las culpas a mi juego de química. Hasta... –Parpadeó y se frotó los ojos–. Bueno, da igual, he pasado la peor noche de mi vida. Las babosas no hacían más que arrastrarse por mi cara intentando alcanzar mis frutos. Pasé ocho horas tratando de librarme de ellas, pero en cuanto cerraba los ojos ahí estaban otra vez.

Estuve a punto de echarme a reír, pero de pronto me asaltó una idea terrible.

–No les habrás dicho a tus padres lo de las SEMILLAS MÁGICAS, ¿verdad? ¿Ni que nos las sembramos en la cabeza?

–¡Por supuesto que no! –exclamó, con un movimiento de cabeza enérgico que hizo que los tomates se balancearan–. Pero tampoco creo que hubieran llegado a asimilarlo. Mírala.

Dirigí la vista a la madre de Neena, que estaba de pie en el escalón de entrada a mi casa. La señora Gupta me miraba fijamente con los ojos como platos. Sus párpados se estremecieron una sola vez, con un ligero temblor, y luego volvió a abrirlos de par en par. Su sonrisa se parecía a las que mis muñecos Lego tenían pintada en la cara.

–Está conmocionada –susurró Neena.

Recorrimos en silencio el camino al colegio, acompañadas únicamente por las miradas incrédulas de la gente con la que nos cruzábamos. Mi mente batía más que la puerta de una gatera en medio de un huracán por la que se colaban preguntas y más preguntas como un torrente de gatitos asustados.

¿Estaría bien mamá en la fábrica? ¿Por qué puso aquella cara de desilusión cuando la doctora Stewart nos dijo que hiciéramos vida normal? ¿Me quedaba alguna posibilidad de ganar el concurso Estrella Grit-tysnit?

¿Y por qué había aquella tremenda cola de niños en la fuente a las 8:55 de la mañana?

# CAPÍTULO 34

AQUELLA MAÑANA NO hizo más que traer sorpresas a nuestra clase.

Bella no paraba de rascarse la cabeza y decir que quería descansar en algún sitio oscuro y húmedo.

Robbie se llevó a escondidas un paquete de tizas del armario del material de plástica, se fue a su pupitre y se lo comió entero allí mismo. Cuando terminó, tenía los dientes de todos los colores.

Elka no hacía más que pedir que la dejaran salir para hundir la cabeza en el foso de arena.

Hasta la señorita Musgo se mostraba inquieta. No pareció importarle gran cosa que Robbie mirara embobado tizas en el pupitre, ni que Bertie estuviera mirando por la ventana, ni que Bella se tumbara debajo de la mesa gimiendo y con la cara tapada con una chaqueta. Lo único que hizo fue quedarse mirando una mosca que zumbaba contra los cristales. Y relamerse al verla.

También Neena parecía distraída, rebuscando en su mochila y revolviéndose en la silla.

–¿Qué te pasa? –le pregunté en cuanto sonó el timbre del recreo.

–Estoy buscando la petición para salvar la zona de juegos –confesó–. Creo que voy a hacer otro intento a ver si hoy soy capaz de convencer a más gente. A veces la injusticia tarda un poco en calar.

–Pero ya han instalado los andamios. Y no hay hierba. Está prácticamente hecho, Neena. Casi es mejor que te rindas.

–Te equivocas, Iris. La batalla solo termina cuando tú crees que ha terminado.

Y se dirigió a la puerta carpeta en mano.

*

Me senté en mi sitio, lánguida y triste, y tiré con saña de las flores que me habían brotado en la cabeza. El trasfondo de anomalía que había dominado la mañana, por no hablar de mi cabeza, me había dejado nerviosa y molesta. Me sentía como si estuviera perdiendo poco a poco las cosas que más me importaban: mi estatus, mi normalidad y no digamos mi pelo. Era como si la vida hubiera hundido sus dedos grasientos en mis bolsillos y no hubiera dejado nada de valor. Me sentía contaminada, pringosa y avergonzada de lo poco que me había quedado.

Mi vista se detuvo en el cuadro de Puntos de Obediencia de la pared. Chrissie iba en cabeza, con dos, y Neena y yo al final del todo con un Borrón Negro cada una. Me quedé mirándolos con tristeza mientras mis esperanzas para el futuro se desvanecían como si les hubieran echado ácido corrosivo.

Odié el espacio vacío de mi jersey donde había lucido el emblema de Estudiante del Año. Odié saber que Chrissie disfrutaría de mis vacaciones en Portugal. Además, como si le hicieran falta: la familia Valentini tenía un avión privado y casas de vacaciones en prácticamente todos los continentes. No era justo.

Toda esa historia de Agatha y Sid y lo que los Valentini habían hecho a los Strangeways y a Todoalegría en un pasado remoto..., ¿importaba algo? Lo hecho, hecho estaba. Era historia antigua. Y además yo no podía hacer nada.

Lo que ahora me importaba mucho más era cómo volver a ganarme el favor del señor Grittysnit y, desde luego, no iba a conseguirlo perdiendo el tiempo pensando en viejas historias, viejos personajes, viejos rencores y enemistades que nada tenían que ver conmigo. ¡Tenía una reputación que recuperar!

Vi a Neena paseándose por el patio con su carpeta y de pronto se me ocurrió una idea.

Entonces en el horno recalentado de mi mente empezó a cocinarse un plan perverso como un pastel envenenado.

Me levanté y salí del aula a toda prisa.

# CAPÍTULO 35

Recorrí el pasillo a paso ligero hasta llegar al despacho del señor Grittysnit y llamé a la puerta.

–¡Adelante! –ladró.

Accioné el pomo y entré en su guarida.

Frunció el ceño al verme desde el otro lado de la mesa.

–¿Sigues con cosas creciéndote en la cabeza?

–Sí, señor. Lo siento, señor.

–Y bien que deberías sentirlo, Bilis.

Parpadeé luchando contra las lágrimas.

–¿Qué quieres, niña?

Inspiré hondo y me obligué a hablar.

–NeenaGuptaestáahífuera... intentandopararelproyectodelmóduloparaexámenesseñor –dije agitada y de un tirón.

El director entornó los ojos. Se sentó en su sillón y se quedó mirándome unos instantes.

–Explícate.

Volví a inspirar hondo. Ya no había vuelta atrás. Sentí como si tuviera la garganta cubierta de ortigas punzantes.

–Está intentando reunir firmas contra el nuevo edificio para exámenes, señor. Está ahí fuera ahora mismo.

Un silencio terrible invadió el despacho.

Y después, odiándome a mí misma por ello, susurré:

–¿Me podré ganar un Punto de Obediencia, por favor, señor?

El hombre asintió con un extraño brillo en sus ojos negros.

–Haré que te lo apunten inmediatamente. Al final va a resultar que no eres tan mala, Bilis. Vuelves a tener posibilidades. Enhorabuena.

–Gracias. ¿Va a...? ¿Va a castigarla? No me gustaría que la expulsara o le ocurriese algo parecido...

–De momento, no –respondió el señor Grittysnit–. A veces, prefiero mantener oculta la información relevante hasta saber el mejor modo de utilizarla.

Sonrió y me recordó aquella vez que montamos en el tren de la bruja en Somerset y de repente salió un zombi mecánico y me hice pis del susto.

Le di las gracias con voz balbuceante, cerré la puerta y me alejé por el pasillo lo más deprisa que pude.

Me había convertido en una bola de nieve humana. En mi interior daban vueltas esquirlas plateadas de orgullo y ambición refulgentes. Parecían bonitas, pero cuando se posaban eran como partículas de cristal roto.

Sacudí la cabeza y me detuve en seco sobre la moqueta para meditar las cosas. Había hecho lo que tenía que hacer. Entonces, ¿por qué me sentía tan mal?

Crucé los dedos con la esperanza de que solo castigara a Neena con otro Borrón Negro, cosa que a ella no parecía importarle gran cosa. Quizá hasta se lo tomara como una condecoración, en cuyo caso le habría hecho un favor.

«Seguro. Eso es. Le he hecho un favor. Iris, tú siempre das, das, das, das».

Entré en el aula y me senté en silencio, esperando que sonara el timbre. Tenía la impresión de ir a vomitar de un momento a otro y no podía dejar de temblar.

Luego, cuando la señorita Musgo entró en clase, vi que traía en la mano un Punto de Obediencia y me costó mirarla a los ojos.

Lo colocó junto a mi nombre con un «Enhorabuena» extrañamente amortiguado.

Poco después llegaron los demás, bostezando y rascándose la cabeza, entonces, cuando sus ojos recorrieron el cuadro y vieron la estrella de cartón junto a mi nombre, sentí una mezcla rara de orgullo y vergüenza.

Solo Neena me miró de frente al sentarse a mi lado.

—¿Y cómo lo has conseguido exactamente, Iris?

–Bah, eso no importa –contesté atropelladamente.

–Pues yo creo que sí –repuso con voz seria–. Creo que importa, y mucho.

*

Después de comer apareció la señora Pinch en la puerta de la clase. Me vino bien la distracción. Tenía los ojos centelleantes y los labios recién pintados con carmín rojo.

–Tengo noticias –anunció en tono alegre.

–¿Sí? –dijo la señorita Musgo.

–Hay un periodista del *Daily City* merodeando por la verja del colegio. Se ha enterado de que hay un misterioso virus en el colegio. Tenéis que quedaros encerrados en las aulas; sería desastroso para nuestra reputación que averiguara lo de Iris y Neena.

Se me volvió a quedar el cuello laxo, aunque esta vez de humillación.

–Voy a salir y a ocuparme de él –dijo la señora Pinch, y se fue.

Miré por la ventana y la vi dirigirse a la verja pavoneándose como una modelo de pasarela. En un momento dado hasta dio un golpe de melena. De hecho, parecía estar tomándose su tiempo para decirle al periodista que se marchara.

El hombre sonrió e hizo un gesto de asentimiento a lo que la mujer le estuviera contando, pero no se movió del sitio. Me fijé en que la señora Pinch echaba la cabeza hacia atrás y se reía.

–Venga, chicos, intentemos concentrarnos en las divisiones múltiples, ¿de acuerdo? –dijo la señorita Musgo mientras nos repartía unas hojas de ejercicios.

Cuando empezábamos a leerlos, el chirrido de unos neumáticos desgarró el aire.

Una gran furgoneta blanca con el rótulo EXCLUSIVAS NACIONALES se había detenido delante del colegio. La puerta corredera se abrió y cuatro adultos con aspecto excitado saltaron al exterior con unas cámaras enormes, grandes varas y micrófonos recubiertos de peluche. Se reunieron en la acera con el periodista.

El último adulto en salir de la furgoneta fue un hombre rubio vestido con un traje azul exageradamente ceñido. En cuanto pisó la acera con paso arrogante, una mujer empezó a retocarle la cara con una borla de polvos mientras un adolescente que llevaba una sudadera con capucha negra le servía una taza de café.

Luego todo el grupo se volvió para mirar el colegio con cara de hambre a través de la verja.

# CAPÍTULO 36

LLEGADOS A ESE punto, todos habíamos abandonado cualquier simulacro de interés en las divisiones múltiples y nos apiñamos frente a las ventanas para observar la escena. El hombre del ceñido traje azul estaba haciendo gárgaras con agua y recitando el alfabeto con una voz muy rara.

Enseguida vimos al señor Grittysnit que corría hacia la verja. Empezó a agitar los brazos y a dar gritos.

–Abrid las ventanas para que nos enteremos de qué está pasando –indicó la señorita Musgo en un tono sorprendentemente firme, al que no nos tenía acostumbrados.

Elka empujó los cristales para abrir la ventana todo lo posible.

Entonces pudimos oír la voz del director, alta y clara:

–¡Están en el recinto colegial! ¡Váyanse de ahí!

Traje Azul dijo algo en un tono demasiado bajo para que consiguiéramos oírlo, pero sin que la sonrisa abandonara su rostro.

Una oleada de interés empezó a extenderse por el grupo apiñado frente a la ventana. A la señora Pinch estaba ocurriéndole algo muy extraño. Comenzó a tambalearse sobre el pavimento, a solo unos pasos de la verja, agarrándose la cabeza.

El señor Grittysnit no parecía haberse percatado, porque seguía gritando a Traje Azul, pero los demás adultos de la furgoneta de Exclusivas Nacionales empezaron a darse codazos. Una mujer apuntó con su cámara a la señora Pinch, muy despacio.

–¿Qué quieren decir con eso de interés público? –bramó el director–. Este es mi colegio. Nada que ver con nada público. Están invadiendo una propiedad privada y les exijo que se marchen antes de que llame a...

Debió de oír el grito de la señora Pinch, porque dejó de hablar e inmediatamente volvió la vista hacia su secretaria, que estaba doblada de dolor.

Lo que la mujer dijo a continuación me heló la sangre:

–¡Aaaaah! ¡Abejas! ¡Cabeza! ¡Dolor!

Un arbusto verde salpicado de flores de un vivo color morado estaba brotando rápidamente en lo alto de su cabeza. Al principio era muy pequeño, pero al cabo de uno o dos minutos había crecido hasta hacerse más grande que la propia cabeza. Una nube de mariposas blancas apareció y la sobrevoló, como atraídas por la planta. Luego, todas a la vez descendieron entre una turba de aleteos. En pocos segundos, la cabeza de la mujer se cubrió de insectos resplandecientes. Ni siquiera se le veía la cara.

–¡Ayúdenme!

Su grito amortiguado y casi sofocado por una capa de alas de mariposas sonó desesperado. Cada vez que intentaba espantarlas, las mariposas se quedaban colgadas en el aire un instante antes de volver a descender.

Comenzaron a dispararse las cámaras al otro lado de la verja del colegio.

La señora Pinch se tambaleó con los brazos extendidos.

Uno de los hombres estaba hablando por teléfono.

–¡Enviad a todos los que tengáis! –gritó con voz excitada–. ¡Es la exclusiva del siglo!

Traje Azul se giró hacia la cámara más grande y comenzó a hablar. Tenía una expresión alborozada, como si acabara de entrar en el salón de su casa el día de Navidad y lo hubiera encontrado lleno de regalos con su nombre.

Mientras tanto, la señora Pinch seguía dando tumbos a ciegas. Tras unos instantes, el director le dio la mano con expresión de repugnancia y la condujo de nuevo al interior del colegio, sin parar de dirigirle miradas de asco todo el camino a la vez que las cámaras continuaban filmando y disparándose a su espalda.

Un terrible grito de dolor rasgó el aire. Procedía del pupitre que estaba detrás del mío.

Nos volvimos todos para mirar a Bella.

El pánico me empapó como una catarata helada.

Se había agarrado la cabeza, cuya frente se había convertido en un tapiz lleno de surcos, mientras gemía de dolor.

–¡Paradlo! ¡Por favor, que alguien pare esto! –rogó.

Lanzó a Chrissie una mirada implorante, pero esta se limitó a quedarse sentada y contemplar con horror el grupo de setas rugosas y anaranjadas que empezaba a asomar entre el pelo rubio de Bella.

Cuanto más crecían, más olían. A los cinco minutos, el hedor a pies sucios se había hecho insoportable y empezamos a taparnos la nariz.

–Puaj –dijo por fin Chrissie con una mueca de asco en su rostro anguloso–. Te han crecido hongos venenosos en la cabeza.

Se tapó la nariz con la mano y apartó la silla de la de su amiga.

Bella sollozaba.

–En realidad, estás equivocada, Chrissie. Quizá parezcan hongos, pero técnicamente son setas. Tu amiga tiene *Pseudocolus fusiformis,* comúnmente conocida como cuerno fétido –aclaró la señorita Musgo–, que se mostraba más segura y más pendiente de todo de lo que la habíamos visto nunca.

–Huy, eres un hongo –dijo Chrissie–. Olvídate, Pearlman. Te vas a quedar sola... hasta que decidas volver a ser normal. No puedo poner en riesgo mi salud ni mi reputación en el colegio sentándome junto a esa cosa. Al fin y al cabo, soy Estudiante del Año –explicó mientras me dedicaba una sonrisa malévola. Luego se levantó y echó a andar hacia la puerta.

Bella inclinó la cabeza con una expresión tan triste que hasta me dio pena.

–Chrissie, vuelve a tu sitio inmediatamente –le espetó la señorita Musgo. Era la vez que más fuerte la oí hablar.

Chrissie se volvió sorprendida.

–Le pienso decir a mi padre que me ha reñido –dijo en un tono menos firme del habitual.

–Por mí, perfecto –replicó la mujer con una voz que me puso la piel de gallina.

Luego abrió mucho los ojos y se encogió de dolor.

Nuestra clase se quedó tan silenciosa como un cementerio a medianoche. Contemplamos boquiabiertos cómo sus rizos marrones y encrespados parecían retraerse hacia su cuero cabelludo para ser reemplazados por una mata de hojas verdes y brillantes rematando los extremos de los sarmientos largos y delicados que crecían serpenteando. En el extremo de cada hoja verde había dos filas de pinchos afilados. Parecían dientes.

–¡Caray! –exclamó Neena con admiración.

La mujer rebuscó en su bolso y sacó un pequeño espejo de bolsillo que se acercó a la cara. Sonrió de placer y después miró al resto de la clase con la cabeza bien alta.

–Veo que estáis admirando mi dionea atrapamoscas –dijo con su nueva voz firme–. Preciosa, ¿verdad?

Chrissie abrió aún más sus ojos verdes. Miró nerviosa a su alrededor y apartó la mano del pomo de la puerta.

–Pero tiene mucha hambre –continuó mirando a Chrissie, como si fuera su presa.

En el silencio que sobrevino a continuación, me fijé en dos cosas:

1. **Era la primera vez que veía a Chrissie asustada.**
2. **Había una mosca en el aula.**

Al principio apenas se oía su zumbido. Después, como atraída por una fuerza invisible, aterrizó sobre una de las hojas verdes y brillantes que esperaban pacientemente en la cabeza de la señorita Musgo. La mosca empezó a andar por la superficie reluciente y cerosa con tanta tranquilidad como quien da un paseo en verano.

La profesora dijo en voz baja:

–Oh, sí, mi pequeña dionea tiene mucha hambre. Y no le gusta nada que le contesten mal. Se pone bastante... irritada.

De repente, las hojas de la cabeza de la señorita Musgo se cerraron de golpe sobre la mosca. Se oyó un crujido nauseabundo. La pobre mosca no tuvo ninguna oportunidad.

Chrissie tragó saliva.

–No querrás enfadarla, ¿verdad, mi niña? –advirtió la mujer con una voz como si fuera una enredadera en busca de algo que envolver. Sus ojos cobraron un brillo intenso al mirar a Chrissie.

La dionea atrapamoscas giró lentamente en su dirección como si estuviera buscándola.

Con un chillido de miedo, Chrissie se apresuró a volver a ocupar su sitio junto a Bella.

Una hermosa sonrisa iluminó la cara de la señorita Musgo. Mantuvo la cabeza erguida y sus ojos parecieron centellear. El tono rosado de sus mejillas se había acentuado y la expresión de preocupación de su frente había desaparecido. La hoja con pinchos de lo alto de su cabeza soltó un discreto eructo de satisfacción.

# CAPÍTULO 37

NEENA ME DIO un codazo con los ojos muy abiertos.

–Con ella van seis personas que tienen la cabeza llena de plantas. ¿Cómo es posible que esté ocurriendo esto? –susurró.

–¡No tengo ni idea! –repuse–. ¡No le eché nada a nadie aparte de mamá! ¡En serio!

Y luego sí que todo se volvió extraño y sobrecogedor.

En el trascurso de diez minutos, otras cabezas empezaron a brotar. Sin apenas tiempo para mirar embobados una cabeza, otra persona se agarraba la suya entre gritos de dolor. Era horrible.

A Aisha Atticus le crecieron unos tallos altos y verdes, de al menos medio metro, que terminaban en unas flores de un vivo color morado. Cada vez que se movía, tropezaban con las luces del techo.

–¡Ooooh, te ha crecido una *Verbena bonariensis!* –exclamó la señorita Musgo, más animada de lo que había estado nunca en clase–. Una preciosa planta perenne.

La cabeza de Robbie se cubrió de flores de color rosa pálido, muy parecidas a las margaritas, que se extendieron por toda su cabeza formando una alfombra alegre y colorida mientras él seguía con la vista fija en su pupitre, como si estuviera a punto de vomitar.

–Margaritas africanas, Robbie; crecen muy bien en suelo calcáreo –dijo la señorita Musgo, encantada.

En la cabeza de Bertie brotaron unas flores amarillas y naranjas.

–Alhelíes –informó nuestra profesora.

La cabeza de Elka se vio poblada de piedrecitas grises y pequeñas margaritas.

–Una rocalla –dijo la mujer con admiración–. Necesita muy poco mantenimiento.

La cabeza de Polly Minkle tenía unos tallos colgantes de color verde mar con unas hojas redondas y diminutas que caían en cascada hasta el cuello.

–Una planta rosario, preciosa y de interior –pronunció la señorita Musgo mientras la tocaba extasiada–. Muy bien, chicos, lo estáis haciendo de maravilla.

Y así seguimos un buen rato.

Quienes aún tenían la cabeza intacta se encogían de miedo ante aquellos que tenían plantas.

Mientras tanto, el sonido revelador e inquietante de gritos de dolor y gemidos procedentes de otras aulas fue en aumento. No solo se brotaban los chicos de nuestra clase: estaba ocurriendo en todo el colegio.

Por todas partes había profesores corriendo presos del pánico y nos llegaban retazos de sus conversaciones en el pasillo.

–Tenemos a todo infantil mirando por la ventana...

–El personal del comedor se queja de picaduras de abejas...

–¡Han pillado a una alumna de tercero de primaria tomando el sol en el tejado!

–... bebiendo el agua sucia de las acuarelas como si fuera un zumo.

–Hay una clase entera de segundo pidiendo que los dejemos salir para tumbarse en el barro...

Y al otro lado de la verja del colegio cada vez se congregaba más gente. Llegaron más periodistas y más cámaras. Furgonetas, motos y coches se amontonaban de cualquier manera encima de las aceras delante del colegio, bloqueaban la calzada y hacían que los demás conductores tocaran el claxon muy enfadados. También habían aparecido hombres y mujeres con batas blancas y estetoscopios que se acercaron resueltos, hablando con los reporteros y pidiendo a gritos al señor Grittysnit que dejara salir a los alumnos para poder tratarlos.

Al poco tiempo el gentío se nutrió de padres que llamaban a gritos a sus hijos y exigían respuestas con los ojos desorbitados.

Sonó el teléfono encima de la mesa de la señorita Musgo. Descolgó, contestó, escuchó un par de segundos la voz que le hablaba a ladridos y volvió a colgar.

–Se han suspendido las clases –anunció.

Nos dirigimos en fila al patio atestado de gente. Cada vez que salía una nueva remesa de niños, los periodistas sonreían, los científicos fruncían el ceño y los padres chillaban. Era como si estuvieran contemplando fuegos artificiales.

Había niños con la cabeza llena de helechos, de hierba alta y dorada, de pequeños arbustos decorativos. Había niños cuyas cabezas aparecían cubiertas de cactus espinosos y niños rodeados de abejas, que zumbaban felices entre los tallos de las flores.

Cualquiera podría apreciar a simple vista que ahora el colegio se dividía en dos tipos de alumnos: unos con la cabeza normal y otros con la cabeza llena de plantas. Mientras que los últimos atravesaban el patio corriendo y conmocionados para reunirse con sus padres, los que conservaban la cabeza normal los evitaban y les dirigían miradas de temor y fascinación como diciendo «¿Seré yo el siguiente?». Amigos íntimos caminaban alejados. Enemigos acérrimos avanzaban codo con codo. Las SEMILLAS MÁGICAS lo habían puesto todo patas arriba y habían dado la vuelta al orden normal de las cosas.

El señor Grittysnit recorrió el patio con paso airado y un manojo de llaves y abrió la verja. Los atribulados alumnos salieron y se mezclaron con la multitud dejando atrás a los periodistas, que intentaban retenerlos para hacerles entrevistas y les ponían los micrófonos delante de la cara.

–¿Nos puedes decir cómo te encuentras?

–¿Te puedes girar un poco para que podamos grabar tu cabeza entera?

–¿Quieres compartir unas palabras con el público?

Por muy rápidos que fueran los padres apartando a los reporteros, aparecían más que a su vez eran alejados por los médicos y los científicos, mirando, empujando y preguntando si podían hacerles algunas pruebas médicas. Unos cuantos niños asustados accedieron como corderitos y montaron en las ambulancias junto a sus igualmente asustados padres, pero la mayoría se negaron y se dirigieron derechos a los coches de sus padres.

Neena y yo nos quedamos en el patio, demasiado estupefactas para poder hacer nada.

–¡Es todo por su culpa! –gritó una mujer que llevaba una chaqueta acolchada, señalando con un dedo acusador al señor Grittysnit y después a la niñita que tenía al lado, cuya cabeza estaba cubierta de repollos verdes con reflejos plateados–. ¿Cómo explica esto?

El señor Grittysnit estaba furioso.

–Eso no tiene nada que ver conmigo. Soy yo quien lleva a estos niños por el buen camino. Son ustedes, los padres, los que han causado esta epidemia, con eso de dejar que se acuesten tarde, y con mimos, y una falta absoluta de disciplina...

–Bueno, yo creo que es un problema de higiene –lo interrumpió otro padre–. Debería comprobar que todo el mundo se lave las manos a fondo cada cinco minutos...

–Yo creo que es cosa de la comida; es evidente que no se alimentan como es debido.

–Siempre supe que la leche que daban en este colegio tenía algo raro.

–Si mi hija contrae esta enfermedad, pienso demandar al niño que haya traído el virus al colegio –gritó un hombre con una chaqueta verde–. Y pienso llevar a juicio a cada uno de los padres por mandarlos a clase y propagar esa porquería.

–¿Qué? –estalló furiosa una mujer a su izquierda.

Él se encogió de hombros.

–Si su George le contagia a mi Gertrude lo que tiene, sea lo que sea, tengo todo el derecho a demandarlo.

–Será mejor que se lo piense dos veces antes de amenazarme. Además, a su Gertrude quizá le convendría un corte de pelo. ¿Cuándo fue la última vez que se peinó?

–¿Cómo se atreve a juzgar su aspecto? Para que se entere, ganó el concurso al Bebé más Hermoso de Todocemento cuando solo tenía nueve meses.

–Ah, ¿sí? ¿No fue ese el año en que los jueces eran ciegos?

Y así siguieron y siguieron y siguieron.

Los chillidos se hicieron más chillones, los dedos acusadores acusaron más y las muecas de desdén se volvieron más desdeñosas. Los bebés y los niños pequeños se pusieron a llorar, se intentó controlar la situación y los únicos que sonreían eran los periodistas, que siguieron comentando entre ellos lo increíble que era aquel caso y preguntando si había algún sitio cerca donde sirvieran café moca decente con leche desnatada.

Mi mente exhausta no hacía más que dar vueltas, volvía al principio, llegaba hasta el final, vuelta al principio, al final... Presentía que debía haber una respuesta para todo lo que estaba pasando delante de mis narices, pero mi mente estaba demasiado agotada para verla. Volví de nuevo al principio. Visualicé el paquete de SEMILLAS MÁGICAS en mis manos. El repiqueteo. Recordé a Neena leyendo las palabras escritas en el reverso del sobre con voz impostada... QUE ESTAS SEMILLAS SE AUTOSIEMBREN.

«¿Qué querrá decir eso? No tengo ni idea.»

Pero de repente me di cuenta de que había alguien que sí lo sabría. Y precisamente acababa de ver sus sarmientos verdes. Agarré a Neena de la mano y corrí hacia ella.

–Hola, chicas –dijo la señorita Musgo–. ¿Todavía no han llegado vuestros padres?

–En realidad tenía una duda sobre..., eeeh..., jardinería –contesté en un tono cada vez más bajo hasta que se convirtió en un susurro–. Y sé que usted es experta en eso.

–Ah, ¿sí? –se sorprendió al tiempo que se le iluminaba el rostro–. Dispara.

–Me preguntaba si podría explicarnos qué quiere decir «autosembrarse». Es que... oímos a unas personas hablar de ello.

La mujer me miró un instante con el ceño fruncido y después su frente se alisó.

–Ah, pues es muy sencillo. Básicamente, que las semillas se siembran y se esparcen solas.

–¿Se esparcen solas? ¿Como... como cuando se esparce algo sobre una tostada? ¿Como la crema de cacao?

Sonrió.

–No exactamente. Algo que se autosiembra es una planta o flor que se siembra a sí misma sin apenas necesidad de la intervención del hombre. Estas especies solo necesitan una ligera ráfaga de viento o algo así y empiezan a esparcirse y a crecer por todas partes, a menudo en huecos y grietas donde jamás habríamos imaginado que pudieran germinar.

La señorita Musgo sonreía, ajena al hecho de que nos estaba dando la peor noticia del mundo. Y continuó.

–Muy listas, esas plantas. Una vez que se autosiembran, comienzan un ciclo perpetuo. Casi como una familia. Generaciones y generaciones que se propagan y nunca se extinguen.

–¿Nunca se extinguen? –musité con voz entrecortada–. Entonces, ¿las plantas que se autosiembran...?

–Siguen brotando siempre.

Me sujeté a Neena en busca de apoyo.

Porque, por fin, había entendido el verdadero alcance de la venganza de Agatha Strangeways sobre Todocemento, y era más aterradora de lo que jamás habría imaginado.

Porque duraría para siempre. Me tambaleé al imaginarme generación tras generación de niños de Todocemento con hierba en lugar de pelo y babosas por la cara.

–Querida Iris, tienes pinta de estar agotada. Tienes que irte a casa, beber una buena cantidad de agua y descansar. Mientras tanto, yo voy a darme una vuelta por los contenedores de basura de la cocina a ver si encuentro un aperitivo para mi dionea.

Y con estas palabras, se alejó.

Neena y yo nos quedamos mirando al gentío variopinto que seguía gritándose en el aparcamiento.

Neena tragó saliva.

–Entonces, ¿Agatha Strangeways creó una semilla que podría autosembrarse en cada una de las cabezas de Todocemento?

Asentí desolada.

–¿Te acuerdas de aquel día que hizo tanto viento? ¿No viste aquellas cositas negras que volaban por los aires? No eran liendres ni polvo. Eran las SEMILLAS

MÁGICAS que se estaban esparciendo. Y ahora es solo cuestión de tiempo que toda la ciudad se vea afectada. Y si se enteran de quién empezó todo...

Miré a la muchedumbre que gritaba y tragué saliva. Si ahora estaban así de enfadados, ¿cómo se pondrían cuando averiguaran quién había hecho aquello a sus queridos niños?

Inspiré hondo para fortalecer la voz.

–Prométeme que no se lo contarás a nadie.

Neena hizo un lento gesto de asentimiento.

–De todos modos, es una pena –comentó–. Es un descubrimiento científico asombroso. Que un paquete de semillas que fue enterrado hace tanto tiempo conserve ese poder...

–¡Prométemelo!

–Prometido. –Hizo una pausa–. ¿No es esa tu madre? Anda, ¿qué tiene en la cabeza? ¿Es un...?

–Sí –respondí con voz inexpresiva–. Lo es.

Vi la cara pálida de mamá bajo su arbolito verde. Recorrió con la vista todo aquel montón de gente buscándome mientras echaba miradas nerviosas a los reporteros, que, como tigres que olfatean el aire en busca de su próxima presa, se habían quedado quietos y muy callados.

–Venga –le dije a Neena–, vámonos.

Le di la mano y avanzamos hacia la multitud; me encogí de forma imperceptible al pasar junto al señor Grittysnit, que continuaba de guardia en la verja, con la esperanza de que no se percatara de mi sentimiento de culpa.

Como una medusa con forma humana, el gentío crecía y vibraba a mi alrededor. Respiré con jadeos cortos y dolorosos. Olía a sudor y a café y a algo metálico que no pude identificar y que me sobrecogió. También fui consciente del extraño instinto protector que había desarrollado hacia lo que tenía en la cabeza, aunque seguía odiándolo, por supuesto. El peso de la muchedumbre pareció aplastarme y me obligó a soltar la mano de Neena.

Con la cabeza inclinada, intenté abrirme camino entre el gentío, pero me pisé el cordón de un zapato y me tambaleé. Vi un bolso grande y me agarré a él para mantener el equilibrio, pero la mujer que lo sujetaba tiró de él como si no soportara la idea de que yo lo tocara.

Caí al suelo. Me vi rodeada por un muro de piernas y pies que se atropellaban. Durante un minuto me asusté de verdad. Quizá la multitud terminaría por aplastarme. «¿Se habrán enterado ya de que todo esto es culpa mía?»

Después alguien tiró de mí para ayudarme a levantarme y un par de brazos helados que olían ligeramente a *pepperoni* me rodearon en un fuerte abrazo.

–Tranquila, cariño, ya te tengo –dijo mamá.

La abracé con la misma fuerza.

–Oh, mamá... –Pero los sollozos ahogaron mis palabras.

–Sí. Perdón, mamá, ¿podría repetir lo que ha dicho, pero un poco más alto para que puedan oírlo los telespectadores desde sus casas? Un momento realmente conmovedor –dijo Traje Azul–. Quédense ahí, preciosas, mientras mi especialista milagrosa las pone un poquitín más atractivas para la cámara. Me gusta la cruda realidad, pero estamos intentando presentar las noticias, no un programa de terror. ¿Kiki? ¡Kiki! Tenemos un caso grave de BPN.

–¿De qué está hablando? –preguntó mamá entre dientes.

–De bolsas y puntos negros –contestó Traje Azul–. Muy frecuente en provincias, no es culpa suya.

CHILI

# CAPÍTULO 38

Después de que mamá le soltara unas cuantas cosas bastante groseras a Traje Azul y amenazara con hacer una cosa, que no voy a contar aquí, con las brochas de maquillaje de Kiki, si no nos dejaba en paz inmediatamente, me metió como un fardo en nuestro coche verde abollado.

Fue un alivio poder hundirme en el asiento de atrás, cerrar la puerta y aislarme de la multitud y de la policía, que no parecía tener mucho éxito en sus intentos por dispersar a la gente. La última persona que vi cuando arrancamos fue a Chrissie, que estaba en el patio justo detrás del director mirando la hora en su reloj de oro.

Me sumí en un extenuado silencio en cuanto apoyé la cabeza en la tapicería.

Las palabras de la señorita Musgo resonaban una y otra vez en mi interior: «Siguen brotando siempre».

En la tranquilidad del coche vi aún con más claridad la terrible genialidad de la venganza de Agatha

Strangeways sobre la ciudad que la había traicionado. Lo único que necesitaba era que las semillas encontraran a una persona lo bastante tonta como para esparcirlas.

Culpable de todos los cargos.

Las SEMILLAS MÁGICAS jamás dejarían de propagarse. Lo que significaba que las cabezas de todos los habitantes de la ciudad terminarían por brotar. Ya había empezado, para los demás era solo cuestión de tiempo. Estábamos condenados.

Incluso de regreso a sus casas, sus cabezas lanzarían semillas por las calles. Mañana brotaría una nueva remesa de cabezas. Era, literalmente, el peor de los efectos dominó. En cuestión de días, toda la población de Todocemento se vería afectada por la epidemia más monstruosa que el mundo había contemplado.

¿Y qué ocurriría después? ¿Y si a Agatha Strangeways se le había ido la magia negra de las manos y su venganza no se ejecutaba solo en su ciudad? ¿Andarían por ahí todos los habitantes del planeta con la cabeza cubierta de repollos y orugas?

Oh, ¿y a quién echaría la culpa el planeta entero?

A mí. Me la echarían a mí. La gente me escupiría por la calle. Sería la Enemiga Pública Número Uno. En cuanto a mamá..., sería la Enemiga Pública Numero Dos, solo porque casualmente había sido la madre de la Enemiga Pública Número Uno.

Mamá me miró por el espejo retrovisor.

–¿Cómo te encuentras, mi vida? –me preguntó pasados unos instantes.

–Bien –suspiré.

–¿Seguro? –insistió con expresión preocupada en sus ojos verde oscuro.

–Sí. ¿Y tú? –pregunté, más que nada por cambiar de tema.

Inspiró hondo y luego dijo:

–Bien. Me han despedido.

*

Enfilamos nuestra calle mientras intentaba hacerme a la idea de aquella nueva desgracia.

–¿Qué? ¿Cómo? ¿Por qué? ¡Creía que eras excelente en tu trabajo! Creía que no eran capaces de arreglárselas sin ti...

Mamá aparcó delante de casa y rebuscó las llaves en el bolso.

–Bueno, eso no es exactamente así, cariño. La verdad es que mi trabajo puede hacerlo cualquiera. Es de las máquinas de lo que mis jefes no podrían prescindir, no de mí. Yo no era más que una limpiadora de tubos con pretensiones. Solo me dedicaba a apretar unos cuantos botones. No era ingeniera aeroespacial.

Salimos del coche y nos dirigimos a la puerta.

Mamá la abrió y tuve la extraña sensación de que estaba evitando mirarme a los ojos.

–La señora Grindstone me dijo que mi árbol me daba un aspecto muy poco profesional e iba contra todas las normas de seguridad e higiene. Dijo que de todos modos hacía algún tiempo que las cosas no iban nada bien. Que no creía que estuviera rindiendo al ciento diez por cien en mi trabajo. Por lo visto, pedir constantemente que utilizaran ingredientes más frescos en una fábrica de pizzas congeladas no es una buena idea...

Entramos en el frío vestíbulo.

–¡Pero a ti te encanta trabajar allí! Quiero decir, que llevas una insignia y ese mono tan molón... –Mi voz se apagó al ver la mirada sombría e inescrutable de mamá.

–Lo superaré –dijo–. Te lo prometo. Bueno, ¿te apetece un zumo y algo de comer? El fin de semana pasado hice bizcochos de chocolate, te gustan, ¿verdad? ¿Por qué no te sientas y vemos la televisión acurrucaditas?

Asentí, algo animada ante la perspectiva de los deliciosos bizcochos de chocolate caseros de mamá, hasta que de pronto me asaltó una idea terrible. «Se acabaron los suministros gratis de pizzas de desecho Rosca Pizza.»

Me dejé caer de cualquier manera en el sofá, salvándome por los pelos de clavarme un muelle suelto, encendí el televisor y me consolé con la idea de que al menos las cosas ya no podrían empeorar.

# CAPÍTULO 39

Apreté con rabia los botones del mando a distancia con la esperanza de encontrar algo agradable y relajante, como dibujos animados o un capítulo del programa de cocina favorito de mamá, *Ahora estás cocinado*.

Por desgracia, parecía que el televisor había tenido una idea distinta. Había informativos serios en todos los canales. Impaciente, fui cambiando de cadena hasta que reconocí una cara en la pantalla.

Era el hombre rubio de los dientes blancos y el traje azul, el hombre de Exclusivas Nacionales. Tras él se veía la verja del Colegio Grittysnit. En la parte inferior de la pantalla había una franja roja que se movía y decía: «Preocupante brote de plantas en las cabezas de una pequeña población, por lo demás una ciudad tranquila y normal».

Mamá dejó el plato de bizcochos encima de la mesa de café y se hundió en el sofá a mi lado. Alcanzó el mando y subió el volumen.

–... alta tensión a las puertas del Colegio Grittysnit de Todocemento, donde parece haber más preguntas que respuestas sobre el origen de este terrible brote. –Los ojos del hombre centellearon, pero no alteró su expresión solemne–. Anteriormente, Todocemento era una ciudad normal y corriente (algunos la describirían como aburrida), tan solo conocida por fabricar las pizzas congeladas más baratas de Gran Bretaña.

Mamá soltó un resoplido.

–Pero desde las diez de esta mañana se ha convertido en la población más famosa del país. Es la primera epidemia de este tipo de la historia. Pero la gente que me rodea no tiene ganas de celebrar esta repentina fama, y con razón. A mi espalda se congregan habitantes furiosos que exigen conocer la verdad, sin embargo, nadie parece saber...

El televisor enmudeció de repente.

Me levanté y le administré una dosis del tradicional «dale un porrazo y reza».

–... aunque aún no está claro el origen del brote, el ministro de Sanidad, Jeremiah Doughnut, ha dado instrucciones a los niños y adultos afectados para que se mantengan apartados del colegio y de sus puestos de trabajo y así evitar que la enfermedad siga propagándose.

Incliné la cabeza; sabía que todo era inútil.

El hombre continuó:

–Como ya sabemos, uno de los elementos más extraños de esta curiosa y desconocida enfermedad es que en cada cabeza parece brotar algo distinto, lo cual hace más difícil saber cómo llamar a este brote, aunque parece que uno de los nombres ya ha calado: brote de cráneo.

La cámara se giró levemente para ofrecer una toma de las pancartas, que ahora se movían arriba y abajo entre la multitud, en las cuales se leían las palabras:

«¡Salven nuestra ciudad!».

«Paren el mal; paren el brote de cráneo».

«¡Las cabezas son para el pelo! Mantenga Todocemento normal».

El hombre sonrió con aire de suficiencia.

–Les ofreceremos más conexiones en directo con las últimas noticias a medida que se vayan sucediendo. Sin embargo, una cosa es segura: es una historia que parece destinada a crecer cada vez más. Soy Nathan Bates, y este es el informativo de las dos.

Mamá apretó un botón del mando y el hombre desapareció.

Estaba tan disgustada que ataqué mi tercer bizcocho.

*

Media hora más tarde llamaron a la puerta.

Corrí a abrirla y me quedé parada unos instantes, demasiado sorprendida para decir una palabra. Porque no solo estaba Neena con sus padres. Tras ella estaban Robbie, Elka y Bertie, también con sus padres.

La cabeza del señor Troughton estaba cubierta de pajitas doradas y largas, como una melena rubia. De vez en cuando asomaban tímidamente unos ratoncillos.

–¿Podemos pasar antes de que alguien nos vea? –preguntó el hombre, visiblemente nervioso.

–Hola, cariño –dijo la señora Gupta con una sonrisa más normal desde un rostro coronado de rosas rosas–. Ya sé que tu madre y tú también habéis germinado. Nos pareció buena idea venir a ver cómo estabais.

–Nos hemos encontrado por el camino –terció Elka– y también nos pareció buena idea venir.

Detrás de Elka estaba su madre, con unos tallos altos de color rosa rojizo brotando de la cabeza.

–Ruibarbo –explicó, con aire sombrío.

–En casa estamos volviéndonos todos locos –añadió Robbie dando tirones nerviosos a sus flores rosas.

–Si vamos a sufrir, bien podemos sufrir todos juntos –intervino Bertie sin levantar la vista del suelo.

Oí un cierto trajín a mi espalda y apareció mamá.

–Pasad –los invitó con una amplia sonrisa–. Ahora mismo enciendo el hervidor.

Instantes después, Villa Alegre estaba llena de gente por primera vez desde aquella aciaga fiesta de mi quinto cumpleaños. Se sentaron en el sofá, en los sillones, en la mesa de café, en la repisa de la ventana y, por último, en el suelo.

Cuando se corrió la voz de que en nuestra casa había un grupo de apoyo para afectados de brote de cráneo, llegó más gente: vecinos, niños de mi colegio con sus padres y hermanos. Cuando se apretaron para caber en nuestra pequeña sala, el aire se impregnó de los aromas de sus cabezas: el olor penetrante de la miel, notas de un dulzor ahumado, fragancia almizclada a heno y rosas.

Cuando todo el mundo se acomodó, se hizo el silencio en el salón. Nos miramos nerviosos unos a otros sin saber muy bien qué decir.

Por fin, el padre de Robbie se apartó la melena rubia de la cara y dijo de repente:

–Esto es un desastre.

–Una catástrofe –corroboró la madre de Neena.

–Una maldición –dijo la madre de Elka.

–Una pesadilla –añadió otra persona.

Y luego empezaron a gritar todos a la vez:

–¡Está en el aire!

–¡Está en la sangre!

–¡Está en el agua!

–¡Es una broma!

–¡Es como si fuera un sueño!

–¡Más bien una pesadilla!

–¡Necesitamos médicos!

–¡Necesitamos ayuda!

–¡Cirugía!

–¡Subvenciones del Gobierno!

–Empecemos por la merienda –dijo mamá con afabilidad–. ¿Qué os apetece tomar?

*

Durante la hora siguiente, hicimos seis teteras con dosis extra de azúcar («Para la conmoción», explicó mamá) y repartimos bizcochos de chocolate, sándwiches de queso y una remesa de galletas de avena que no sé cómo se apañó mamá para tener listas en cinco minutos.

Mientras Neena y yo estábamos en la cocina untando el pan con mantequilla y cortando queso, oí muestras de agradecimiento por el pasillo cuando mamá llevó los platos de comida al salón. Cuando terminamos, la seguimos, ansiosas por comernos nuestra parte.

El ambiente del salón era totalmente distinto: la sensación de pánico se había esfumado y los padres parecían menos preocupados mientras se limpiaban migas de chocolate de los labios y volvían a rellenar sus tazas. Robbie estaba incluso haciendo una imitación magistral del señor Grittysnit, acechando y mirando las cabezas de todos con ojos saltones mientras los padres hacían esfuerzos desesperados por no reírse. Casi parecía una fiesta; lo más parecido a una fiesta que puede ser estar en medio de una epidemia traumática, obviamente. Y en el centro estaba sentada mamá, hablando con todos los que la rodeaban y con las mejillas radiantes por primera vez en muchísimo tiempo.

Después de que todos comieran, se tranquilizaran unos a otros y se prometieran futuro apoyo moral, los padres de mis soñolientos compañeros se los llevaron a sus casas.

La madre de Neena se detuvo en el umbral con una expresión extraña.

–Ya me había olvidado de lo buenos que están tus bizcochos de chocolate –dijo abrazando a mamá para despedirse.

–¿Te acuerdas de nuestros planes cuando las niñas eran pequeñas? –preguntó mamá.

–El café –dijo la señora Gupta; se le iluminó el rostro de una manera que de pronto pareció rejuvenecer varios años–. ¿Por qué no lo hicimos, Trix?

–Bueno, ya sabes. Nos tentaron estos trabajos, ganar un poco de dinero para arrancar, y después... la vida se interpuso.

Me quedé mirando a las dos mujeres y me pregunté por qué volverían a estar suspirando y sonriendo con aquel aire de tristeza.

# CAPÍTULO 40

Después de que mamá y yo termináramos de recoger y nos acostáramos, pasé una noche muy extraña e inquieta, plagada de sueños en los que había niños pequeños con hormigueros en la cara que nos señalaban a Neena y a mí y gritaban: «¡Vosotras habéis hecho esto! ¡Vosotras!», y una mujer hecha de briznas de hierba giraba como un torbellino y revoloteaba a mi lado con la cara resplandeciente al contemplar su venganza.

Por la mañana fui a mirarme al espejo muy esperanzada, aunque ese sentimiento no duró mucho, por supuesto, porque mi jardín seguía allí en todo su esplendor. Sin embargo, la hierba no estaba tan verde como antes. Miré con más detenimiento. No era lo único que parecía estar sufriendo: también mis flores. Posiblemente porque necesitaran agua, o sol, o algo.

Las miré con malicia. «Bueno, pues ya pueden seguir pensando lo que quieran. No pienso cuidarlas. Cuanta menos atención les preste, antes morirán y antes podré volver a tener una vida normal.»

Entré en la cocina y encontré a mamá vestida con su ajada bata amarilla inclinada sobre la pequeña radio de la encimera. Me fijé en que las diminutas hojas del árbol que crecía en su cabeza estaban rizadas por los bordes. Cuando me vio, se llevó un dedo a los labios y señaló la radio.

–... con veinte nuevos casos de brote de cráneo registrados solo esta mañana, parece que esta terrible epidemia no da señales de remitir –dijo una seria voz masculina–. Así que tengan cuidado, residentes en la zona. Los médicos recomiendan que permanezcan en sus casas con las ventanas cerradas y no salgan salvo en casos estrictamente necesarios para impedir que esta enfermedad siga extendiéndose. Asimismo, no intenten arrancarse las plantas; varios padres nos han informado de que causa un intenso dolor y en algunos casos lo único que se consigue es que la vegetación crezca con más fuerza, algo que nadie desea...

Eché una mirada al patio trasero. Allí seguía el espantoso sauce con las raíces ahogadas por el hormigón de Vinnie. Sus ramas me saludaron con la brisa como si estuvieran burlándose de mí una vez más. Me aparté de la ventana sin pensármelo dos veces.

–Bueno, ya que hoy no nos van a dejar salir de casa, voy a pasar la mañana buscando trabajo –dijo mamá mientras cascaba un huevo–. De todos modos, seguro que la cuarentena no durará mucho. ¿A ti qué te apetece hacer?

Me encogí de hombros y miré mi Extraordinario Horario.

–Bueno, hoy es miércoles, lo que significa que normalmente limpio mi cuarto al volver del colegio. Supongo que puedo hacerlo ahora.

Al subir la escalera arrastrando los pies miré el grupo de fotografías enmarcadas y colgadas de la pared.

En una estaba yo cuando tenía unos dos años en el recinto de juegos infantiles de Todocemento. Tenía un teléfono de plástico blanco en la mano y estaba mirándolo como si no supiera qué hacer con él. Mi cara estaba iluminada por unos potentes y molestos focos. A mi espalda, como fondo medio borroso, distinguí las redes que rodeaban la piscina de bolas. Parecía que me hubieran encerrado en una cárcel vallada para niños.

A aquella edad, se me ocurrió de pronto, Agatha Strangeways probablemente jugaría con las flores silvestres y las mariposas en los prados que rodeaban su –nuestra– casa.

Me sorprendí al preguntarme qué habría pensado ella de aquella zona de juegos subterránea y sin ventanas donde pasé buena parte de mi infancia.

Pero ¿a qué otro sitio me iba a llevar mi madre? ¿Al centro comercial? ¿Al bingo? ¿Al solárium? No era culpa suya que no hubiera ningún otro sitio adonde poder llevarme.

No en aquellos tiempos.

Me fui a mi cuarto arrastrando los pies.

Estaba ordenando las blusas del uniforme cuando sonó mi teléfono.

La voz de Neena sonó muy alegre.

–¿Disfrutando del día libre?

–La verdad es que no. –Me llevé por instinto la mano a las sienes como para borrar mis pensamientos cuando de repente me di cuenta de lo que iba a tocar. Volví a bajarla rápidamente, justo a tiempo–. ¿Qué estás haciendo?

–Estoy tomando apuntes de todo lo que ocurre en este experimento para no olvidarme. Puede aportar mucho a...

–¡No puedes hacer eso! Es un secreto, Neena. Quedamos en que no se lo íbamos a contar a nadie. No puedes ponerte a escribir sobre...

–Oh, no te preocupes, no voy a enseñárselo a nadie. Pero soy científica. Y esto es lo que hacen los científicos: registran los resultados de sus experimentos. También veo las noticias, pero solo para que el informe esté lo más actualizado posible, por supuesto. ¿Sabías que hay un grupo de padres que van a manifestarse a las puertas del colegio como protesta?

–¿Para qué?

–Se van a manifestar por el derecho de sus hijos a recibir una educación normal sin importar lo que tengan en la cabeza. Se va a liar una buena. Deberías ver las noticias; al menos es una oportunidad de ver al señor Grittysnit intentando lidiar con una turba de padres enfadados, puede ser bastante divertido.

Sonreí a regañadientes.

–Quizá las vea.

–Y ya sabes, puedes poner fin al sufrimiento de la gente y contar la verdad –añadió Neena con voz amable, pero insistente.

–¡No! Debemos mantenerlo en secreto... Tenemos mucho que perder... –balbucí.

Por teléfono, su voz sonaba muy firme.

–Si cuentas la verdad ahora, al menos todas esas personas obtendrán las respuestas que están exigiendo. Podríamos explicárselo las dos y decirles que no es culpa tuya...

–Ah, ¿sí? ¿Y qué les íbamos a explicar? ¿Que oí la voz de una mujer muerta en mi cabeza pidiéndome que esparciera unas semillas en nuestras cabezas y que le hice caso sin más? ¿Piensas que van a creerse algo? ¿Por qué no me acompañas directamente a la parada del autobús mañana por la mañana y me dices adiós cuando suba al autobús del colegio de Todomugre?, porque si alguien se entera será ahí adonde tenga que ir a clase.

Me costaba hablar sin alterarme, pues la rabia empezaba a bullir dentro de mí.

–Vale, vale –suspiró Neena–. Entendido. ¿Hablamos luego?

–Vale. Adiós.

Colgué.

Distraída y triste, me quedé junto a la ventana de mi cuarto y miré fuera. Unos segundos después, un grupo de mujeres mayores con jerséis de color tierra aparecieron al principio de la calle. Todas llevaban esa especie de gorros de ducha transparente parecidos a los gorros protectores que mamá debía ponerse en la fábrica.

Una de ellas se detuvo y consultó un plano.

–Creo que el colegio está por allí –dijo en voz alta y clara, señalando en dirección a Grittysnit.

Las demás dieron gritos de entusiasmo y empezaron a aplaudir.

–¡Qué emocionante! –exclamó una–. Me muero de ganas de verlos de cerca.

–Yo también –dijo otra mientras sacaba una cámara de la mochila–. Solo por eso vale la pena el viaje de tres horas por autopista, ¿verdad, chicas?

–Pero no os olvidéis: que no se os ocurra tocarlos –advirtió otra, que sacó una botellita de plástico del bolso, se echó en las manos un poco del líquido que contenía y se la pasó a las demás.

–Me pregunto si el bombón de Nathan Bites seguirá en el colegio –intervino otra mientras se colocaba bien el gorro–. Qué buena idea, Patricia. Quiero decir, en Stonehenge ya hemos estado un montón de veces, pero esto... Bueno, ha sido una sugerencia estupenda. Superemocionante.

–Venga, rápido; si nos damos prisa en llegar a la verja del colegio, quizá veamos nuevos casos de brotes –ladró la señora de la chaqueta verde.

Emprendieron el trote calle abajo con los zapatos cómodos que llevaban para tal fin.

Las vi marchar desde mi ventana, perpleja. «¿Quiénes son? ¿Y qué querrán decir con eso de que es mejor que Stonehenge y lo del viaje de tres horas por autopista? ¿Han venido expresamente a visitar Todocemento?»

Caí en la cuenta.

Eran turistas.

Y ellas eran solo las primeras.

# CAPÍTULO 41

Sin saber qué hacer, bajé y encendí el televisor.

Neena tenía razón: había una manifestación de verdad delante de nuestro colegio. El señor Grittysnit había vuelto a ocupar su puesto como portero y miraba muy enfadado a los padres y las pancartas que se arremolinaban a su alrededor.

Una mujer con un poncho de lana con los colores del arcoíris se llevó un altavoz a la boca.

–¡La cuarentena es un sacrilegio, dejen a los niños volver al colegio!

–¡LA CUARENTENA ES UN SACRILEGIO, DEJEN A LOS NIÑOS VOLVER AL COLEGIO! –corearon los padres.

–¡Da igual que tengan follaje, dejen a los niños volver a clase! –gritó la mujer con voz ronca.

–¡DA IGUAL QUE TENGAN FOLLAJE, DEJEN A LOS NIÑOS...!

–¡Escuchen! ¡Escuchen! –vociferó el señor Grittysnit. Cuando el coro se calló, dijo–: Sus hijos están infectados. Hay que guardar cuarentena. Yo no he puesto las reglas. Es una recomendación médica.

–Ya, bueno, a lo mejor esos médicos no cobran por horas, pero yo sí, y cada hora que paso en casa con los gemelos por culpa de esta cuarentena pierdo dinero, y necesitamos comer –dijo un tipo corpulento flanqueado por dos niños que lucían una mata de fresas de color rojo muy vivo en la cabeza. Los hizo avanzar de un suave empujón–. Venga, los dos. Para dentro. Yo os veo la mar de sanos.

Sus hijos se acercaron a la verja, pero el director se plantó ante ellos con los brazos cruzados.

–Están infectados. No se les permite la entrada. Las normas son las normas.

El padre echó a andar hacia el director, a paso lento, pero decidido.

El gentío enmudeció. Varios adultos retrocedieron cuando el musculoso hombre se plantó delante del señor Grittysnit haciéndolo parecer un enano.

Los niños con las matas de fresas miraron a su padre y luego al director sin saber qué hacer y con inquietud en sus pálidos rostros.

El señor Grittysnit tragó saliva, pero se mantuvo firme.

–Ya se lo he dicho. Solo cabezas sin brotar...

De pronto dejó de hablar. Se agarró la cabeza y lanzó un grito agónico.

En nuestro salón, un desagradable primer plano del señor Grittysnit ocupó toda la pantalla del televisor mientras el reportero decía:

–Sigan con nosotros para nuevas imágenes exclusivas y en directo de nuevos casos de brote de cráneo. ¿Será el director el siguiente?

Unos surcos oscuros comenzaron a cubrir la cabeza calva y brillante del señor Grittysnit.

–Tiene corteza de árbol en la cabeza –anunció el reportero sin aliento.

Luego el señor Grittysnit se llevó las manos a la nariz. Hizo ademán de volverse hacia el colegio, pero el hombre que tenía delante le agarró la mano rápidamente y lo obligó a bajarla.

La muchedumbre chilló. La cámara se tambaleó. La pantalla ofreció una imagen borrosa de algo rosado y sinuoso que salía por los grandes orificios nasales del director. Intentó ocultarlos rápidamente, pero ahora la pantalla ofrecía la imagen repetida y ampliada de aquellas cosas pálidas y serpenteantes que habíamos visto asomar por los oscuros orificios.

Eran lombrices. El señor Grittysnit miró furioso al gentío durante un instante y después se escabulló en dirección al colegio.

El padre fornido se volvió hacia la cámara.

–Bueno –dijo sonriendo–, eso es un brote de cráneo donde los haya. Lo que significa que no tiene derecho a excluir a nadie, o al menos eso entiendo yo. Para dentro, chicos. Os veo a la hora de salida.

Dio un empujoncito a los niños y estos entraron en el patio.

La multitud de padres lanzó un rugido de aprobación y la mujer del poncho arcoíris volvió a llevarse el megáfono a la boca.

–¡Lo hemos visto, no tiene derecho a tenerlos desprovistos!

Mientras el gentío coreaba la frase, recogí mis flores medio mustias y mis hierbas que ya amarilleaban en una coleta y metí mis cosas en la mochila.

# CAPÍTULO 42

Al mediodía, todos los alumnos de Grittysnit habíamos vuelto a las aulas y, a juzgar por las apariencias, todo marchaba más o menos con normalidad, con algún que otro grito de dolor que resonaba por el pasillo cada vez que aparecía una nueva víctima de brote de cráneo.

Los pasillos seguían oliendo a repollo. Los trabajadores de Construcciones Valentini seguían enfrascados en la obra del nuevo módulo para exámenes. Seguíamos ocupando nuestras aulas sin problema mientras el sol brillaba sobre el patio vacío de cemento.

Chrissie Valentini seguía insoportablemente engreída con eso de ser la nueva Estudiante del Año. No hacía más que tocarse de manera deliberada su perfecta trenza de raíz pelirroja, como para llamar la atención sobre el hecho de que no había brotado.

–Mis padres me rogaron que me quedara en casa para no contraer el virus –la oí decir a Bella alargando las palabras a mi espalda–, pero me pareció que al menos alguien debía dar ejemplo en el colegio.

–Y qué ejemplo –repuso Bella–. Me siento afortunada.

–Lo eres. Además, tengo un sistema inmunológico increíble y médico privado, así que no corro ningún riesgo. Pero, en serio, no puedes imaginarte cómo me imploraron papá y mamá que me quedara en casa. Dijeron que todas las salidas de compras, comidas de negocios y visitas al *spa* que hacen cuando estoy en clase no compensan la soledad de la mansión cuando yo no estoy. Se quedaron hechos polvo cuando Blenkinsop me trajo al colegio.

–Bueno, los entiendo –dijo Bella.

Así que no, en eso no había grandes cambios.

Pero algo sí había cambiado.

Mi colegio –prácticamente mi segunda casa– de pronto se me hizo extraño. No me sentía bien allí. Me resultaba sofocante. Me resultaba irrespirable. Me resultaba triste. Me resultaba... imposible concentrarme. Me producía picores en la piel. Con todas las ventanas cerradas y un tejado grande y sólido sobre mi cabeza, me sentía asfixiada y encarcelada en clase. No hacía más que volver la cara hacia la luz. Mi corazón ansiaba algo que no podía describir. Y mi coleta de flores medio mustias estaba más marchita cada vez que me miraba al espejo. Mi frente cubierta de musgo estaba tan seca y áspera como un estropajo viejo.

No era la única a la que le costaba concentrarse. Mis compañeros miraban por la ventana sin fuerzas y contemplaban las nubes que pasaban despacio, suspirando, jadeando y resoplando, además sus cabezas se encontraban en unas condiciones igualmente lamentables.

Neena, que había recorrido todo el camino hasta el colegio arrastrando los pies, parecía haber abandonado todo en el trabajo y había empezado a garabatear frenéticamente en su cuaderno amarillo casi en el mismo momento en que nos sentamos.

No fui la única en darse cuenta.

–Eres una abejita laboriosa, ¿verdad? –se mofó Chrissie.

Neena volvió la cabeza como un rayo y le lanzó una mirada asesina.

–¿Y qué, si lo soy? –le espetó.

–¿Y qué estás escribiendo? –preguntó Chrissie–. No parecen conjugaciones de verbos.

Neena tapó su cuaderno con rapidez, pero no antes de que una espantosa idea me asaltara. No habría sido tan imprudentemente tonta como para traer el cuaderno a clase, ¿no? Aquel en el que registraba, con escalofriante exactitud, nuestro experimento con las SEMILLAS MÁGICAS y que podría acarrearnos un montón de problemas si alguien lo averiguara... ¿Lo habría traído?

Mis manos volvieron a crisparse, pero esta vez porque me moría de ganas de darle un bofetón por exponernos a aquel tremendo peligro.

Chrissie levantó la mano y se le iluminó la cara con aire de triunfo.

–Eeeeh..., señorita Musgo, me gustaría informarle...

Pero su voz fue apagándose.

Hipó. Chilló. Se agarró la cabeza.

Bella también chilló y sus orificios nasales se estremecieron.

Mientras la contemplábamos, empezó a asomar la punta de un tallo morado por la lustrosa trenza de raíz de la cabeza de Chrissie. Después creció y se ensanchó más.

Todos nuestros compañeros se habían girado fascinados para mirar e intercambiaron susurros sobre lo que crecería en la cabeza de Chrissie.

Pero tras unos pocos segundos, mientras aquella cosa en forma de cuerno que había brotado seguía creciendo, los susurros de excitación se convirtieron en contenidas exclamaciones de horror. Todo el mundo comenzó a encogerse. Los niños se taparon la nariz. A medida que el hedor se extendía por la clase se oyeron jadeos de espanto y gritos de «¡Huele a caca!».

En el extremo del tallo morado, se balanceaba una flor verde que terminaba en unos pliegues negros con volantes. Del centro de la flor surgió un gran tubo morado que parecía un dedo acusador. Y podríamos afirmar que se trataba del caso más pestilente, hediondo y nauseabundo de brote de cráneo que habíamos visto hasta el momento. A su lado, la seta de Bella parecía tan fragante como un ambientador sofisticado. Me hizo desear respirar el aire de los aseos del colegio, que en comparación resultaría como un soplo de aire fresco.

Y es que la gruesa flor verde que emergía de la cabeza de Chrissie como una mano que surgiera de una tumba tenía un olor tan repugnante que parecía que fuera a desgarrarnos el interior de la nariz.

¡Oh, qué peste! Hizo que Elka se desmayara. Hizo que Bertie corriera a la papelera y vomitara.

–Tengo que salir de aquí –gimió Aisha mientras corría hacia la puerta.

–¡Que alguien abra la ventana! –gritó Robbie, que forcejeaba con los pestillos con los ojos llorosos.

El olor se hizo más penetrante y nauseabundo por momentos.

Chrissie nos miraba perpleja.

–¿Es una rosa? –preguntó titubeante mientras tocaba la atrocidad surgida de su cuero cabelludo con manos temblorosas.

–No *egsactabente* –respondió Bella con la nariz firmemente tapada.

–Es una flor cadáver –dijo la señorita Musgo–. Una de las más raras del mundo.

Chrissie se esponjó engreída.

–Bueno, eso tiene sentido –se jactó.

–Se llama flor cadáver –continuó la señorita Musgo entre arcadas y alejándose varios pasos a medida que el olor se intensificaba–, porque cuando florece huele a carne putrefacta. Y, Chrissie –la mujer puso la típica cara superseria de quien está haciendo un tremendo esfuerzo por contener la risa–, me temo que tiene una esperanza de vida de unos cuarenta años.

Chrissie se volvió hacia Bella y gritó:

–¡Córtamela! ¡Córtamela ahora mismo!

Bella se apartó del pupitre con las manos en alto.

–*Agabo* de *regordar...*, eeeh..., *gue* había *guedado* en hacer algo *imbortante.*

Y echó a correr hacia la puerta con una velocidad sorprendente para sus esqueléticas piernas.

–¿Adónde vas? –preguntó Chrissie con una mirada recelosa en sus ojos verdes.

–A *gualguier odro* sitio –repuso Bella respirando con dificultad–. *Gualguier odro* sitio *be vale.* ¡Adiós!

Salimos todos corriendo del aula y dejamos a Chrissie sentada en el pupitre, insegura y tapándose la nariz. Nos arremolinamos en torno a la puerta, mirando por el cristal como si Chrissie fuese un ejemplar raro de algún zoo.

La señorita Musgo aspiró varias bocanadas de aire.

–Quizá si dejamos todas las ventanas abiertas, pueda asistir a clase.

–Siempre y cuando la dejemos fuera –murmuró Robbie.

No pude contener la risa y Chrissie debió de oírme, porque volvió la cabeza como un rayo y me fulminó con la mirada. Después esbozó una sonrisa terrorífica, se inclinó y alcanzó el cuaderno del pupitre de Neena, que se le debía de haber olvidado en sus esfuerzos desesperados por huir de la pestilencia.

«¡No!».

–¿Qué estará leyendo? –se preguntó Robbie–. Debe de ser algo espantoso. Mirad qué enfadada está.

Mis manos volaron hacia el pomo de la puerta.

–Dejadme entrar –rogué.

Veinte pares de manos me lo impidieron.

–Ni hablar –dijo Robbie–. Si abres esa puerta, moriremos por inhalación de gases.

Impotente, lo único que pude hacer fue quedarme allí y observar a Chrissie hojear el cuaderno de Neena, abriendo más los ojos con cada palabra que leía.

–¿Con cuánto detalle elaboraste esos apuntes? –susurré a Neena.

Orgullosa de sí misma y también algo avergonzada, respondió:

–Es el informe más completo que he hecho en mi vida. No escatimé ningún detalle. Lo siento.

Me lancé de nuevo contra la puerta.

Elka se me adelantó y me miró incrédula.

–¿Acaso tienes tendencias suicidas? –me preguntó.

Desistí.

Muy despacio, Chrissie apartó la vista del cuaderno y se quedó mirándome a través del cristal. Me lanzó una mirada extraña y ligeramente turbada, y me pregunté si habría llegado a la parte en que su familia había envenenado las tierras, engañado y mentido para apoderarse de los terrenos de Todoalegría. Bueno, pensé al observar la sonrisa de suficiencia que esbozó de inmediato, quizá no.

Chrissie apartó la silla del pupitre y se dirigió a la puerta.

Todo el mundo retrocedió y se pegó a la pared.

–¡Taparos las narices! –exclamó Robbie.

Lancé una agónica mirada a Neena.

La puerta se abrió y Chrissie salió con la cabeza bien alta y el cuaderno amarillo de Neena en la mano.

Todo el mundo gimió cuando pasó ante nosotros para dirigirse directamente al despacho del señor Grittysnit.

Mi gemido fue el más lastimero cuando me di cuenta de lo que estaba a punto de hacer.

Tuvimos el tiempo justo para oír las arcadas del director antes de que Chrissie cerrara la puerta del despacho con la cara iluminada por una sucia victoria.

# CAPÍTULO 43

Al menos Chrissie y el señor Grittysnit parecían estar disfrutando de nuestra expulsión, aunque yo no.

–Con efecto inmediato –anunció el director.

Por lo menos eso era lo que había dicho. Mantuvo la nariz tapada todo el tiempo; el hedor de Chrissie se hacía más penetrante por momentos.

Clavé la vista en la moqueta gris, furiosa y avergonzada. Aquella expulsión no se habría producido si Neena no hubiera sido tan boba. La miré de reojo, decepcionada. Sin percatarse, se quedó mirando al señor Grittysnit como si quisiera meterlo en un gran frasco de formol. Mientras tanto, el director me miraba furibundo. Qué triángulo de odio tan perfecto.

–Bueno, pues me alegro –soltó Neena en tono desafiante–. Ya me estaba hartando de venir a un colegio que no hacía más que recordarme lo mal que se me da cumplir las normas y no hacer caso de las cosas que se me dan realmente bien. No soy mala, ni Iris tampoco.

–Qué ternura, dando la cara por tu amiga –repuso el hombre sin alterarse–, cuando estuvo aquí, justo ayer, traicionándote para conseguir un Punto de Obediencia.

Neena dio un respingo y volví a clavar la vista en la moqueta.

Ante el silencio glacial que se interpuso entre nosotras, Chrissie sonrió arrogante.

–Bueno, supongo que esto es una despedida. Que lo paséis bien en Todomugre. ¿Eso significa que he ganado más Puntos de Obediencia, señor?

Disimuladas entre las sarcásticas palabras de Chrissie creí reconocer trazas de otra cosa. Había pasado tanto tiempo deseando ganar el concurso que nunca me había parado a pensar por qué ella tenía tantas ganas de superarlo. Es decir, no era que necesitara ganar un concurso para su familia, con todas esas casas de veraneo de las que tantas veces habíamos oído hablar.

La forma en que preguntó por esos puntos había sonado casi... desesperada. ¿Estaría además intentando ganar la aprobación de alguien? ¿Y por qué había insistido tanto en eso de que sus padres le habían pedido que se quedara en casa?

Sentí una punzada de compasión. Era un poco raro que Chrissie fuera al club de desayunos y se quedara al club de actividades todos los días aunque su madre no trabajara. Como la frecuencia con que hablaba de ir de compras o al cine con su chófer o una de las asistentas. Y recordé que cuando aquella turba de padres se había concentrado a las puertas del colegio, Chrissie se había quedado completamente sola sin dejar de mirar la hora.

Quizá no estaba comprobando la precisión de su maquinaria suiza. Quizá estaba preguntándose cuándo se presentaría alguien a recogerla.

–¿Por qué seguís aún aquí? –bramó el señor Grittysnit interrumpiendo mis pensamientos.

Salimos del despacho e instantes después el cuaderno amarillo de Neena aterrizó junto a nosotras sobre la moqueta gris.

Neena se agachó para recogerlo muy despacio. Dejó escapar un hondo suspiro de alivio después de hojearlo.

–Uf, menos mal –dijo–. No han arrancado ninguna hoja. Eso habría sido horrible.

–Ah, ¿eso habría sido horrible? –le espeté apretando los dientes–. Acaban de expulsarnos, es el peor día de mi vida, tengo tallos de margaritas en vez de cejas, ¿pero al menos tu dichoso cuaderno está bien?

Se enderezó e irguió la cabeza.

–No me hables precisamente tú de prioridades, Iris. ¿Por qué me acusaste ayer? Se supone que eres mi mejor amiga, ¿o es que te has olvidado? ¿Estabas tan desesperada por conseguir la aprobación de Grittysnit que perdiste la cabeza además del pelo?

El torrente de rabia que me recorría el cuerpo amenazaba peligrosamente con salirse de su cauce.

–Al menos a mí sí me importaba hacer las cosas bien. A ti lo único que te importa es esa bobada de la ciencia. ¿No se te pasó por la cabeza que si traías tu estúpido cuaderno a clase descubrirían nuestro secreto? ¿Es que ni siquiera se te ocurrió? –le espeté.

Neena movió la cabeza, nerviosa.

–No lo llames estúpido –dijo en tono de advertencia.

Entorné los ojos.

–Es estúpido. Y has hecho que me expulsen.

Se sonrojó de rabia.

–Tú has hecho que te expulsen. Tú encontraste las SEMILLAS MÁGICAS. Tú fuiste la única lo bastante pirada como para oír voces. ¡Fue idea tuya que nos las echáramos por la cabeza! ¡Así que no te atrevas a echarme la culpa de todo esto!

El sonido de nuestra respiración agitada invadió el pasillo. Se me tensaron los músculos de las mandíbulas, como una cobra desesperada por consumar el ataque final.

–Vale, sí, tienes razón –repuse muy despacio mientras mi boca hacía muecas extrañas provocadas por la furia–. Yo encontré el paquete. Yo oí la voz. Yo esparcí las semillas. De hecho, cuando me paro a pensarlo, tú no hiciste absolutamente nada aparte de pegarte a mí y seguirme a todas partes como una sombra cargante. Apunta eso en tu estúpido cuaderno.

En cuanto aquellas palabras salieron de mi boca, deseé poder tragármelas.

–Lo siento, Neena. De verdad. No quise decir eso.

Entornó sus ojos oscuros y apartó la vista.

–Si crees que lo que me importa es tan estúpido, no quiero robarte ni un segundo más de tu precioso tiempo.

Inspiró hondo y su expresión fue como un portazo ante mis narices.

–Y la próxima vez que vengas porque necesitas algo, no esperes encontrarme. –Me dirigió una sonrisa amarga–. Entonces te darás cuenta de lo que se siente al ser tu amiga.

Me dio la espalda y se dirigió a la puerta de dos hojas.

Cuando logré recuperar el ritmo normal de respiración y correr al asfalto a buscarla, no la vi por ninguna parte.

# CAPÍTULO 44

Y COMO ESTABA claro que aún no había sufrido lo suficiente, todavía me quedaba enfrentarme a mamá al llegar a casa.

Acababa de meter la llave en la cerradura cuando se abrió lentamente.

Tenía el teléfono en la mano.

–Acabo de mantener una conversación muy interesante con el señor Grittysnit –dijo en tono inexpresivo–. Será mejor que pases.

Entré en casa con el corazón latiendo con fuerza y seguí a mamá cuando pasó en silencio a la cocina. La mesa estaba cubierta con la página de ofertas de empleo del periódico local.

Lo apartó a un lado con brusquedad y señaló una silla.

–Siéntate.

Me senté.

–¿Es cierto? –preguntó y clavó los ojos en mí–. ¿Que todo ese... brote de cráneo... es obra tuya? ¿Una broma que maquinaste con Neena? ¿Que tú estabas detrás de todo y fingiste no tener ni idea de lo que ocurría?

Cada vez que me imaginaba a mi madre al enterarse creí que iba a enfadarse y a gritar. Nada me había preparado para aquella tristeza.

–Mamá... –intenté decir, pero me interrumpió alzando una mano temblorosa.

–Iris, ¿te das cuenta de lo que has hecho?

Incliné la cabeza.

–¿Que he convertido a todos en fenómenos vegetales? –sugerí.

–Sí, pero algo peor. Me mentiste. Les mentiste. No diste un paso al frente para contar la verdad. Si lo hubieras hecho, quizá habrías ayudado a los médicos a curar el brote de cráneo. ¿Sabes lo colapsados que están los hospitales? Y nunca me contaste la verdad. He tenido que enterarme por ese ogro. Creí que eras mejor persona.

–Lo siento –balbucí, pero no pareció oírme.

–Y lo peor, Iris, es que has atraído a todo un circo mediático a la ciudad que en este mismo instante estará enfocando a niños pequeños con sus cámaras y haciendo que se avergüencen de sí mismos. Eso es peor que cualquier otra cosa.

La decepción de mamá pareció invadir toda la cocina. Incluso hizo enmudecer al grifo.

–Y en un aspecto más práctico, Iris, tus bromas me han hecho perder mi trabajo. –Miró los días de vacaciones que había rodeado con un círculo y suspiró–. Es curioso no tener muchas oportunidades de encontrar un empleo después de que me haya despedido una de las pocas empresas que dan trabajo en la ciudad.

Dirigí una mirada a sus ojos derrotados e intenté explicarme:

–La verdad, mamá, es que lo hice por nosotras.

Me lanzó una mirada furiosa.

–No me tomes el pelo, Iris, no estoy de humor.

–¡Pero es la verdad! –Comenzaron a rodar lágrimas por mis mejillas, lo que me dificultó todavía más ordenar mis ideas–. Encontré las semillas... Oí una voz... que me dijo que iba a cambiar mi vida..., nuestra vida..., y tú necesitabas tanto esas vacaciones, mamá...

Frunció el ceño.

–¿Qué vacaciones?

Me quedé mirándola. «¿Me está tomando el pelo?»

–¡Las vacaciones en Portugal! El premio al alumno más obediente. Creí que las semillas me ayudarían a ganar, entonces tú estarías contenta y...

Mamá estaba sacudiendo la cabeza.

–Yo no te pedí que ganaras esas vacaciones, cariño. No me importaban las vacaciones, ¡pero a ti sí! Solo te seguí la corriente porque quería verte feliz.

–¿Qué? ¿Me seguiste la corriente? ¡Pero si lo hacía por ti! Para animarte.

–¿Para animarme? –Mamá me miró desde el otro lado de la mesa y emitió un sonido extraño, medio sollozo, medio carcajada–. ¿Creías que era tu deber animarme?

Inspiró hondo y murmuró como para sí misma:

–Vaya, pues parece que lo fastidié del todo, ¿no?

Me quedé mirándola perpleja y esbozó una débil sonrisa.

–Escucha, Iris, ya sé que a veces puedo ponerme bastante melancólica, pero eso jamás debería haber sido tu problema. Si quieres saber la verdad, odiaba tener que trabajar en una fábrica de congelados todo el día, viendo cómo unos tubos enormes expulsaban carne procesada de una máquina. Nunca quise eso para mí. Estaba harta y cansada de no tener coraje para hacer frente a mi jefa, y siempre demasiado agotada para divertirme contigo y... no ser la madre que merecías. Por eso estaba triste.

–¿Nunca te gustó trabajar en Rosca Pizza? ¡Pero si yo creía que te encantaba!

Hizo una mueca.

–Ya lo sé, y eso me facilitó las cosas. Si hubieras sabido la verdad, te habrías preocupado por mí. Y supongo que... –le temblaron los labios– quería protegerte del desastre de vida que he llevado.

Bajó la vista a la mesa y se frotó los ojos con torpeza.

Nos quedamos en silencio durante lo que me pareció una eternidad. El reloj del vestíbulo dejaba oír su tictac.

–Pues parece que ambas nos hemos ocultado secretos –dije por fin.

Me dirigió una mirada de agotamiento; sus ojos verdes brillaban llenos de lágrimas.

–Eso parece.

Me asaltó una idea inquietante.

–Entonces todos esos diplomas de Comportamiento Intachable, todos los informes de Asistencia Plena, todas esas cajas de zapatos llenas de premios... ¿no fueron más que una pérdida de tiempo?

Mamá titubeó y después se encogió de hombros tímidamente.

–Para ser sincera, no me habría importado aunque hubieras traído diplomas al Ombligo Más Lleno de Pelusillas, siempre y cuando hicieras lo que te gustaba y supieras para qué estás en este mundo. Eso era lo que deseaba para ti por encima de todo lo demás, para que no acabes llevando un mono que jamás querrías haberte puesto. Estoy orgullosa de ti desde el día que naciste. No me hacía falta ningún diploma del colegio que me demostrara lo maravillosa que eras.

–Pero me decías que era tu niña buena y te ponías muy contenta cuando traía algún premio a casa...

Mamá suspiró.

–Me ponía muy contenta porque veía que significaba mucho para ti. Me parecía que todo eso era lo que tú querías, y te felicitaba porque era importante para ti.

Jugueteó con sus pendientes de aro y suspiró.

–Es culpa mía. Debería haberte dicho esto hace mucho tiempo y quizá ahora no nos veríamos en este lío. –Levantó la vista hacia mí y de pronto una sonrisa iluminó su rostro–. Pero la buena noticia es que he tenido una idea genial, Iris. Desde que la madre de Neena me recordó ese café que íbamos a...

Sonó un golpe en la puerta, alto y fuerte.

Mamá frunció el ceño.

–¿Esperas a alguien?

Negué con la cabeza.

–Bueno, ¿podrías abrir tú? Sea quien sea, dile que no podemos atenderlo. Tenemos mucho de qué hablar...

Toc, toc, toc.

–Caramba, qué insistencia.

–Ahora vuelvo –dije levantándome de la silla.

Recorrí el pasillo con la cabeza hecha un lío. En casa había melancolía, sí, pero también esperanza. Me había venido bien sincerarme con mamá. Ahora me daba la impresión de tener ante mí un rayito de luz.

Abrí la puerta y en aquel mismo momento me cegó el fogonazo de una cámara.

–Vaya, qué cara más feliz para ser una niña que ha causado tantos problemas –dijo una voz empalagosa.

Cuando volví a ver con nitidez, miré detenidamente al hombre del traje rosa ajustado que tenía ante mí. Algo en sus ojos me resultó familiar.

–¿E... eh? –balbucí.

Se alisó el pelo rubio engominado y mostró los dientes con una sonrisa.

–¿No querrás decir «qué»? –preguntó en tono meloso.

Fruncí el ceño mientras un torbellino de preguntas se agitaba en mi mente. ¿Por qué lo reconocía? ¿Quién era la mujer que estaba tras él en nuestro sendero de gravilla y que llevaba un voluminoso anorak? ¿Por qué tenía una enorme cámara negra y me sonreía con aquella extraña insistencia? ¿Por qué me sentía como una rana a punto de ser diseccionada en clase de biología? ¿Y qué era ese olor tan espantoso? ¿Y...?

–¿Bilis Fallowfield? –preguntó amablemente el hombre al tiempo que sacaba del bolsillo un cuaderno y un lápiz con la punta negra y afilada.

–¿Sí? –dije demasiado sorprendida para corregirlo.

–Soy Nathan Bites, reportero jefe de Exclusivas Nacionales. Me han informado de que puedes saber algo sobre la epidemia de brote de cráneo. ¿Quieres contarnos la historia desde tu punto de vista?

–Perdón, ¿puede repetir? –pregunté para intentar ganar tiempo.

Nathan entornó los ojos.

–Vamos, niña, suéltalo ya. Una fuente totalmente fiable nos ha contado casi todo. El sentimiento de culpa debe de estar hundiéndote. ¿Por qué no me lo cuentas todo?

–¿Quién es usted? –preguntó mamá a mi espalda rodeándome con un brazo–. ¿Y por qué están haciendo fotos a mi hija a la puerta de casa?

Nathan y la mujer de la cámara se mostraron tan entusiasmados como si les hubieran servido su postre favorito.

–Oh, qué dúo más conmovedor –comentó Nathan como si canturreara–. Encantado de volver a verla. ¿Qué se siente, mami, al saber que su hija es el cerebro que ha urdido esta terrible plaga? ¿Al saber que está detrás de ese ridículo árbol que luce usted en lo alto de la cabeza? No quiero responder por usted, pero ¿podemos empezar con «avergonzada»? ¿«Indignada»?

–¿Qué le parece «lárguense de aquí»? –dijo mamá mientras se tocaba su árbol algo cohibida.

–Creo que esa no era ninguna de las opciones, mamá –murmuré.

Nathan hizo un gesto con la cabeza como si mi madre lo hubiera decepcionado. Después se encogió de hombros y me apuntó con el lápiz.

–Bien, pues volvamos con la hija. Cuéntame por qué lo hiciste, Bilis. ¿Guardas rencor a tus compañeros de clase? ¿Necesitabas un poco de atención? ¿Fue por eso? Parece ser que tu padre os abandonó cuando eras pequeña; eso debió de causarte un trauma...

–¡Basta ya! –estalló mamá; las ramas de su arbolito crujieron enfadadas–. ¿Está loco? Deje de inventarse historias. ¡Solo tiene once años! No es el cerebro de nada... Es una niña normal que cometió un error sin pensar. Fue un accidente, en realidad lo hizo porque quería que me sintiera orgullosa de ella...

Los ojos de Nathan se iluminaron.

–¿En serio? Entonces, ¿su hija puso en práctica este horrible plan para complacerla? Vaya, esta historia se pone más interesante por momentos.

–Y con muchas perspectivas diferentes –corroboró vehemente la mujer de la cámara.

–Oh, dejen de decir estupideces –les espetó mamá–. ¿De dónde han sacado esas ideas? Y además, ¿cómo se enteraron de dónde vivimos?

Nathan respondió con voz suave:

–Nunca revelo mis fuentes.

Pero no hacía falta. Estaba en la acera de enfrente, y me saludaba llena de satisfacción.

–Hola, Chrissie –dije en tono inexpresivo.

Los ojos de mamá se humedecieron cuando su olfato detectó la flor cadáver.

–¿Qué es ese olor tan nauseabundo?

Suspiré.

–Es Chrissie, mamá.

–Creí que habría reventado alguna cañería...

Nathan la interrumpió:

–Vamos, Bilis, cuéntanos cómo lo hiciste y te dejaremos en paz. Acláranoslo todo. Es mejor que lo sueltes. Te sentirás mejor cuando todo salga a la luz; siempre le digo lo mismo a todo el mundo porque es cierto.

Su voz era tan grave e insistente como un moscardón que estuviera rondándome la cabeza.

Se me empezó a acumular la sangre en las sienes.

–Venga, Bilis, sabes que quieres hacerlo –insistió–. ¿Qué pasa, te ha comido la lengua el gato? Danos la exclusiva y te convertiré en la niña de once años más famosa del país. Saldrás en todos los periódicos. ¿No te gustaría?

Observé su expresión ansiosa y su ávida mirada. ¿Por qué no podía decir bien mi nombre? ¿Y por qué aquella mujer no nos quitaba ojo, como si fuésemos unas arañas grandes y peludas que hubiera atrapado en un tarro?

Algo estalló dentro de mí.

–¡NO SOY BILIS! –grité.

¡Flash!, hizo la cámara.

–La tengo –dijo la mujer–. Ha salido bien. He logrado captar su lado perverso, seguro que se hace viral.

–¡ES IRIS! –grité de nuevo–. ¡Como la flor!

–Lo que sea –repuso la mujer, que se dio la vuelta para irse.

Nathan, mientras tanto, se dirigió a la furgoneta de Exclusivas Nacionales.

–Madre soltera hostil, niña que pasa tiempo sola en casa y a la que han lavado el cerebro, amenazas injustificadas y hogar descuidado... ¿Acaso es de extrañar que Triste se haya convertido en lo que es? –dijo en voz alta como si estuviera ensayando un discurso al tiempo que nos dirigía una última e insistente mirada y se sentaba en el asiento delantero.

–Venga, vaya a darse un baño en un tanque de gomina –le espetó mamá.

Justo antes de cerrar de un portazo, vi las amplias sonrisas de satisfacción en los rostros de Chrissie, Nathan y la mujer de la cámara. Era evidente que tenían lo que querían... pero ¿qué era exactamente?

# CAPÍTULO 45

POR MUCHAS COSAS que pudieran decirse sobre Nathan Bites –y mamá tenía unas cuantas–, había que reconocer que era un hombre de palabra. Me hizo famosa.

La mañana siguiente llené todos los periódicos nacionales. Desde *Daily City* hasta *The Daily Splash,* aquellas fotos de mamá y mías parpadeando ante la cámara ocupaban todas las portadas del país, así como algunos titulares tan desagradables como «¡No estoy triste! El cerebro de la pavorosa epidemia no muestra arrepentimiento», o «¿Es esta extraña plaga una señal del fin del mundo? ¿Cómo acabará? ¿Se extinguirá algún día?», o «La sórdida vida secreta de la niña de once años más díscola de Gran Bretaña», o «Cómo protegerse de una plaga: utilice la energía de mis cristales personalizados, por el doctor Phoney Maloney». Las fotos de mi cara con el ceño fruncido, la frente reseca y las flores medio mustias no eran las que más me favorecían, debo reconocer.

En el transcurso de la mañana, la televisión, la radio e internet empezaron a repetir la misma basura que Nathan se había inventado. Que había urdido un espantoso experimento con mi mejor amiga Neena en su caseta. Que habíamos creado las SEMILLAS MÁGICAS utilizando una mezcla de productos químicos peligrosos y magia negra. Estaba claro que lo que Chrissie le había contado a Nathan, fuera lo que fuera, no contenía la verdad sobre Agatha Strangeways ni la procedencia de las SEMILLAS MÁGICAS. O estaba demasiado avergonzada después de lo que había leído sobre sus antepasados, o no había sido capaz de descifrar la letra endiablada de Neena, o no había llegado a esa parte del cuaderno. En cualquier caso, sin que esa parte crucial de la historia saliera a la luz, tenía que admitir que mi imagen era bastante malvada.

«¿Debería aclararlo todo? Pero ¿quién demonios va a creerme?»

Mientras tanto, mamá pasó la mañana correteando por la casa, apagando la televisión y la radio y poniendo el móvil en silencio, diciendo que ya no podía soportarlo por más tiempo, pero a los diez minutos volvía a encenderlo todo, argumentando que era mejor enterarse de lo peor. Parecía tan abrumada y sobrecogida que decidí que cualquier otra revelación sería la gota que colmaría el vaso de su resistencia.

La nube de reporteros y turistas se trasladó de su lugar frente a la verja del colegio hasta la puerta de mi casa. Su charla excitada cuando se congregaron en la acera se oía incluso desde la cocina. Mamá tuvo que dejar corridas las cortinas del salón porque la gente no paraba de pegar los teléfonos contra los cristales para intentar hacernos fotos.

Y cada pocos segundos parecía que alguien llamaba a la puerta con la esperanza de que dijéramos algo que hiciera que el país entero nos siguiera odiando. Los reporteros incluso nos hacían preguntas a gritos a través del buzón.

–¿Hay alguna otra cosa que quieran declarar?

–¿Están preparando más SEMILLAS MÁGICAS ahí dentro?

–¿Cuál será el próximo truco?

–¿Podríamos usar su cuarto de baño?

Mamá sofocó un grito y subió el volumen de la radio; nuestra cocina se llenó con la voz de una locutora del informativo que anunciaba:

–Finalmente se ha producido. Toda la ciudad de Todocemento está afectada por brote de cráneo.

Mamá y yo nos miramos incrédulas.

«¿Todo el mundo? Eso era exactamente lo que quería Agatha Strangeways.»

La mujer siguió informando:

–Los médicos apenas han avanzado en sus esfuerzos por encontrar una cura para las miles de personas infectadas, aunque han confirmado que de momento solo los residentes en esa población han sido afectados por la enfermedad. Parece que lo sucedido es obra de una niña de once años, Bilis Fallowfield, producto de una terrible familia desestructurada –mamá jadeó y pestañeó muy deprisa con la boca temblorosa–, y su insensata cómplice, Neena Gupta, con quien creemos que ya no se habla.

Suspiré. «Venga, echa más sal en la herida.»

La voz de la mujer se animó:

–Esta mañana tenemos en directo algunas de las víctimas, sus propios compañeros de clase del Colegio Grittysnit: Robbie, Bella, Bertie y Elka... Hola.

–Hola –saludaron con voz vacilante.

Se me secó la boca al oír las voces apagadas de mis amigos... y de Bella.

–Contadnos cómo os sentís tras esta traición de vuestra amiga.

–Bueno, pues estamos disgustados..., claro que sí –dijo Elka–. Pero no estamos seguros de que lo haya hecho a propósito.

–S... sí –tartamudeó una voz que solo podía ser la de Bertie–. Quizá se trate de un error. Son nuestras amigas...

–Pero os han deformado la cabeza –lo cortó la mujer–. ¿No os sentís furiosos? ¿Maltratados? ¿Traicionados?

–Oh, sí, yo siento todo eso –repuso una voz enfadada. Bella–. Desde luego. Hambrienta, herida, afeitada...

Ya había oído bastante.

–No puedo seguir escuchando todo esto –dije desconsolada–. Me voy a mi cuarto.

Mamá abrió los brazos.

–Ven aquí, cariño –dijo, pero me liberé de su abrazo y corrí escalera arriba.

Desde la ventana de mi habitación conté al menos cincuenta furgonetas apiñadas en nuestra calle. En medio de la acera había un pequeño puesto ambulante y el chico de la sudadera negra con capucha estaba alejándose de él con los brazos llenos de tazas de café para llevar.

Delante de nuestra casa, una mujer con una espesa mata de pelo rosa llevaba una camiseta que decía VISITAS GUIADAS DEL BROTE DE CRÁNEO. Estaba señalando nuestra casa muy excitada mientras un grupo de turistas con sus teléfonos en la mano no se perdía ni una sola de sus palabras.

Y Nathan Bites, ocupando el sitio principal sobre el camino de gravilla de nuestra casa, parecía el centro de todo. La brocha con la que Kiki estaba aplicándole el maquillaje en la cara era nueva y parecía aún más grande que la anterior.

–¿Qué tal estoy? –le preguntó con una sonrisa de suficiencia, y un grupo cercano de señoras mayores prorrumpió en risitas y chillidos.

Miré mi móvil antediluviano. Neena no había contestado a ninguno de los cuarenta y cinco mensajes que le había escrito desde nuestra discusión. Volví a intentarlo.

***¿Estás ahí? ¿Estás bien? Por favor, contesta. I x***

Por muchas cosas horribles que se dijeran de mí por la radio y la televisión, el silencio de Neena era con diferencia lo peor que tendría que escuchar en todo el día.

# CAPÍTULO 46

Me miré al espejo.

Sí. Todo seguía allí. Y estaba peor que nunca.

Pero me sentía desesperada por salir.

La prensa llevaba tres días apostada delante de casa. Lo único que ahora hacía mamá era sentarse en el sofá todo el día viendo las noticias, vestida con el pijama más viejo y más sucio que tenía. El árbol que le había crecido en la cabeza había perdido la mayor parte de las hojas y las pocas que quedaban colgaban tristes y solitarias, como adornos olvidados de un árbol de Navidad. Habíamos agotado las reservas de leche, té, pan y mantequilla y tenía la cabeza embotada y adormecida.

Rompí mi hucha y me metí en el bolsillo mis ahorros de 5 libras y 87 peniques.

–Mamá –dije con voz firme mientras bajaba la escalera–, me voy a la tienda.

Esperaba una discusión, pero me di cuenta de que mamá estaba dormida en el sofá. «¿Es que ni siquiera se ha acostado?» La miré con más atención. Aparte del árbol de la cabeza, que sin duda estaba pachucho, se le notaba la palidez a pesar de la penumbra del salón.

Abrí la puerta de la calle.

La multitud congregada en el exterior se sobresaltó y retrocedió con las manos en la cabeza, como si quisiera protegerse.

–¿Adónde vas, bonita? ¿A seguir amargándole la vida a todo el mundo? Ah, no, que eso ya lo has conseguido –dijo Nathan con una sonrisa de superioridad mientras se echaba media botella de colirio.

No le contesté porque, por desgracia, me habían educado muy bien. Lo cual, según estaba empezando a darme cuenta, no era todo lo bueno que debería. De hecho, estaba resultando ser un problema.

Pasé junto a Nathan con la cabeza inclinada mientras las cámaras y los móviles enloquecían a mi paso.

Fui a la tienda de la esquina y no hice caso de las miradas incisivas de los demás clientes. Después de buscar los productos más imprescindibles, los coloqué encima del mostrador y sonreí a la mujer que se encontraba tras él.

–Aquí no aceptamos tu dinero –dijo con cara de pocos amigos.

–¿Perdone? –me sorprendí. Miré las monedas que había dejado encima del mostrador. No vi nada raro en ellas.

–No voy a atenderte –repuso escupiendo las palabras–. Sé quién eres. Has estropeado mis mechas californianas. Me costaron doscientas libras, nada menos, y ahora lo único que tengo es esta dichosa hiedra trepadora roja en lo alto de la cabeza, y la odio. Así que no, no voy a atenderte.

–¡Pero tengo hambre! ¡Por favor! –supliqué.

Inspiró y levantó la cabeza.

–Me trae sin cuidado. Ahora lárgate o llamaré a la policía.

Regresé a casa intentando con todas mis fuerzas no echarme a llorar en plena calle.

Entonces vi que alguien había pintado las palabras ESCORIA CEREBRO DEL BROTE DE CRÁNEO en nuestra puerta con un color rojo muy vivo.

Di un respingo, me abrí paso entre el gentío, que había aumentado desde que salí de casa, y abrí la puerta intentando no mancharme las manos de pintura roja.

Una vez dentro, suspiré desesperada. La casa olía a moho y a cerrado. Aunque mamá se había despertado, no se había movido del sofá y la expresión de su cara me recordó a la mosca que cayó víctima de la dionea de la señorita Musgo. «Si no se levanta pronto –pensé– probablemente desaparecerá entre los cojines para siempre.»

Mi estómago rugió insistente. De pronto, se me ocurrió una idea brillante. ¡Aún teníamos un montón de pizzas de desecho en el congelador! Metí una en el horno, algo sorprendida de que el olorcillo habitual a queso en la cocina ya no me hiciera la boca agua.

Cuando terminó de hacerse, llevé la pizza al salón. Mamá tenía la vista clavada en la pared y jugueteaba con sus pendientes de aro.

–¿Qué tal la búsqueda de empleo? –pregunté, más que nada por hablar de algo.

–Nadie quiere contratarme, cariño –respondió sin expresión en la voz.

Alcancé a ver el titular del periódico que había en el suelo: «"Estamos destruyendo todas las pizzas elaboradas bajo la supervisión de la señorita Fallowfield", declara su horrorizada jefa. "Es lo menos que podemos hacer"».

Mamá me pilló mirándolo y esbozó una sonrisa forzada.

–Por lo visto, soy la Peor Madre de Todocemento.

–No es verdad –me apresuré a decirle, pero se limitó a encogerse de hombros–. Mamá –añadí vacilante–, han hecho una pintada en la puerta.

–¿Sí? –dijo sin entusiasmo–, qué amables.

–Dice que somos escoria.

–Vaya por Dios.

–¿Podemos limpiarla? Yo lo haré.

–Nos hemos quedado sin líquido lavavajillas.

–Lo siento, mamá –dije contemplando su tez pálida, sus margaritas mustias y sus hojas marchitas.

–Lo sé, cariño –suspiró–. Lo sé.

Di un mordisco a la pizza de desecho y escupí un bocado de queso procesado. Algo debía de funcionar mal en la fábrica últimamente; estaba asqueroso.

# CAPÍTULO 47

Después de estar sentada un rato en el salón escuchando cómo la aglomeración de periodistas hablaba cada vez más alto, decidí subir a mi cuarto y enviar otro mensaje a Neena.

***¿Podemos hablar? I xx***

Oí un sonido poco habitual, como un chisporroteo que procedía de la acera. Me asomé entre las cortinas. Había un puesto de salchichas justo delante de nuestra casa. Un hombre vestido con una camisa hawaiana estaba sirviendo perritos calientes a todo el mundo. El olor acrecentó las protestas de mi estómago. Parpadeé para contener las lágrimas y me aparté de la ventana.

Pero se produjo una agitación entre la concurrencia, que se agolpó en uno de los extremos de la calle. Volví a mirar, pero no fui capaz de distinguir nada más allá del resplandor de los *flashes*. Probablemente sería otro vendedor de comida, pensé con tristeza, alejándome de la ventana. Si estaban tan entusiasmados, seguro que traerían rosquillas.

¡Guau, guau! Un ladrido furioso rasgó el aire.

El gentío retrocedió un poco y pude ver a Sid, que lucía una mata de flores amarillas en la cabeza, y a Florence a su lado. Ambos recorrían la calle despacio. Al verlos, me invadió una mezcla de furia y felicidad. ¿Qué estaban haciendo aquí?

Sid parecía ir mirando el número de cada casa. Cuando llegó a la de Gertrude Quinkle, la vecina de al lado, abrí la ventana de par en par, incapaz de quedarme quieta por más tiempo.

Sin pensar en los sobresaltos ni en los fogonazos de las cámaras de reporteros y turistas, lo llamé a gritos:

–¡Sid! ¡Estoy aquí!

Levantó la vista, pero cuando se cruzaron nuestras miradas titubeé y me quedé inmóvil. Había confiado en él, pero me había animado a sembrar las SEMILLAS MÁGICAS, que habían arruinado mi vida. Por otra parte, en cierto modo me alegraba de verlo.

Pareció percibir mi inseguridad y me dirigió una sonrisa tímida.

–He traído comida –dijo.

–Ahora mismo bajo.

*

Cuando abrí, Sid echó un vistazo a las flores marchitas y medio secas de mi cabeza y a la pintada en la puerta y suspiró.

–Dios mío –murmuró–. Es peor de lo que imaginaba.

Me mordí los labios y asentí, sin saber si debía invitarlo a entrar o no.

Se quedó callado y con una expresión pensativa en los ojos moteados.

–Escucha, no quiero quedarme más tiempo del debido. Solo quería traeros un poco de comida y comprobar que estáis bien. Ahí hay patatas, judías verdes y remolachas de mi huerto, además de pan, queso, leche, té y galletas de chocolate, por si acaso.

Dejó a mis pies una bolsa de lona llena a reventar.

–Gracias –musité conmovida.

–Además, encontré esto el otro día. Y aunque sé que en estos momentos no es tu persona favorita, me pareció que debías tenerlo tú.

Me entregó un pequeño sobre que guardé en el bolsillo de los vaqueros.

Florence me lamió la mano.

Sid me dirigió una mirada serena.

–¿Sabes?, la primera vez que viniste a Strangeways me pareciste una de las personas más valientes que había visto en mi vida. Me hiciste frente cuando empecé a despotricar y vociferar.

–Solo porque quería ganar un concurso –refunfuñé.

–El caso es que te mantuviste firme. Mucha gente no es capaz de hacerlo, pero tú, sí. Incluso en lo más crudo del invierno, cuando un jardín parece prácticamente muerto, en realidad está preparándose para la primavera. A veces, cuando crees que todo se ha acabado, la vida que bulle bajo la superficie se asoma y sorprende a todo el mundo. Quizá hay una vida nueva bullendo para ti.

Miré al gentío. Había cinco turistas encaramados en los hombros de otros tantos, intentando ver algo del interior de nuestra casa. Desde la acera, un reportero blandía un micrófono peludo cerca de nuestras cabezas tratando de captar algo de nuestra conversación.

–Ya –dije sin mucho ánimo.

«Una nueva vida como atracción para los turistas y paria de la sociedad, encerrada en Villa Desgraciada durante el resto de mi vida. Sensacional. Justo lo que me prescribió el médico.»

–Gracias por la comida –dije con algo más de entusiasmo–. Ya teníamos ganas de comer algo.

El hombre apartó el micrófono de un manotazo e inspiró hondo.

–He estado pensando en ti y en las SEMILLAS MÁGICAS.

Mi expresión se endureció.

–Ah, ¿sí?

–Debió de haber por lo menos tres o cuatro familias viviendo en esta casa antes que vosotras. ¿No te has preguntado por qué ellas no oyeron la voz de Agatha? ¿Por qué no encontraron las SEMILLAS MÁGICAS, pero tú sí?

Me encogí de hombros.

–¿Porque no se las podía engañar fácilmente y a mí sí?

Sid me miró sin pestañear.

–Hay que ser muy especial para oír una voz del pasado –dijo–. Hace falta tener un corazón generoso. Hay que ser muy especial para ver la vida en las cosas más pequeñas que pasamos por alto con facilidad y liberarla para que haga su trabajo.

–Era una maldición –repuse algo brusca.

El hombre se tocó las flores amarillas que crecían en su cabeza.

–Eso depende de tu punto de vista –dijo con voz pausada.

Me quedé mirándolo y de pronto toda la agitación que tenía en mi mente se apaciguó un poco.

–Nos veremos pronto –dijo con expresión afable en sus ojos moteados de avellana cuando se giraba para marcharse–. Ah, y gracias por estas flores –añadió señalándolas–. Girasoles. Mis favoritas.

# CAPÍTULO 48

Después de cerrar la puerta, preparar dos tazas de té y dos tostadas de queso y comprobar que mamá se había comido la suya, me senté a la mesa de la cocina y abrí el sobre que me había traído Sid.

De su interior cayó una fotografía en blanco y negro. Mostraba a una mujer joven vestida con un guardapolvo claro en un jardín bañado por el sol. Una de sus manos descansaba delicadamente sobre una pala. Con la otra sujetaba un pequeño arbolito no más grande que un palo de escoba. La mujer tenía la piel clara y los ojos alegres. La foto parecía irradiar la felicidad que mostraba.

Le di la vuelta. En el reverso ponía: «Agatha con el retoño de sauce. Villa Alhelí, 1840».

La miré fijamente mientras mis pensamientos se sucedían a un ritmo vertiginoso. ¿Esa era la abuela Regadera Aggie? ¿La causante de la destrucción y la venganza –la mujer que había lanzado una maldición sobre una ciudad entera– era una mujer sonriente que plantaba un árbol con el cabello al viento?

Vacilante, volví a dar la vuelta a la foto. La mujer con la expresión dulce me miró a los ojos y aquello que había endurecido mi corazón desapareció como por arte de magia.

Observé el retoño que tenía en la mano y eché una ojeada al sauce enfermo que agitaba las ramas desesperado, como de costumbre. Era suyo. De algún modo, el arbolito enclenque que Aggie había plantado un día de sol radiante se había vuelto feo y enfermizo. Quizá porque, cuando ella faltó, nadie lo había querido ni le había prestado atención durante el resto de su solitaria vida. En otro tiempo había crecido en un prado lleno de flores silvestres, con una mujer que lo amaba y deseaba su compañía. Ahora era prácticamente un prisionero en un patio destartalado, con unas dueñas que ponían caras raras cada vez que lo miraban.

Quizá no había agitado las ramas para engañarme. Quizá había sido por otra razón. Quizá lo que deseaba era otra cosa.

Cariño.

Dejé la fotografía encima de la mesa, miré a mi alrededor y me puse a pensar. Las emociones incontrolables de los últimos días parecieron apaciguarse y me resultó más fácil de lo normal viajar a través de mis propios pensamientos.

Pensé en la prisión sin ventanas para niños por la que pasaban todos los pequeños de Todocemento, año tras año, como pizzas en una cinta transportadora, hasta que eran arrojados por el otro extremo para entrar en un colegio que los mantenía encerrados a cubierto todo el día.

Pensé en la protesta de Neena contra el señor Grittysnit y en el miedo que me daba ayudarla porque quería impresionar a un director que ni siquiera se molestaba en aprender mi nombre. Y todos se habían reído de ella, aunque lo único que hacía era intentar ayudarlos.

Observé la foto de la mujer de los ojos alegres. Había visto desaparecer a su río favorito cuando fue drenado a causa de las fábricas que se instalaron después. También se habían reído de ella, aunque lo único que hizo fue intentar ayudarlos.

Yo en su lugar probablemente también estaría furiosa.

El reloj del vestíbulo dejaba oír su tictac con intensidad e impaciencia.

Me puse en pie. Respiraba con jadeos cortos y bruscos.

Busqué mi cazadora vaquera y me puse las zapatillas. Eché una mirada rápida a mamá, que seguía en el sofá con la vista fija en la pared.

–Mamá, voy a salir. Intentaré estar de vuelta a mediodía para hacer una comida como es debido, ¿vale?

–Vale –respondió sin inmutarse–. Hasta luego.

Me abrí camino entre los turistas, los móviles y los puestos de salchichas y corrí, corrí y corrí.

# CAPÍTULO 49

—¿QUÉ QUIERES? —preguntó Neena.

Observé la cara de mi mejor amiga e inspiré hondo. Estaba horrible. Tenía la piel pálida; los ojos ribeteados de rojo; el huerto de su cabeza hecho un desastre. Los tomates estaban pasados y abiertos y las patatitas que tenía encima de las orejas parecían estar cubiertas de moho.

Ni siquiera llevaba su bata de laboratorio, como era habitual en ella, sino una camiseta rosa fuerte con las palabras FUTURA PRINCESA estampadas con brillantina. Si no hubiera sido por sus serios ojos oscuros y la costra reveladora que tenía encima de la ceja, casi habría dicho que me había topado con un extraño clon suyo.

Miré el pasillo vacío.

—¿Están tus padres?

—Están trabajando —respondió en voz baja—. ¿Qué quieres?

–Quiero pedirte perdón. Aún no lo he hecho como es debido..., esos mensajes no valen. Ahora me doy cuenta.

Neena me miró fijamente sin que sus inexpresivos ojos oscuros dejaran traslucir sus emociones.

Volví a intentarlo.

–Me siento fatal por lo que te dije el otro día. No debería haberte llamado mi sombra.

Se encogió de hombros y bajó la vista.

–Como quieras.

–Neena, tenías razón. Últimamente no me he portado como una buena amiga. Ha sido todo culpa mía. Estaba tan obsesionada con portarme bien que dejé de lado todo lo demás.

Parpadeó y, aunque esta vez sus ojos oscuros parecieron iluminarse y mostrar cierta reacción, siguió con una mano apoyada en la puerta como si fuera a cerrármela en las narices en cualquier momento.

La miré a los ojos, tomé aire y dije:

–El señor Grittysnit estaba tratando de lavarnos el cerebro. Solo quería que compitiéramos unos contra otros para ver quién era capaz de seguir sus absurdas reglas a rajatabla. Nunca le importó qué necesitábamos. E hiciste bien en intentar salvar el campo de juegos. Ojalá hubiera firmado tu petición. Agatha Strangeways estaría orgullosa de ti. Pero no tan... –me tembló la voz, pero seguí hablando–, no tan orgullosa como lo estoy yo. Como lo estoy yo de poder llamarte mi mejor amiga... si es que me dejas seguir siéndolo.

Cerré los ojos un segundo y tragué saliva. Cuando los abrí, los labios de Neena esbozaban una tímida sonrisa. Parecía algo más feliz, pero continué notando que algo iba mal.

–Vale –dijo–. Sí, me gustaría.

Por mis venas fluyó una sensación de alivio más dulce que la miel. Puse el pie en el umbral, solo para asegurarme de que no iba a cambiar de opinión.

–¡Genial! ¿Qué te apetece hacer? ¿Vamos a tu laboratorio? ¿Me prestas una bata? ¿Aún tienes una de sobra?

Su frente mostró un gesto de dolor y sus labios se combaron hacia abajo como si le hubieran quitado las pilas.

–Ya no.

*

–Dios mío –murmuré.

–Lo sé –suspiró.

El cobertizo desordenado, polvoriento y lleno de telarañas de Neena había cambiado por completo. Habían pulido la mesa. Habían restregado el suelo. Habían vaciado la papelera. Y habían tirado todo el material científico que Neena había acumulado a lo largo de los años.

En vez de tubos de ensayo, había rollos de papel de seda de distintos colores. En vez de un cartel con la tabla periódica, había cuadros de unicornios. Sus revistas y publicaciones científicas de todo el mundo habían sido sustituidas por cajas de lazos y lentejuelas. La peligrosa montaña de matraces con costra había desaparecido y un organizador de plástico había ocupado su lugar.

–¿Qué hay ahí dentro? –pregunté con voz entrecortada.

–Pegamento con purpurina y rotuladores permanentes. Para cuando me sienta creativa.

–¿Dónde está tu póster enmarcado de Helen Sharman? –pregunté desconcertada. Helen Sharman era química, astronauta y la primera ciudadana británica que viajó al espacio. Neena la idolatraba; aquel póster llevaba colgado en el laboratorio desde que yo empecé a ir por allí.

En silencio, señaló el cuadro que colgaba sobre la mesa vacía. En el lugar que en otro tiempo había ocupado Helen Sharman ahora había un cuadro de un gatito junto a unas magdalenas y las palabras MANTÉN LA CALMA Y TÓMATE UN TÉ.

–Ostras.

–Lo sé. También me han comprado ropa nueva. –Neena tiró desolada de su camiseta de FUTURA PRINCESA como si le fuera a provocar urticaria–. Y mi padre quiere empapelar la caseta mañana mismo. Ha elegido un papel de elefantes con tutús de brillitos.

–P... p... pero ¿por qué? –balbucí.

Me miró abatida.

–Bueno, cuando los periódicos publicaron nuestra historia y se enteraron de que era en parte responsable del brote de cráneo, mis padres montaron en cólera. Dijeron que ya estaba bien. Dijeron que eso de querer ser científica se me había subido a la cabeza y que ya era hora de que se me bajaran los humos y me comportara como una niña normal. Dijeron que era demasiado peligroso para mí misma y para los demás. Y después, cuando el señor Grittysnit los llamó por teléfono y les contó que estaba recogiendo firmas para protestar contra el módulo para exámenes, se volvieron locos.

Incliné la cabeza avergonzada. Me dirigió una mirada que quería ser amable pero de enfado al mismo tiempo, algo que creí que solo mamá sabía hacer.

–Dijeron que yo no era quién para desafiar a la autoridad. Así que llevaron todas mis cosas al contenedor de basura y... –le falló la voz, pero mantuvo la cabeza erguida– esto es lo que hay. Me han tenido estos tres días bordando y haciendo un *collage,* y lo próximo será decorar un par de zapatillas con purpurina. Es todo para que mantenga las manos ocupadas. Creen que si ponen a mi alcance muchas cosas que brillan, al final terminaré por olvidarme de la ciencia.

Tenía el rostro macilento. No era de extrañar que sus hortalizas estuvieran podridas. Estaba totalmente hecha polvo.

Me empezó a dar vueltas la cabeza.

–Oh, Neena, lo siento muchísimo. Es todo por mi culpa. Si no hubiera encontrado esas semillas... Si no te hubiera arrastrado a Strangeways...

–¡No! –me interrumpió con un destello de su energía habitual–. No digas eso. No me arrepiento lo más mínimo. Es horrible haber perdido mi material científico y mi laboratorio, pero ver crecer y propagarse las SEMILLAS MÁGICAS fue el experimento más emocionante de mi vida. Fue increíble ver cómo ocurrió. Todo, incluso esto –añadió señalando su camiseta–, ha valido la pena. Estoy orgullosa de haber participado en la venganza de Agatha Strangeways.

Nos miramos a los ojos durante un rato y después di un paso al frente y la estreché con el abrazo más fuerte y más largo que había dado en mi vida.

Nos quedamos un minuto en silencio, en aquella extraña caseta llena de manualidades inservibles y entonces se me ocurrió una idea. Me separé de ella.

–¿Todavía tienes el cuaderno? Ese en el que describiste nuestro experimento.

–Sí, lo escondí debajo del colchón en cuanto nos expulsaron. ¿Por qué?

–Ya va siendo hora de que lo lea, ¿no te parece?

# CAPÍTULO 50

POCO DESPUÉS, APARTÉ la vista del cuaderno y me quedé mirando a Neena boquiabierta.

–No entiendo nada de lo que pone aquí. ¿Te importa traducírmelo a lenguaje normal?

Sonrió.

–De acuerdo. A ver, yo estaba convencida de que la respuesta al poder de las SEMILLAS MÁGICAS estaba en el suelo. Cuando Sid nos habló de Todoalegría, dijo que la gente creía que la tierra era mágica. Tuve la corazonada de que debía haber algo distinto en el suelo..., pero ¿qué? Supe que tenía que demostrarlo de alguna manera. Así que el día que nos brotaron todas las plantas, cuando tú saliste corriendo y yo me quedé con Sid, empecé a investigar. Tenía una teoría, ¿sabes?

–¿En serio? ¿Cuál?

–Bueno, si el centro de jardinería lleva ahí desde los tiempos de la abuela Aggie y si todos sus descendientes lo mantuvieron a salvo de las garras de los Valentini, el tipo de suelo tenía que ser el mismo que cuando vivía Aggie.

–Eres una genia –afirmé.

Inclinó la cabeza con modestia.

–Extraje un poco de tierra de una zona húmeda en el patio. Después fui en autobús a Todomugre y también recogí un poco de tierra.

–¿Por qué?

–Necesitaba una muestra de control. Algo con que comparar.

Volví a mirar el cuaderno que había estado ojeando. Leí la frase que tenía delante de mí: «Pasé noche tras noche examinándolo cuidadosamente en el microscopio y después de solo veinticinco horas de comprobaciones descubrí algo extremadamente interesante sobre la tierra de Todoalegría».

Levanté la vista.

Neena hizo un gesto afirmativo, emocionada.

Continué leyendo: «Aunque la muestra de tierra contenía los niveles medios de nitrógeno, humus, potasio y fósforo comparado con la tierra de control, tenía un ingrediente extra. Algo que nunca se había encontrado en ningún otro tipo de tierra».

Volví a mirar a Neena, que seguía observándome inmóvil.

–Continúa –me apremió.

Seguí ojeando las páginas del cuaderno y saltándome las cosas que no entendía del todo. «Variable independiente... HIPÓTESIS... muestra de sangre tomada voluntariamente al último descendiente vivo...». Había una foto de Sid, sonriendo afable a la cámara. «Mapa de referencia... resultados...»

En la última página había una escueta palabra: CONCLUSIÓN. Debajo, con su letra endiablada, Neena había escrito: «La muestra de tierra recogida del suelo de Todoalegría contenía trazas de oxitocina».

La miré con cara de extrañeza.

–¿Y eso qué es?

Neena suspiró.

–Oxitocina –explicó– es una sustancia que los seres humanos tenemos en nuestro cuerpo. Los padres la notan cuando cuidan a sus bebés. Los amigos la notan cuando se abrazan. Es bastante potente. También se la conoce como hormona del amor.

Me di cuenta de que estaba llegando a una conclusión importantísima, pero mi pobre cerebro la seguía a duras penas e imploraba que lo dejaran hacer una pausa para descansar y tomarse unas rodajas de naranja.

–¿Y entonces? –pregunté.

–Hay amor en esa tierra. Amor auténtico, identificable y cuantificable. De alguna manera, los Strangeways lograron traspasar esa oxitocina a la tierra que los rodeaba, lo cual hizo que todo creciera más deprisa, más fuerte y mejor que en cualquier otro sitio.

–¿Pero cómo la osi... oci...?

–¿Oxitocina?

–Eso. ¿Cómo exactamente llegó a la tierra?

–A través de los propios Strangeways. Se la traspasaron a la tierra a través de la piel. Asombroso, ¿verdad? Cada vez que recogían alguna hortaliza, plantaban flores o jugaban en los prados, el amor que sentían por la tierra que los rodeaba de alguna manera pasó de su piel al suelo.

Me quedé mirándola, con la impresión de que estaba revelándome algo tan importante que no era capaz de entenderlo al cien por cien.

Hizo un leve gesto de asentimiento como si hubiera adivinado mi estupefacción.

–Incluso pedí a Sid que tocara un poco de tierra de Todomugre, solo para probar mi teoría. Y ahora viene lo más alucinante, Iris. Cuando volví a examinar la tierra de Todomugre después de que la tocara, encontré en ella un diminuto resto de oxitocina. ¡Había cambiado la composición química de la mismísima tierra solo con tocarla! ¡Sus emociones entraron en ella!

Sentí mi corazón golpear el pecho con fuerza. Todo estaba en silencio.

–Así que –continuó Neena despacio, como si se hubiera dado cuenta de que necesitaba unos instantes para tranquilizarme–. Sid me contó que, según la leyenda Strangeways, Agatha enterró las SEMILLAS MÁGICAS en 1904, cuando tenía noventa años. Lo que significa que estuvieron enterradas en Todoalegría, en tu patio, ciento quince años. La sensación de traición que Agatha seguramente traspasó a sus semillas debió de hacerse cada vez más fuerte con cada año transcurrido. Y cuando trajiste las semillas y la pala de Agatha a la vez a este cobertizo, de alguna manera se desató su poder.

Neena miró al gatito de la pared y dijo con voz triste:

–Y creo que eso ha sido todo.

Miré a Neena fascinada.

–Neena, tu investigación..., este experimento... ¿Estás diciendo que lo que sintamos por la tierra que nos rodea lo traspasaremos físicamente a esa tierra?

–Nosotros, no. Aún no. De momento, solo los Strangeways. Hice la prueba conmigo misma y cuando toqué distintas muestras no presentaron alteraciones. Ni rastro de oxitocina.

–Oh –exclamé desilusionada.

Sonrió.

–Pero eso no quiere decir que no pueda ocurrir de nuevo. Si varias generaciones de Strangeways ya lo han hecho, pienso que puede volver a hacerse. Solo creo que vamos a tener que practicar todos mucho, muchísimo.

Nos miramos.

En el exterior, una paloma zureó suavemente.

De pronto me acordé de mamá. No me hacía gracia dejarla sola durante mucho tiempo con los periodistas acosándola a la puerta de casa.

–Vámonos –dije dándole la mano a Neena.

–¿Adónde?

–A casa. Puedes contarme más cosas de este experimento, pero tengo que ir a ver cómo está mi madre.

Neena se pasó una mano por los tomates podridos que se mecían sobre su cabeza y luego se miró la camiseta.

–Dame un minuto para cambiarme. No pienso salir de casa con esta pinta.

# CAPÍTULO 51

DE CAMINO A casa, advertí a Neena sobre la cantidad de gente que había delante de Villa Alegría.

–Tú inclina la cabeza y pasa entre ellos lo más deprisa que puedas.

Pero cuando llegamos al comienzo de mi calle no había nadie entre quien pasar. Todos se habían ido. Los puestos de salchichas, la guía de las visitas del brote de cráneo, el club de fans de Nathan Bites... Todos habían desaparecido. Solo quedaban marcas de ruedas y un montón de tazas de café vacías. Debería sentirme aliviada, pero, por el contrario, el escalofrío de un mal presentimiento me recorrió la espalda.

Justo cuando iba a meter la llave en la cerradura, vi al chico de la sudadera negra, que forcejeaba con la cadena de una bicicleta atada a una farola.

–¿Dónde están todos? –pregunté a gritos.

Volvió la cabeza con rapidez y levantó una ceja al verme.

–Vaya, ¿ahora ya sabes hablar?

–¿Adónde se han ido? –volví a preguntarle. De pronto me pareció importantísimo saberlo.

Se encogió de hombros y montó en la bicicleta.

–Al Colegio Grittysnit –respondió cuando arrancaba.

–¿Por qué? –pregunté desconcertada.

–Por lo visto, alguien ha encontrado una cura para el brote de cráneo –respondió a gritos a la vez que se alejaba–. Los está esperando allí, según dicen. Todo el mundo se ha ido para cubrir la noticia.

Entonces se marchó.

Neena y yo nos miramos.

–¿Una cura? –preguntó con tono de desilusión.

–Espérame aquí; voy a buscar a mamá –dije.

Abrí la puerta, corrí al salón y sacudí a mamá para que se despertase.

–Déjame –dijo con voz pastosa. Su árbol colgaba lánguido de su cabeza.

Volví a sacudirla.

–Despierta, mamá –insistí–. ¡Han encontrado una cura!

Mis palabras tuvieron el efecto que esperaba. Saltó del sofá con los ojos brillantes.

–¿Han encontrado una cura? –jadeó–. ¿Una cura de verdad? ¡Qué maravilla! Podremos volver a hacer vida normal. ¡Y recuperaré mi pelo! Quizá pueda convencer a la señora Grindstone para que vuelva a contratarme... Creo que podré soportar trabajar en Rosca

Pizza unos cuantos años más. Es lo que nos paga las facturas, y tampoco hay nada malo en...

Mamá voló a su cuarto para cambiarse de ropa.

*

Cinco minutos después, las tres bajábamos por el paso subterráneo que conducía a la verja del colegio.

Donde el otro día se habían congregado un montón de niños llorosos y padres inquietos, hoy había un ambiente festivo. Niños y adultos paseaban ansiosos con caras sonrientes. Algunos firmaban autógrafos a los turistas y posaban para los fotógrafos. Todos reían, se empujaban impacientes, y por todas partes se oía susurrar: «¡Una cura! ¡Una cura!».

Estaban tan nerviosos que hasta las miradas aviesas que nos dirigían estaban teñidas de entusiasmo. Entramos las tres en el patio de hormigón y entonces la vi.

Una enorme tarima improvisada de madera junto al nuevo módulo para exámenes. Sobre el estrado había una pancarta que anunciaba con letras grandes y gruesas:

**¿ESTÁ USTED AFECTADO POR EL BROTE DE CRÁNEO?**

**¿HARTO DE QUE LA GENTE LO MIRE?**

**¿QUIERE RECUPERAR SU ASPECTO NORMAL?**

**FORME UNA FILA AQUÍ PARA UNA DOSIS DE NO-CREZCAS-MÁS**

*(Patente pendiente)*

Debajo, en letra más pequeña, decía:

**SOLO 10 LIBRAS POR PERSONA**

Debajo de eso, en letra aún más pequeña, decía:

**LOS EFECTOS SECUNDARIOS SON PERMANENTES Y PUEDEN CAUSAR MOLESTIAS**

Y debajo de eso, en letra todavía mucho más pequeña, decía:

**NO SE DEVUELVE EL DINERO**

Junto al estrado había una gran hormigonera.

# CAPÍTULO 52

La gente empezó a congregarse delante del estrado. Estiraban el cuello preguntándose quién sería el salvador que había traído la cura mágica que devolvería a todo el mundo a la normalidad. Las tres nos vimos engullidas por el gentío.

–Qué raro es todo esto –murmuró Neena.

Sabía a qué se refería. Pero, la verdad, ¿no era el milagro por el que todos estábamos rezando? La intención de Aggie había sido que el brote de cráneo fuese una venganza, así que ¿no deberíamos estar tan entusiasmadas como los demás de que las cosas volvieran a ser como siempre habían sido?

Todos comenzaron a moverse y a agitarse impacientes. Unos cuantos se pusieron a olfatear y a quejarse angustiados. Un hombre adulto se desmayó y cayó al suelo justo delante de mí. Lo cual solo podía significar una cosa. «Chrissie está aquí.»

Mi corazonada se hizo más fuerte. Instantes después, se subió al estrado con un elegante vestido azul y un turbante azul a juego que envolvía cuidadosamente su cabeza. Detrás de ella subió el señor Grittysnit, sacándose lombrices de los orificios nasales. El padre de Chrissie cerraba la comitiva.

A mi lado, mamá me apretó la mano.

–Me pregunto cuál será el remedio, cariño –susurró–. Qué ganas tengo de que acabe todo esto, ¿tú no? Podrás volver a clase; yo volveré a trabajar... Las cosas no iban tan mal, ¿verdad? Más vale lo malo conocido... Y podrás volver a comer Pizzas de Desecho.

Contuve las náuseas. Jamás volvería a comer una de aquellas pizzas. Eran asquerosas. Estaban hechas por un conjunto de máquinas que mi madre odiaba. Y ahora estaba a punto de volver a trabajar con ellas y con la cabeza llena de sueños rotos.

Sobre la tarima, Chrissie se aclaró la garganta.

–Señoras y señores, niños y niñas –empezó–, estamos pasando por nuestros momentos más duros, sin duda.

–Sin duda –coreó Bella.

–Se han burlado de nosotros. Se han reído de nosotros. Somos los bichos raros de la nación. Hemos perdido la cabeza, hemos perdido el pelo y hemos perdido la dignidad.

–Date un poco de prisa, cariño –dijo el padre de Chrissie pavoneándose a su espalda.

Observé algo raro en su cara. Cuando hablaba, se movía su boca, pero nada más. Tenía la frente aplastada y su rostro era extrañamente inexpresivo, como si no pudiera mover bien los músculos de la cara.

–Señoras y señores, se acabaron sus temores –anunció Chrissie–. No lloren más. Permítanme presentarles al hombre que está tras Construcciones Valentini y el héroe del día. ¡Mi padre, Rufus Valentini!

El público eufórico prorrumpió en aplausos.

El padre de Chrissie ocupó el centro del estrado. Intentó sonreír, pero llevaba el sombrero tan tirante que solo logró mover débilmente las comisuras de la boca.

–Vayamos al grano. Esta enfermedad ha sido una pesadilla, ¿no es cierto?

Un rugido de asentimiento se extendió por el público.

–Sé que se han desesperado con este brote de cráneo. Y nada parece servir para acabar con él. Los médicos no saben qué hacer. El colegio no sabe qué hacer. Qué demonios, ni siquiera ustedes saben qué hacer, ¿no es cierto?

Delante de mí, un ejército de flores medio mustias se movió de arriba abajo y susurró con tristeza.

–Pero yo tengo una cosa que acabará para siempre con este brote de cráneo.

El público se estremeció.

–¡Cuente, cuente! –gritó una voz.

El señor Valentini señaló orgulloso la hormigonera que tenía al lado. Hizo un gesto con la cabeza a un hombre que esperaba junto a ella y que llevaba un chaleco reflectante. El hombre apretó un interruptor y, con un zumbido y un sonido metálico ensordecedores, la hormigonera cobró vida y empezó a girar. El señor Valentini miró su máquina con tanta ternura como si se tratara de su primer hijo y luego se volvió hacia nosotros.

–Agua, arena, cemento –dijo en tono cariñoso.

–¿Eh? –exclamó alguien.

–Mézclenlo todo y obtendrán hormigón –dijo el señor Valentini–. Hormigón espléndido, fuerte, sólido, enemigo de la naturaleza; no existe nada que supere a esta criatura. Si quieren librarse de su brote de cráneo, esta es la solución. Lo he probado yo mismo –añadió señalándose la cabeza–. Y, como pueden ver, nada verde ha sobrevivido.

Así que no era un sombrero; aquel hombre se había echado su propio hormigón por la cabeza. Por eso parecía aplastado, sofocado y extrañamente inexpresivo.

–Mi familia y yo llevamos décadas cubriendo la tierra de toneladas y toneladas de hormigón. Y hemos ganado una pasta, ¡se lo digo yo! ¡Y, sin duda, damas y caballeros, esta es la cura que todos estaban esperando!

–¿Cómo se usa? –preguntó alguien a gritos.

–Se lo echaré por la cabeza, directamente de la hormigonera, con la ayuda de este pequeño embudo –anunció en tono grandilocuente al tiempo que nos mostraba un embudo corriente de plástico–. Después, lo único que tendrán que hacer es dejar que se asiente.

El señor Valentini, Chrissie y el señor Grittysnit miraron a la multitud con aire de suficiencia.

–Bien, ¿quién quiere ser el primero? –preguntó el director.

La masa de gente que me rodeaba se agitó expectante y miles de manos se alzaron disparadas. Luego, cuando la hormigonera empezó a girar con su mezcla ensordecedora de zumbido y ruido metálico, varias manos volvieron a hundirse nerviosas.

–Usted primero –empezó a decir la gente.

–No, no, insisto –contestaron otros–. Usted primero.

El señor Valentini chasqueó la lengua, algo molesto.

–Vamos, vamos –apremió–. No dispongo de todo el día. Tengo que desbrozar un huerto comunitario en una ciudad cercana antes de las cuatro.

Se oyó una voz tímida al fondo:

–Yo seré el primero.

–¡Ajá! –exclamó satisfecho el padre de Chrissie–. ¡Nuestro primer cliente! Abran paso al joven. Vamos a ver qué aspecto tienes. Ya no tienes por qué sentirte triste, querido muchacho.

Cuando la gente se apartó y la persona que había hablado se acercó a la tarima, comprobé atónita que se trataba de Bertie Troughton. La verdad es que tenía un aspecto penoso. Bajo el rubor encendido de sus mejillas tenía la piel pálida como la cera, y los alhelíes que crecían en su cabeza estaban tan marrones y secos que más bien parecían un manojo de sarmientos. Bertie subió los peldaños que conducían hasta la tarima de madera y miró a la concurrencia mientras se rascaba la cara muy nervioso.

–¿Odias esto en lo que te has convertido, chico? –vociferó el señor Valentini.

Bertie asintió en silencio y los dos hombres sonrieron con sendas miradas de aprobación. Era un espectáculo espantoso.

–¿Tu cabeza te parece ridícula, chico?

Bertie volvió a hacer un gesto afirmativo.

–Te da vergüenza que te vean con esas flores, ¿eh? Lo que necesitas es un sólido sombrero de hormigón; mucho más viril, ¿eh? Quizá hasta pueda llegar a ser la clave de tu éxito. Siéntate aquí, chico.

Señaló una banqueta que había en el estrado y Bertie tomó asiento. Era como contemplar a alguien preparándose para su ejecución; casi esperaba que pronunciara sus últimas palabras. Pero Bertie no dijo nada y permaneció con la vista fija en el suelo y las mejillas encendidas.

Tras una indicación de cabeza del señor Valentini, el hombre del casco acercó la hormigonera a Bertie, que había cerrado los ojos y tragaba saliva presa de los nervios. El zumbido, el ruido metálico y el chirrido rasposo del hormigón al mezclarse dentro de la máquina se hicieron cada vez más fuertes. Después se inclinó hacia adelante para que todos pudiéramos ver la masa espesa y gris que palpitaba en su interior.

Varias personas empezaron a aplaudir.

En cuestión de segundos habría cubierto la cabeza de Bertie y estaría exactamente igual que el señor Valentini. Gris por arriba y oprimido por abajo.

Inspiré hondo y capté una débil esencia de las cabezas brotadas que me rodeaban y que estaban viviendo sus últimos minutos; un olor penetrante y dulzón a flores, plantas, helechos y demás que vivían y crecían.

Mi mente empezó a trabajar a un ritmo vertiginoso. En mi interior visualicé la imagen de la mujer de la mirada sonriente, plantando en un prado algo que había querido mucho. Algo que después sería descuidado, relegado y ahogado en hormigón de manera que jamás volviera a crecer como era debido.

CRIC. CRIC.

# CAPÍTULO 53

Con la precisión de un neurocirujano, el padre de Chrissie colocó el embudo en lo alto de la cabeza de Bertie.

–Ya casi estamos, chico –ladró.

Bertie levantó la vista abatido y esbozó una débil sonrisa.

Un torrente de hormigón denso y húmedo emprendió su descenso por el embudo hacia su cabeza.

En mi interior comenzaron a sucederse recuerdos extraños e inquietantes del pasado, como si estuviera girando en un tiovivo llamado Mi Vida.

¡UNA VUELTA!

La uñas mordidas de mamá.

¡OTRA VUELTA!

«Que la conformidad os moldee.»

¡OTRA VUELTA!

«Deberías sentirte triste, Bilis.»

¡OTRA VUELTA!

«Era campo, verde y silvestre...»

Empecé a sentir picores. Quizá volver a la normalidad no era lo que necesitábamos. De hecho, quizá la normalidad estuviera sobrevalorada. Y quizá las cosas terribles que le habían hecho a Todoalegría no eran historia antigua: quizá seguían ocurriendo. Julius Valentini robó el mundo verde a Aggie y aquel robo había dado forma a toda la ciudad.

Y cada día que pasaba sin que hiciéramos nada al respecto, nos seguían robando un poco más.

Mi corazón se disparó. ¿Qué era aquello que Neena me había dicho una vez? «La batalla solo termina cuando tú crees que ha terminado.»

Alguien gritó entre la multitud:

—¡PARE!

Mamá y Neena me miraron sorprendidas y me di cuenta de que aquel grito era mío.

Para asegurarme del todo, repetí:

—¡PARE!

Solté la mano de mamá. Me abrí paso entre la gente, subí corriendo los escalones de la tarima y pasé junto a un furioso señor Valentini, que farfullaba algo a lo que no presté atención. Corrí hacia la hormigonera y, sin pararme a pensar lo que hacía, accioné el interruptor para apagarla. Tras un gemido, un *risss* y un *plum* de protesta, la hormigonera se quedó en silencio y el embudo se apartó esquivando a Bertie por los pelos.

Se produjo un silencio sepulcral a mi espalda y me volví para enfrentarme a la multitud.

–¡Es ella! ¡Es la niña que ha causado todo esto! –gritó muy enfadada una mujer con un cactus lleno de espinas en la cabeza.

La gente empezó a silbar y a abuchearme.

–¡Deberías avergonzarte de ti misma! –gritó otra persona.

Contemplé un mar de rostros furiosos y cabezas marchitas y vi a Nathan Bites, que me sonreía con suficiencia. Tragué saliva. Y ahora, ¿qué se suponía que debía hacer? Quizá debería habérmelo pensado mejor antes de actuar. Me habría venido bien tener a mano una ficha con un par de notas. Pero el conducto de mi cerebro que normalmente bombeaba las palabras parecía haberse obstruido. ¿Tendría mamá algo para desatascarlo? La miré desesperada.

–Bájate del estrado, Bilis Fallowfield. En este colegio no hay sitio para ti –dijo el señor Grittysnit.

Miré a Neena a los ojos. Me sonrió e hizo un gesto de apoyo. Y eso fue suficiente.

Respiré hondo y abrí la boca.

–Para ser exactos, ahí se equivoca usted, señor Grittysnit.

Se oyó un grito sofocado colectivo.

Alguien susurró:

–¡Qué descarada!

–Soy yo quien debería estar aquí. Yo soy la responsable de que todos ustedes se hayan brotado. Pero lo primero es lo primero. Soy Iris. Así es como me llamo.

Nada de Bilis, ni Pelotilla. Mi madre me puso Iris. Así que de ahora en adelante ya pueden llamarme por mi verdadero nombre. Y eso también va por ti, Chrissie.

Chrissie me miró boquiabierta con los ojos como platos, y yo le devolví la mirada hasta que desvió la suya y la fijó en sus zapatos.

Fue una situación sin precedentes.

Tomé aire.

–Los periódicos tienen razón. Fui la causante de todo esto.

Se produjeron varios gritos ahogados entre la multitud. Los reporteros desenfundaron sus bolígrafos y empezaron a garabatear.

Una suave brisa acarició las flores de mi cabeza y, como respuesta, se pusieron a bailar.

–Pero no inventé nada en el cobertizo de Neena. Lo que ocurrió en realidad fue que encontré un paquete de SEMILLAS MÁGICAS enterrado en mi patio trasero y las esparcí en mi cabeza y en las de mi madre y Neena. No pude controlar la rapidez con que se propagaron y germinaron. No pude hacer nada por evitarlo. Ya sé que ustedes piensan que les he arruinado la vida. Ya sé que están hartos de que los turistas los miren embobados, que echan de menos su pelo y no les gusta este nuevo aspecto. Ya sé que la señora Pinch está desesperada por librarse de las mariposas que no la dejan en paz. Ya sé todo eso, y por eso lo siento.

–SEMILLAS MÁGICAS, y un cuerno –farfulló alguien, y a continuación comenzaron a oírse risas delante de mí.

«Tengo que esforzarme más para convencerlos. ¿Qué debería decir ahora? ¿Por dónde empiezo?»

«Quizá debería empezar diciendo la verdad.»

–Pero ustedes aún no lo saben todo. Hay algo de lo que los periodistas no han hablado: de la mujer que creó las SEMILLAS MÁGICAS. Se llamaba Agatha Strangeways.

El padre de Chrissie se echó a reír con unas carcajadas estrepitosas, como si quisiera ahogar mi voz, y mis fuerzas flaquearon durante un segundo. Pero tuve la sensación de que la brisa suave que rozaba mi piel era una persona que me infundía ánimos, así que volví a intentarlo, esta vez en voz más alta:

–Agatha y sus antepasados eran los dueños de estas tierras hace muchos muchos años. Cuando este lugar todavía se llamaba Todoalegría. Era hermoso y silvestre. No había centros comerciales, ni casas de apuestas, ni aparcamientos, ni tiendas de juguetes de plástico ni guarderías sin ventanas. Había prados, bosques y un río donde los niños se bañaban.

–¡Bobadas! –exclamó una voz entre la multitud.

–¿Y eso por qué debería importarnos? –gritó otra–. Y además, ¿qué tienen de malo los aparcamientos y los centros comerciales?

Las reacciones de protesta crecieron en intensidad, al igual que la espantosa risa fingida del señor Valentini, como si estuviera alentando los abucheos. Noté que me ardían las mejillas. Estaba poniéndome en evidencia, y estaba poniendo en evidencia a mamá. «Quizá sea mejor que me vaya», pensé.

Eché una mirada a los escalones de la tarima y en ese preciso instante la brisa sopló un poco más fuerte. Noté que me acariciaba las rodillas y me infundía una extraña fuerza. Mi voz sonó algo temblorosa, pero vibrante.

–Debería importarnos lo que pasó con los prados, el río y los bosques, porque nos los robaron. Y si no nos importa, la gente seguirá robándonos cosas, como las zonas verdes y la naturaleza, que merecemos conservar. Entonces ni siquiera tendremos que molestarnos en sentarnos debajo de un embudo: ya estaremos ahogados en hormigón.

El señor Valentini, que era evidente que no estaba disfrutando no siendo el centro de atención y cuyos resoplidos y carcajadas de desdén poco a poco habían ido subiendo de tono, me dio un fuerte codazo como si quisiera apartarme.

–¿Ahogados? ¿Medio muertos? Nada de lo que dices tiene sentido, bonita. Me suena a cuento de hadas absurdo surgido de la imaginación de una niña que debería tener más cuidado con lo que dice –se burló con una mueca de desprecio–. Caramba, hay gente dispuesta a todo por estar en el candelero. Pero no importa, volvamos a hacer las cosas bien avanzando sin pausa...

–Ya, qué curioso que sea usted quien diga eso, señor Valentini –me oí decir con voz convulsa–. Lo de hacer las cosas bien. Porque su familia envenenó unas tierras para arrebatárselas a una mujer que las amaba. Así que si alguien debe pagar por ello, creo que es usted.

El hombre tragó saliva de un modo tan imperceptible que dudo que nadie notara, pero que a mí me infundió el valor suficiente para seguir hablando.

–Estoy en lo cierto, ¿verdad? La familia Valentini no ha dejado de envenenar Todoalegría desde...

–¡Mentirosa! –Era Chrissie, con las mejillas como tomates. Por su expresión atónita y horrorizada me di cuenta de que no había llegado a esa parte del cuaderno de Neena–. ¿Cómo te atreves a decir esas cosas de mi familia? ¿Cómo te atreves? –Le falló la voz. Se volvió hacia su padre, y de pronto me pareció mucho más pequeña–. Está mintiendo, ¿verdad, papá? Nunca hicimos nada parecido, ¿no? Díselo, papá. Dile que está mintiendo.

Durante la breve fracción de segundo que su padre tardó en mirarla a los ojos, algo pareció golpear a Chrissie e hizo que sus hombros se hundieran.

La multitud se había quedado en absoluto silencio.

–Escucha, cariño –dijo en el mismo tono en que hablaría una maestra de guardería exasperada–, eso fue hace mucho tiempo. A veces llega un momento en que es necesario –me lanzó una mirada cargada de intención– superar las cosas. Además, eran negocios. –Levantó la barbilla, como si estuviera satisfecho de que el secreto de su familia por fin hubiera salido a la luz–. Cuando se trata de ganar dinero, todo vale; ¿no es eso lo que siempre han dicho papá y mamá? Y desde luego no tendrías caballos ni helicóptero si el viejo Julius no hubiera empezado a amasar la fortuna de la familia, y eso es un hecho irrefutable.

Chrissie no levantó la vista del suelo.

Lo que pareció tranquilizar a su padre, quien, tras recuperar la seguridad en sí mismo, me enseñó los dientes con una sonrisa que me recordó a la podadora de Sid brillando bajo el sol.

–¿Continuamos de una vez?

A juzgar por los ansiosos signos de asentimiento de las personas que teníamos delante, me di cuenta de que a la mayor parte de los habitantes de nuestra ciudad no les importaba lo ocurrido con Todoalegría. ¿Cómo puede sentirse uno triste por perder algo si en realidad nunca lo tuvo?

Como si hubieran percibido que de repente me había quedado sin fuelle, algunos de los adultos asistentes prorrumpieron en un lento y horrible aplauso.

–¡Fuera! –gritó una voz–. ¡Fuera!

–Esperen... –oí decir a un niño pequeño–. Quiero escuchar el resto de la historia.

Pero su voz fue sofocada por otras que empezaron a corear:

—¡Iris fuera! ¡Adelante la hormigonera!

A mi espalda, la hormigonera volvió a cobrar vida con su sonido metálico.

Y la brisa suave de repente cobró fuerza.

# CAPÍTULO 54

El viento impetuoso barrió el asfalto.

Silbando a su paso, se llevó lo que quiso de la multitud. Pétalos, hojas y partículas de tierra volaron de nuestras cabezas, se elevaron en el aire hasta situarse en el ojo de lo que se había convertido en una espiral que giraba y se movía entre la gente.

Contemplamos cómo aquellos restos revoloteaban hasta adoptar una forma inconfundiblemente humana. A medida que aleteaba sobre el patio de cemento, empezó a parecerse a una mujer ágil y esbelta. Tuve la impresión de que podría ser peligroso mirarla directamente, como cuando miras el sol sin protección, pero aun así no pude evitar echarle una breve ojeada. Y por un instante, la ráfaga ondeante de hojas y tierra pareció colocarse adoptando la forma de una cara. Tuve una visión fugaz de unos ojos centelleantes y una sonrisa difícil de interpretar antes de que volvieran a girar y revolverse y pasasen a formar parte del torbellino de flores y hojas que se envolvían entre sí.

Entonces supe que de alguna manera nos encontrábamos en presencia de Agatha Strangeways, aunque se fundía con algo más. Era humana, pero algo más que humana; se había convertido en parte de la tierra que tanto amó.

La tierra que nosotros habíamos maltratado cuando ella se fue.

***¿Qué puede salir mal? ¡Qué hermosa podríais dejarla!***

Su aparición nos hizo enmudecer. Parecía imposible articular palabra. El señor Valentini y el señor Grittysnit habían palidecido. Lo único que fuimos capaces de hacer fue observar a Agatha mientras se paseaba entre la concurrencia y la naturaleza se agitaba en su interior, como un perro que ha pasado demasiado tiempo encerrado.

Muy despacio, su silueta trémula comenzó a subir los peldaños de la tarima.

Todo mi cuerpo se puso a temblar. Estaba claro que aún no había terminado con nosotros.

¿Y si hacía que algún tipo de enredadera maligna brotara de nuestras cabezas, se nos metiera en la boca y estrangulara nuestros órganos vitales, aprisionándonos en una red húmeda y pegajosa que nos ahogaría hasta la muerte?

Bueno, tampoco quería darle ideas.

***Demasiado tarde para esto, me temo,*** dijo su voz ronca en mi interior. ***No olvides que tú y yo***

***estamos unidas. Yo puedo meterme en tu cabeza de vez en cuando; conviene que lo recuerdes.***

«No va a hacer que nos ahogue una enredadera, ¿verdad?»

***No hables cuando estoy pensando, niña. Esto es una especie de improvisación; aún no he pensado del todo lo que voy a hacer.***

«Vale, pero si me permite un par de sugerencias sobre con quién debería empezar, ¿qué le parece aquel hombre de ahí con el traje ajustado?»

***Ya está bien. Soy una fuerza viva y maravillosa. Déjame trabajar.***

Agatha cambió de posición para situarse de cara a la gente atónita, que ahogó un grito y tragó saliva. Las cámaras empezaron a disparar. Los niños chillaron.

Ya sé lo que estáis pensando. ¿Por qué no escapamos corriendo? Pero no podíamos. Estábamos anclados en nuestro sitio; a veces es lo que ocurre cuando temes por tu vida. Y además nunca habíamos visto nada igual. Lo único que éramos capaces de hacer era mirarla embobados.

Muy agitada, recorrí el gentío con la vista, desesperada por captar una imagen del rostro de mi madre antes de enfrentarnos al juicio final.

–Lo siento –expresé moviendo los labios sin que de ellos saliera ningún sonido.

Agatha sacudió la cabeza y murmuró algo como respuesta, pero el viento se llevó sus palabras.

Después levantó los brazos trémulos para arrojar sobre nosotros su maldición definitiva e incliné la cabeza. Todo se había consumado. No habíamos mostrado arrepentimiento, no habíamos cambiado lo suficiente y ahora debíamos pagar por ello. Probablemente nos convertiría en árboles; nuestros pies se volverían raíces retorcidas y nudosas que se abrirían camino en la tierra y allí nos quedaríamos para siempre formando un bosque de humanos malditos.

***Otra excelente idea, Iris. Podrías vendérsela a otros espíritus vengativos; puedo ponerte en contacto con unos cuantos que conozco.***

«Gracias, eso me consuela.»

***No sé si me gusta mucho ese tonito.***

Agatha elevó sus manos al cielo.

Y entonces sucedió lo más extraño que podáis imaginaros.

En lugar de morir o convertirme en una col de Bruselas, noté que todo comenzaba a resplandecer en mi interior. El canto de los pájaros se hizo más audible e inundó mi cabeza como una enorme ola centelleante que paralizó mis pensamientos y barrió todo lo demás. Mis hombros se relajaron. Los tensos brotes de ansiedad que atenazaban mi interior se deshicieron como por arte de magia.

Inspiré. Espiré. El aire que llenaba mi cuerpo era como un montón de cristales diminutos de oxígeno purísimo, más dulce y más limpio que nada que hubiera probado hasta entonces.

Inspiré. Espiré. Aquellas olas se mecieron acariciando las costas de mi mente. Me sentí como si formara parte del mundo, que a su vez formaba parte de mí.

«¿Qué es esto que siento?», le pregunté.

***Algo demasiado grande para tener nombre.***

«Un poco abrumador.»

***Puede, al principio.***

A juzgar por los rostros atónitos que veía ante mí, me di cuenta de que todos estábamos sintiendo lo mismo. ¿Sería esa oxiloquesea de la que me había hablado Neena? ¿Sería el amor que los Strangeways habían traspasado a la tierra? ¿Lo habría traído Agatha para imbuírnoslo a nosotros?

Y justo cuando empezaba a pensar que quizá no fuera tan terrorífica como parecía y que no habíamos entendido sus verdaderas intenciones, Agatha se volvió hacia el señor Valentini.

# CAPÍTULO 55

Al instante, su bravuconería lo abandonó. Le empezó a temblar la boca, sus hombros flaquearon y cayó de rodillas con las manos extendidas.

–Perdón –balbució con labios trémulos–. Por favor, no me haga daño.

Pero la hermosa silueta que vibraba a mi lado esbozó una terrorífica sonrisa.

Al ver la mirada horrorizada de Chrissie, estiré un brazo para detener a Agatha. Pero era demasiado tarde. Alzó los brazos y el aire se tensó y se revolvió ante nosotras de un modo espeluznante.

Se oyó un espantoso sonido de algo que se resquebrajaba.

El señor Valentini gritó de dolor y se llevó las manos a la cabeza; la multitud gimió. Pero cuando volvió a bajar las manos, vimos que lo que se había agrietado no era su cráneo, sino el hormigón, que cayó al suelo hecho añicos. Al mismo tiempo, su cabeza se cubrió de cientos de flores azules de tallos verdes y sinuosos.

–Nomeolvides –dijo Agatha.

El hombre se tocó uno de los rizos de su nuevo pelo como si fuera un colegial confundido.

–No-me-olvides –repitió Agatha.

Esta vez la miró a la cara.

–No lo olvidaré –musitó.

–Haga las cosas como es debido –insistió Agatha.

Asintió en silencio y se quedaron mirándose a los ojos durante un buen rato.

Agatha dejó escapar un profundo suspiro, de esos que duelen, como si se hubiera librado de algo que estuviera atormentándola.

Me apretó la mano.

***Ya has oído al hombre,*** dijo.

«He oído al hombre.»

***Ya es hora de que me vaya. Ahora quedas tú al cargo.***

Apreté también la mano de Agatha, las flores, las hojas y las abejas se dispersaron y desapareció, aunque en mi interior pervivían restos de aquella sensación. Comparada con la intensidad de antes no era más que un débil eco de la fuerza verde y salvaje en que se había manifestado. Aun así, era suficiente. Como un faro, su haz de luz nos había atrapado al iluminarnos; su fulgor había sido tan intenso que ahora un resplandor de su fuerza salvaje seguía brillando dentro de nosotros. Solo teníamos que mirar a nuestro alrededor para darnos cuenta.

Nos contemplamos unos a otros bajo la luz suave de la tarde como si nos viésemos por primera vez.

Chrissie se acercó a la hormigonera y la apagó. Después se aclaró la garganta y me miró serena.

–Chrissie...

–Cállate, papá –lo cortó; se volvió hacia mí–. Cuéntanoslo todo. Desde el principio –añadió con voz firme.

Y así lo hice.

# CAPÍTULO 56

ALGÚN TIEMPO DESPUÉS, mamá, Sid, la señorita Musgo, Chrissie, Neena y yo nos reunimos en el jardín trasero de Villa Alhelí. Junto a nosotros había un gran martillo neumático, un cargamento de materiales de jardinería que habíamos comprado en Strangeways, todo el personal de Construcciones Valentini y la mayoría de los Laminadores.

–Muy bien –dijo el capataz–. En marcha.

El martillo neumático cobró vida con un rugido. Por segunda vez en mi vida contemplé cómo el hormigón de nuestro patio se rompía y se resquebrajaba, pero esta vez con alegría. Cada vez que los hombres destruían y levantaban una losa para dejar al descubierto la tierra oscura y fértil que había debajo les dedicábamos una ovación. El sol brillaba lleno y anaranjado en el cielo de las últimas horas de la tarde mientras retirábamos el hormigón del patio y lo arrojábamos al contenedor de escombros que había delante de nuestra casa.

Al final solo quedaron cuatro losas por arrancar. Las que rodeaban la base del sauce.

Me acerqué y apoyé la mano sobre la corteza rojiza y áspera.

–Todo este tiempo creí que intentabas asustarme. Pero no era así, ¿verdad? Estabas pidiendo ayuda. Estabas pidiendo cariño.

Como respuesta, las hojas crujieron al viento y sentí que un repentino y profundo amor fluía de mis manos para introducirse en la corteza. El martillo volvió a rugir una vez más y cuando tiramos la última losa al contenedor, Chrissie me dio un codazo sonriendo.

–Mira –dijo.

Y miré.

En lo más alto del sauce había aparecido una luz verde y resplandeciente. Cuando recorrió el tronco de arriba abajo, barrió los forúnculos rojos, las manchitas de aspecto enfermizo, los puntos de moho negro y las úlceras.

«No volveré a dejarte abandonado», pensé.

Y también se produjo otro cambio. La flor cadáver morada de Chrissie desapareció ante nuestros ojos y un arbusto con fragantes rosas rojas y color crema ocupó su lugar.

*No soy una bruja mala del todo,* dijo la voz de Agatha en mi mente.

Esparcimos semillas de césped sobre la tierra oscura. Después trajimos un montón de arbustos preciosos y coloridos, plantas y flores que habíamos elegido en Strangeways.

A medida que íbamos plantándolos en la tierra fértil y recién removida, Sid nos iba diciendo sus nombres.

–Guisantes de olor, celidonias, acianos, margaritas comunes y margaritas moradas. Rosas, eléboros, violetas, delfinios, alquimilas...

Me di la vuelta y contemplé mi casa. Incluso desde fuera parecía distinta; más radiante y luminosa. De alguna manera, supe que el grifo de la cocina no volvería a dejar oír su triste goteo.

Me tomé una taza de té casi de un sorbo, me giré hacia mis amigos y sonreí.

–¿Dónde cavamos ahora?

# UN AÑO DESPUÉS

Metí la llave en la cerradura y entré en la casa vacía. Con los pies doloridos, me dirigí torpemente hacia la cocina y, suspirando de agotamiento, me quité el mono y lo metí en la lavadora. Limpié la mermelada de la encimera, tiré las bolsas de té y eché un vistazo al horario que mamá había pegado en la nevera con sus turnos de trabajo.

Después subí a mi cuarto, me puse mi bañador favorito debajo de mi camiseta y mis mallas favoritas, y salí al jardín trasero. Me tumbé bocarriba sobre la hierba suave y verde y contemplé las hojas susurrantes del sauce mientras repasaba mentalmente la atareada mañana que había tenido en Strangeways, en mi nuevo trabajo de los sábados.

Como ayudante de jardinería, ahora pasaba la mayor parte de los fines de semana en Strangeways. Teníamos mucho trabajo; de repente se había disparado la demanda de plantas, arbustos, flores y semillas.

Cuando no estábamos atendiendo en el mostrador o cuidando de los semilleros en los nuevos invernaderos, impartíamos charlas y talleres para enseñar a la gente a cultivar sus jardines y a cuidar sus propias cabezas.

También solía haber siempre bastantes turistas, lo que no estaba nada mal, pues les encantaba la idea de hacer una donación a nuestro puesto de Plantas por Todas Partes a cambio de hacerse fotos con nosotros.

De hecho, había tanto trabajo en Strangeways que Sid estaba pensando en contratar más ayudantes. Yo ya tenía a tres compañeros en mente; todos ellos habían asistido a las sesiones de la escuela dominical Conoce tus Plantas que desde hacía seis meses se celebraban en el patio, ahora renovado, y bajo la fotografía de Agatha con el retoño de sauce que habíamos enmarcado y colgado en la pared.

Sid decía que sabía perfectamente quién sería la persona idónea para hacerse cargo de Strangeways cuando se jubilara... una vez que hubiera aprobado todos los exámenes de horticultura, por supuesto.

Me estiré feliz sobre el césped suave. Parecía un día para celebrar. Acababa de terminar mi informe sobre lo que en realidad había pasado en Todoalegría. Y una amable editorial de Londres dijo que lo convertiría en libro para que todo el mundo conociera la verdad sobre las SEMILLAS MÁGICAS de una vez por todas.

El sonido del teléfono interrumpió mis pensamientos; era un mensaje de Neena que decía: ***Terminando en el laboratorio. ¿Nos vemos en el café? N x***

***Te veo allí dentro de media hora x,*** respondí.

Neena había pasado el último medio año trabajando con científicos de la Academia de Ciencias de Londres para elaborar y después comprobar los resultados sobre «Ósmosis emocional entre los humanos y la tierra, tomando como base de estudio a la familia Strangeways». Estaban tan impresionados con su investigación que le ofrecieron una plaza en cuanto cumpliera dieciocho años. Su cuaderno fue editado en todas las publicaciones médicas del mundo.

Donó su material para manualidades al nuevo departamento de plástica del colegio. Bertie es quien está al cargo, básicamente.

Bertie se había olvidado de las serpientes, lo cual sería un alivio para el señor Grittysnit, si supiéramos dónde estaba.

Lo último que oímos fue que se había refugiado en un hospital de Bulgaria con varios expertos en extracción de lombrices que trabajaban las veinticuatro horas en sus fosas nasales. Espero que la abuela Aggie al final se canse de bromas y ponga fin a su sufrimiento... algún día.

El cartel del gatito mirando las magdalenas ahora cuelga de la pared del nuevo café con terraza que han abierto nuestras madres.

El padre de Neena nunca llegó a empapelar el cobertizo.

Me eché la mochila a la espalda y salté sobre mi flamante bicicleta de carreras; hice una parada en la calle principal para saludar a Chrissie.

–¿Cómo va todo? –pregunté.

–Según el calendario previsto –sonrió Chrissie con un fajo de planos en la mano.

–¿Ya es la hora del té? –preguntó a gritos el hombre enjuto y musculoso del casco desde el travesaño más alto del andamio que había por encima de nuestras cabezas.

–Todavía no, papá –respondió Chrissie–. Primero trabaja unas horas más.

–Muy bien –dijo el señor Valentini secándose el sudor de la frente con un pañuelo.

Cuando volvieron a oírse los golpes del martillo, Chrissie me miró sonriendo.

–¿Nos vemos en el río?

–Nos vemos en el río –repuse, y seguí mi camino.

El señor Valentini había transformado totalmente nuestra ciudad en el último año sin ayuda de nadie, medité mientras pedaleaba por la calle principal admirando el trabajo que había hecho en los edificios.

Ahora tenía una nueva empresa, Deconstrucciones Sin Tejados, especializada en dos cosas: instalar tejados desmontables en los edificios y devolver prados y huertas a las ciudades.

Ahora los tenían todas las oficinas y tiendas, y también Rosca Pizza y la fábrica de paños de cocina. Todos los adultos parecían mucho más felices... y menos pálidos.

También había instalado un tejado desmontable en nuestro nuevo colegio, la Academia Agatha Strangeways. Lo utilizábamos los días soleados para que todos pudiéramos fortalecer nuestras cabezas mientras estábamos en clase.

A decir verdad, también solíamos descorrerlo cuando estaba nublado.

Y cuando hacía viento.

Y cuando llovía.

Vale, sí, casi siempre está abierto.

Nuestra nueva directora, la señorita Musgo, es muy estricta... en cuanto a cultivar nuestras plantas como es debido. Ante el más mínimo atisbo de aparición de una flor mustia, un helecho marchito o una verdura mohosa, nos envía al nuevo invernadero comunitario que han construido sobre el emplazamiento del módulo para exámenes. Es muy muy bonito; tiene hamacas y han instalado puntos de riego, así que podemos relajarnos, leer nuestros libros al sol y dar de beber a nuestras cabezas.

Pedaleé durante varios kilómetros dejando atrás los prados de flores silvestres, los campos de lavanda, los huertos comunitarios y los bosques recién plantados que ahora rodean Todoalegría. Neena estaba esperándome en el café exterior de la reserva natural. Después de saludar a sus chefs, famosas por su simpatía –nuestras madres–, y esperar en una cola en la que parecía estar la ciudad entera para comprar limonada y sus célebres bizcochos de chocolate, fuimos dando un paseo hasta las verdes orillas del río Todoalegría, recuperado por... sí, lo habéis adivinado, por el mismísimo señor Valentini, que ahora atravesaba la ciudad entre borboteos y burbujas.

La luz del sol arrancaba destellos al agua.

Me aparté de la frente un rizo de flores fragantes. Di un mordisco a mi bizcocho. Pensé en lo bien que me sentaría un baño después de una mañana al sol.

–Esta semana hubo un pequeño accidente en la imprenta –comenté despreocupada después de terminar con las últimas migas de mi plato.

–Ah, ¿sí? –se asombró Neena, levantando una ceja de nuevo chamuscada–. ¿Qué pasó?

–Pues nada, que llevé mis apuntes para que pudieran imprimir todos esos libros sobre lo que ocurrió aquí...

–Ya.

–... pero cuando entregué el manuscrito en la imprenta, juraría que vi un par de semillas encima de la primera página.

Neena volvió la vista hacia mí como un rayo.

–¿Semillas? ¿Y cómo eran?

–Bueno... pequeñas. Y negras. Y les salían cuatro pequeños zarcillos, como si fueran medusas.

–¿O extraterrestres? –preguntó con la cabeza ladeada y mirándome fijamente.

–Sí –asentí, levantando la vista al cielo para no mirarla a los ojos–. Solo fue un accidente, por supuesto. Pero me siento fatal.

Neena se aclaró la garganta.

–¿Me estás diciendo que uno de esos libros quizá tenga SEMILLAS MÁGICAS en sus páginas?

Miré mis uñas sucias de tierra.

–Uno –admití–. O dos.

–O sea que si algún niño en alguna parte del país lee ese libro en la cama, ¿una SEMILLA MÁGICA podría caer de sus páginas y aterrizar en su cabeza? ¿Y que, si se dan las circunstancias propicias, podría haber una nueva epidemia en marcha?

Hice un signo afirmativo.

–Eso es exactamente lo que estoy diciendo.

Nuestras miradas se cruzaron.

–Mantengamos la esperanza –dijo Neena mientras levantaba la mano perezosamente para saludar a nuestros amigos.

–Crucemos los dedos –añadí.

Contemplamos el río en amigable silencio. Y, durante un solo segundo, creí oír el sonido de una suave risa de mujer mientras el agua fluía sobre su lecho.

# AGRADECIMIENTOS

ME GUSTARÍA dar las gracias a mis primerísimos lectores, Bon, Jayden, Milly, Harry, Esme y Elian, que dijeron cosas preciosas sobre mi segundo borrador y me animaron a continuar; a los miembros del South-West SCBWI por su entusiasmo y sus consejos, sobre todo a Jan, Mike, Fran, Amanda and Nicola K.; a Jules «el Guerrero», a John el canadiense y a Penny por los discursos motivadores al llevar a los niños al colegio, a Sally y a la Pandilla Gibbs por prestarme nombres y proporcionarme combustible en forma de tarta; a mis amigas Vicky, Meg y Melissa por ser unos seres humanos adorables, y especialmente a Ben por mantenerme viva, calentita y bien alimentada durante tanto tiempo.

Cuando era pequeña, mis padres siempre se aseguraban de que tuviera libros que leer y bibliotecas que visitar. Gracias, mamá, por escribirme relatos cuando estabas trabajando y por contarme cuentos alemanes escalofriantes; gracias, papá, por tu amor a la lengua. Nunca habría llegado a ser escritora si no hubiera sido por vosotros.

Agatha Strangeways tardó una buena temporada en manifestar su presencia, y por eso y por defender mi historia cuando más lo necesitaba, me gustaría dar las gracias a mi agente, Silvia Molteni. Y muchísimas gracias también a mi editora. A Nick Lake y a todo el equipo de HarperCollins UK por..., bueno, por CONSEGUIR QUE LOS SUEÑOS SE HAGAN REALIDAD.

Y a ti, Polly, maravillosa niña amante de la hierba, de las flores, los caracoles, las babosas, el barro, las ramitas, las piedras, los árboles y los dientes de león, gracias por lograr de tantas formas distintas que este libro llegara a existir. Eres lo mejor que he cultivado.